Le Noël de Beth

*

Mystère à l'hôpital

LOUISA GEORGE

Le Noël de Beth

Traduction française de
EVELINE CHARLÈS

BLANCHE

HARLEQUIN

Collection : Blanche

Titre original :
A PUPPY AND A CHRISTMAS PROPOSAL

HARPERCOLLINS FRANCE
83-85, boulevard Vincent-Auriol, 75646 PARIS CEDEX 13
Service Lectrices — Tél. : 01 45 82 47 47

www.harlequin.fr

ISBN 978-2-2804-4588-7 — ISSN 0223-5056

1.

— Maudite neige ! La météo prévoyait pourtant que ce vortex polaire prendrait fin aujourd'hui !

Alex Norton ferma à clé la porte de la Maison médicale d'Oakdale et remonta son col pour se protéger contre les bourrasques. L'hiver était arrivé, Noël dans son sillage. Tout ce qu'il avait à faire, c'était tenter de ne pas perdre la raison pendant le mois à venir.

Ensuite il pourrait de nouveau respirer.

Tout ce qu'il avait à faire ? Encore faudrait-il que les souvenirs des Noëls passés ne le rendent pas fou d'ici à la fin de la semaine…

Son collègue, le Dr Joe Thompson, lui emboîta le pas.

— On va avoir de belles fêtes blanches, tu ne crois pas ?

Blanches ? Pourquoi pas bleues, ou encore jaunes avec des pois orange ? Malgré son agacement, Alex parvint à formuler une réponse polie :

— Qui sait ? Dans trois semaines, nous aurons peut-être de la boue partout.

— J'espère que non ! J'ai promis à Katy qu'on ferait de la luge.

D'accord, tout le monde ne détestait pas Noël, en particulier ceux qui avaient des enfants.

Pour sa part, il ne ferait jamais cette expérience.

— C'est vrai, tu es en vacances, ce soir. Amuse-toi bien et on se revoit l'an prochain !

— Je te remercie d'assurer la garde du cabinet. Rose attend avec impatience son premier Noël à Oakdale, et

Katy est excitée à l'idée de faire du ski. Pour la première fois depuis des années, je vais pouvoir participer à toutes les festivités organisées par l'école.

Les yeux de Joe étincelaient. Il avait traversé quelques années difficiles, et cela faisait du bien de le voir sourire. Rose, sa nouvelle compagne, devait y être pour beaucoup.

— Tu mérites bien tes vacances. Je suis content de te rendre ce service.

Avec un peu de chance, Alex parviendrait à se noyer dans le travail et à oublier que cette période de l'année rendait les gens plus ou moins fous. Il détestait le mois de décembre, qui lui rappelait tout ce qu'il avait perdu. Cette année, il ne prendrait pas de congé puisque Jenny souffrait d'une fracture à la jambe et que le nouvel associé ne devait arriver que la semaine suivante. Et c'était très bien ainsi !

Joe s'arrêta à un carrefour.

— Tu assistes au concert de chants de Noël, tout à l'heure ?

— Non.

— C'est une bonne chose que tu n'aies pas d'enfants, mon pote. Tu deviendrais cinglé, avec tous ces rennes ! Dieu sait que j'adore ma fille, mais elle chante comme une casserole. Sérieusement, tu devrais venir.

— Pas quand tu présentes les choses de cette façon !

Alex ignora la boule qui venait de se former dans sa gorge. Ce n'était pas seulement une bonne chose qu'il n'ait pas d'enfants, c'était aussi impossible.

— Je préfère une bonne bière au coin du feu, affirma-t-il en fourrant les mains dans ses poches.

— Tu vas au pub un vendredi soir ?

— Sûrement pas ! Je tiens à préserver mes tympans. Je rentre chez moi, où il n'y aura pas un renne en vue. Profite bien du concert !

— Je vais essayer.

Les deux hommes se séparèrent, et Alex poursuivit son chemin à travers le village désert. Toutes les vitrines étaient décorées, et quelqu'un avait même suspendu des guirlandes lumineuses au fronton de la poste. Il y avait un petit bonhomme de neige devant le supermarché, qui avait perdu la carotte qui lui servait de nez. Alex la ramassa et la planta au milieu de la grosse face blanche.

— Te voilà de nouveau entier, mon pote.

Il arriva enfin de l'autre côté du village, où se trouvait la maison où il avait grandi. Malgré tous ses efforts, il ne parvenait pas à chasser de ses pensées le souvenir de ce Noël, huit ans auparavant, quand sa vie avait changé pour toujours.

Il y avait eu ce coup de fil.

Et des larmes… Tellement de larmes !

Ensuite, il avait dû affronter un avenir totalement différent de ce qu'il avait envisagé jusqu'alors.

Soudain, un petit geignement suivi d'un jappement joyeux le ramena au présent. Il vit derrière lui une boule de poils montée sur quatre pattes. Il ne s'agissait pas d'un renne, mais d'un chien… ou plutôt d'un chiot.

Le petit animal s'immobilisa lorsqu'il cessa de marcher, mais, dès qu'il repartit, il lui emboîta le pas. Après avoir aboyé de nouveau, le chiot le rattrapa et s'agrippa à ses jambes.

Lâchant un soupir, Alex s'en débarrassa. Outre ses immenses yeux bruns mouillés, le chiot avait de grosses pattes complètement disproportionnées par rapport à sa taille et une queue dressée comme une lance.

Très mignon, du moins si on était amateur de chiens, ce qui n'était pas le cas d'Alex, surtout après une longue journée de travail passée à soigner des patients difficiles.

— Va-t'en ! ordonna-t-il.

Pas de réaction. Prenant l'animal, il le tourna dans la direction opposée à la sienne et le posa sur la neige dans l'espoir qu'il retournerait chez lui, puis il reprit son chemin.

Un autre jappement, qui sonnait comme un appel à l'aide.

— Arrête de me suivre ! Allez, rentre chez toi !

Le chiot inclina la tête de côté et le fixa.

— Allez ! Pff !

Le chiot dressa les oreilles… Enfin, une, car l'autre pendait.

Il était perdu, cela ne faisait pas de doute. Alex regarda l'empreinte de ses pattes dans la neige.

— D'accord, dit-il en se penchant vers l'animal. Voyons ce qui t'arrive…

Pas de collier… Génial ! C'était un mâle, et très content qu'on lui accorde de l'attention.

— Tu dois bien manquer à quelqu'un, quelque part. Pourquoi ne pas rentrer chez toi ?

Alex ne put s'empêcher de glisser les doigts dans la fourrure du chiot pour gratter son cou. Quand la bestiole frotta son museau contre son bras, il sentit sa gorge se serrer.

— Non ! Je ne vais pas me laisser embobeliner par de grands yeux bruns et de grosses pattes toutes froides.

Pas question !

Dès que ces fichues fêtes seraient passées, il prendrait des vacances. Il ferait éventuellement de l'escalade, pour décharger son énergie dans une activité physique.

Et pourquoi pas s'offrir une aventure d'un soir ?

Avec quelqu'un qui n'espérait pas un engagement éternel.

Alex remarqua que ses doigts étaient toujours enfoncés dans la fourrure et que sa paume était humide, à force d'être léchée.

S'écartant vivement, il s'efforça de prendre un ton autoritaire :

— Ne t'attache pas à moi ! Fiche le camp !

Sur ces mots, il se remit à marcher.

Ne regarde pas en arrière ! Ne regarde pas en arrière !

Des mots qu'il s'était répétés maintes et maintes fois pendant les moments les plus sombres, quand il affrontait un avenir incertain.

Mais le chiot se mit à trottiner à son côté, s'enfonçant dans la neige, puis poussant sur ses grosses pattes et bondissant avant de retomber dans le creux suivant.

— Un chiot réfractaire à l'autorité, c'est bien ma chance ! Écoute, petit, ça ne va pas marcher, entre nous.

Le vent forcit alors qu'il arrivait devant chez lui, faisant tourbillonner des flocons de neige de plus en plus nombreux. Il inséra sa clé dans la serrure et poussa la porte, s'immobilisant un instant pour se débarrasser de la neige qui collait à ses bottes. Regrettant de ne pas avoir laissé le chauffage et la lumière allumés, il actionna un interrupteur. Au moment où l'entrée s'illuminait, une queue dressée se faufila dans la cuisine.

— Quoi ! Hé ! tu n'habites pas dans cette maison !

Mais lorsqu'il gagna la grande cuisine ouverte, il vit le chiot étalé sur le tapis qui lui venait de ses grands-parents, en train de mordiller ses précieuses chaussures d'escalade.

— Non ! Elles coûtent une fortune et je viens juste de les acheter.

Pour toute réponse, le chiot agita gaiement la queue.

— Ce n'est pas un jeu. Tu as faim, peut-être ? Tu veux boire ? C'est ça, tu veux de l'eau.

Alex remplit un bol de porcelaine qui avait appartenu à sa grand-mère et le posa par terre, puis il fit cuire au micro-ondes les saucisses qu'il avait prévues pour son dîner et les coupa en petits morceaux.

— C'est ton dernier repas, mon pote, ensuite tu t'en vas.

Après avoir servi son « hôte », il regarda par la fenêtre les tourbillons de neige de plus en plus épais, puis le chiot qui dévorait les saucisses comme s'il n'avait pas mangé depuis plusieurs jours.

— Où sont tes maîtres ?

Flèche goba la dernière bouchée – d'accord, le nom avait fusé dans son esprit. Et il allait bien à cette bestiole dont la queue pointait en l'air. Alex savait pourtant qu'il ne fallait surtout pas nommer les bêtes, si on ne voulait pas s'y attacher.

— Tu dois bien appartenir à quelqu'un, non ? Une petite bête comme toi ne devrait pas être dehors par une nuit glaciale. Oups !

Super ! Un liquide chaud venait de couler sur sa cheville. C'était génial : il avait recueilli un chiot désobéissant avec des problèmes de vessie.

Mais quand il croisa les yeux sombres et expressifs, il se sentit fondre.

— Flèche, mon petit pote, qu'est-ce que je vais faire de toi ?

Parfois, les gens aimaient davantage leurs animaux domestiques que leurs congénères, et Beth pouvait le comprendre. Les animaux domestiques ne rompaient pas leurs promesses, ils ne vous laissaient pas tomber sans aucune explication.

La pauvre chienne de ferme qui se trouvait sur sa table d'examen était bien malade et pouvait à peine bouger.

— Depuis quand est-elle dans cet état ? demanda-t-elle au propriétaire de Meg, Dennis, un fermier du coin.

Le vieil homme haussa les épaules, puis il caressa le museau de son collie chéri.

— Aidez-la, Beth.

— Vous m'avez dit qu'elle avait vomi et qu'elle tremblait ?

— Elle a commencé par tousser et trembler, ensuite elle a vomi une matière sombre.

C'était plutôt inquiétant.

— Du sang, peut-être ? Et maintenant, elle est épuisée. C'est peut-être un virus, ou quelque chose qu'elle a mangé.

Ce pouvait aussi être une tumeur, vu l'âge avancé de la chienne. Mais il n'était pas question de formuler à voix haute une telle hypothèse, d'autant qu'elle ne sentait aucune grosseur à la palpation.

M. Blakely s'arracha à la contemplation de sa chienne.

— Vous croyez que ça peut être dû à de la nourriture ?

— À cette époque de l'année, les gens laissent des chocolats emballés au pied du sapin et oublient que c'est dangereux pour les chiens.

Meg vomit sur la table.

— Pauvre bête ! s'exclama Beth en la caressant.

Apparemment, il ne s'agissait pas de chocolat. Meg gémit et leva vers Beth un regard qui lui fendit le cœur. Une seconde ! Le blanc de l'œil était un peu jaune… Y avait-il un problème au niveau du foie ?

Son téléphone se mit à vibrer. Jetant un regard à l'écran, elle soupira.

— Excusez-moi un instant…

C'était juste un SMS de sa mère, lui rappelant qu'elles devaient se rendre ensemble à un concert de chants de Noël.

Mais elle ne pourrait pas abandonner cette pauvre bête à son triste sort.

— Monsieur Blakely… Dennis… Je vais installer Meg le plus confortablement possible et faire quelques analyses. Il faudra un certain temps pour la stabiliser, du moins si j'y parviens.

Les yeux pâles du fermier s'emplirent de larmes.

— Faites ce que vous pouvez, mais sauvez-la à n'importe quel prix. Elle est tout ce que j'ai, maintenant que Nancy est partie.

La gorge de Beth se serra. Pauvre homme ! Il était veuf depuis deux ans et, à en juger par ses cheveux en bataille et ses vêtements sales, il ne s'en sortait pas très bien.

Elle allait devoir annoncer à sa mère qu'elle ne pouvait pas l'accompagner à ce concert. La polyarthrite rhumatoïde rendait cette dernière incapable de conduire et elle comptait sur Beth pour l'emmener à la salle des fêtes de l'école et la ramener. D'ordinaire, Beth s'efforçait de toujours tenir ses promesses, mais elle ne pouvait laisser tomber un chien malade.

— Elle va très mal, Dennis, et vous devez savoir…

La gorge de Beth se serra. Seigneur ! Elle détestait cet aspcct dc son travail !

— Je ne peux rien vous promettre, dit-elle en posant la main sur le bras du vieil homme.

Il hocha la tête, visiblement incapable de parler.

Beth perfusa la chienne, puis elle banda sa patte. La pauvre bête réagit à peine. Beth l'installa ensuite dans une cage, sur une couverture.

— La perfusion sert à la réhydrater, expliqua-t-elle, et j'espère qu'elle se sentira mieux. J'ai un échantillon de son sang et, quand j'aurai fait une radio, nous verrons si nous en savons davantage.

Quelqu'un frappa à la porte de la clinique vétérinaire.

— C'est fermé ! cria Beth. Dennis, rentrez chez vous et essayez de vous reposer.

— Hé ! insista l'homme qui se trouvait dehors. Je vois bien que vous êtes là.

— Oui, mais je ne prends plus de patients pour aujourd'hui.

Beth soupira. Elle était incapable de refuser de soigner un animal. Elle espérait seulement que ce n'était pas une urgence.

Elle raccompagna Dennis jusqu'à la porte.

— Je vous tiendrai au courant, promit-elle.

— Pourvu que je vous l'aie amenée à temps !

— On croise les doigts.

Mais Beth avait le sentiment qu'il faudrait plus que de la chance pour sauver la chienne. Elle déverrouilla la porte et l'ouvrit pour permettre à Dennis de sortir.

— Salut, Dennis, comment allez-vous ? fit une voix familière.

Le cœur de Beth bondit dans sa poitrine.

Alex Norton. Génial ! Elle expira lentement pour tenter de calmer son corps et son esprit. Pour l'instant, elle avait des sujets de préoccupation plus importants qu'Alex Norton.

Dennis laissa échapper un soupir et secoua la tête.

— Pas bien, docteur Alex. Pas bien du tout.

— Oh ! je peux faire quelque chose ? s'enquit Alex.

Il tenait un chiot qui lui léchait le cou et il souriait.

Alex Norton, avec un chiot et le sourire aux lèvres. Comment le sort pouvait-il se montrer aussi cruel ? se demanda Beth.

— Je ne crois pas que vous puissiez m'aider, docteur, à moins que vous ne soigniez aussi les patients à quatre pattes, dit le vieil homme d'une voix tremblante. Meg ne va pas bien, mais, si quelqu'un peut la sauver, c'est Beth.

— J'en suis certain. Et j'espère qu'elle va pouvoir m'aider, moi aussi.

Non ! Pas ça !

La dernière chose dont Beth avait besoin, c'était d'une conversation avec l'homme qui avait jadis piétiné son cœur. Le comble, c'était qu'il n'avait pas vraiment enlaidi avec l'âge. Le bel adolescent s'était mué en homme super sexy, vêtu d'un jean et d'un luxueux manteau de laine. Ses cheveux noirs étaient plus courts qu'autrefois et striés d'une unique mèche grise. Ses yeux bleus étaient plus sombres que dans son souvenir, les coins ornés de petites rides d'expression. Ses épaules étaient plus larges, et il lui paraissait plus grand, mais, même avec son mètre soixante-quinze, elle avait toujours dû se hisser sur la pointe des pieds pour atteindre sa bouche.

Mieux valait ne pas penser à sa bouche…

Ou à ses baisers.

Ou à lui.

D'ailleurs, peu lui importait qu'Alex Norton soit beau, puisque, lorsqu'elle le regardait, la colère et la tristesse la submergeaient.

— Salut, Beth.

À son sourire, elle devina qu'il voulait quelque chose et, parce qu'elle ne le connaissait que trop bien, elle savait que, quoi que ce soit, elle en paierait le prix.

— Salut, dit-elle sur un ton glacial.

— Je ne m'attendais pas à te voir. J'étais certain que tu assisterais au concert de chants de Noël.

— Tu pensais que je n'étais pas là, ou tu l'espérais ? Quoi qu'il en soit, la clinique est fermée. Et, oui, j'avais promis d'accompagner maman au concert, mais je ne peux pas laisser Meg. Elle est vraiment malade !

Tournant les talons, Beth retourna auprès de la pauvre chienne. La tête entre les pattes, Meg respirait de façon régulière ; elle n'avait pas vomi, ce qui était déjà une bonne chose.

— Je dois faire des analyses, dit Beth, espérant qu'Alex comprendrait l'allusion.

— Tu veux que je m'arrange pour que quelqu'un conduise ta mère à la salle des fêtes ? Joe y va et je suis sûr qu'il acceptera.

Beth hésita un instant, mais finit par hocher la tête.

— D'accord. Si tu peux passer un coup de fil à Joe, ce serait vraiment sympa.

Pendant qu'Alex téléphonait à son associé, Beth examina

Meg et vérifia ses constantes. La chienne tenait bon, mais elle ne bougeait pas d'un pouce et ne réagit pas quand Beth la souleva dans un harnais pour lui faire une radio. C'est à peine si elle gémit lorsqu'elle lui préleva encore un peu de sang.

Quand Alex revint vers elle, il annonça :

— C'est d'accord. Joe était ravi de passer prendre ta mère et de la ramener.

— Merci.

Le bon côté d'Oakdale, c'était que les gens veillaient les uns sur les autres. En revanche, tout le monde était au courant des histoires de cœur de tout le monde et, en cas de rupture, il fallait endurer des regards compatissants et des sourires attristés, ou prendre la fuite pour ne jamais revenir.

Sauf quand votre mère avait besoin de vous, évidemment…

— Je vais l'appeler pour la prévenir, ajouta Beth.

— D'accord. Je vais attendre… Nous allons attendre.

Alex serra le chiot contre sa poitrine et le caressa, mais Beth refusa de se laisser attendrir par ce spectacle.

Lorsqu'elle eut raccroché, il demanda :

— Ta mère est d'accord ?

— Elle n'est pas très contente, parce que nous étions censées assister à ce concert ensemble, mais elle sait que mon métier est très exigeant et que je dois souvent rester à la clinique tard le soir, ou même y passer la nuit. Elle est habituée à ce que je fasse des promesses que je ne peux pas tenir. Tu sais de quoi je parle, j'imagine ?

Oups ! C'était un peu agressif, mais, quand on rompt une relation – des fiançailles – par téléphone et sans explications, on doit s'attendre à un retour de manivelle, non ?

Beth ferma un instant les yeux. Cela faisait huit ans, maintenant. Elle avait tourné la page depuis longtemps ! Du moins, c'était ce qu'elle croyait jusqu'à ce qu'elle revienne à Oakdale pour aider sa mère et se retrouve nez à nez avec Alex Norton à chaque coin de rue. Étonnant, non ? Huit ans auparavant, alors qu'elle aurait désespérément voulu lui parler, elle ne l'avait trouvé nulle part !

Plus vite elle retournerait à Glasgow, mieux ce serait.

— Très bien, Alex, qu'est-ce que tu veux, exactement ?

— Il semble que j'aie un nouvel ami.

Beth posa les yeux sur l'adorable chiot qui léchait le menton d'Alex.

— Il est trop mignon !

— Tu peux dire que c'est un mâle sans l'avoir examiné ?

Beth réprima un rire.

— Je peux le dire en observant la façon dont tu le tiens.

— Quoi qu'il en soit, il ne m'appartient pas. Il m'a juste suivi chez moi, il s'est faufilé dans ma maison et a mâchonné mes chaussures.

— Et tu veux que je… ?

— Prends-le. Il n'est pas à moi.

Avec ce sourire qui la faisait fondre autrefois, mais qui ne lui faisait absolument rien aujourd'hui – *absolument* -, il lui tendit la petite bête.

— À moi non plus.

Beth regarda le chiot au pelage soyeux qui fixait avec adoration l'homme qu'elle avait elle-même adoré des années auparavant.

— Il m'a l'air en pleine forme, ajouta-t-elle.

— En effet, répliqua Alex avec une petite grimace. Trop, si tu veux mon avis.

— C'est plutôt une bonne chose, non ?

— J'ai besoin de trouver son propriétaire.

— Bien sûr. Il t'en sera sûrement très reconnaissant.

— Tu n'as pas été avertie de la disparition d'un chiot ?

Beth effectua une recherche rapide sur son ordinateur.

— Non. Un lapin blanc du nom de Bugsy est parti sans laisser d'adresse, ainsi qu'une chatte siamoise qui s'appelle Marg. Mais rien à propos d'un chien.

Beth adressa à Alex son sourire le plus professionnel, dans l'espoir qu'il quitterait les lieux au plus vite. Un cri plaintif lui parvint depuis la salle de soins.

Meg.

— Écoute, dit-elle, je dois te laisser. Meg a besoin de moi. Tu sais où est la sortie. Je vous souhaite une bonne nuit à tous les deux.

2.

Alex ne bougea pas. Il se contenta de la fixer tout en serrant le chiot contre son cœur, comme pour le protéger contre elle. Super ! Maintenant, elle s'appelait Cruella !

— Tu ne peux pas nous renvoyer dans la neige, Beth !

— Bien sûr que si, je peux ! Avec ton joli cabriolet, tu ne mettras que cinq minutes pour rentrer chez toi !

— Mais… Et cette pauvre petite bête ?

— Il est malade ?

— Non. Il est ingérable.

— Tu as le chauffage central, dans ta maison, pour pouvoir le réchauffer jusqu'à ce que son propriétaire se manifeste ?

Alex se rembrunit.

— Bien sûr.

— Très bien. Et tu es un grand garçon, ainsi qu'un médecin compétent. Tu te débrouilleras. Ce n'est pas une urgence, Alex, et j'ai du travail.

— Je te jure que c'est urgent, Beth ! Je ne veux pas de chien, je ne sais pas comment m'en occuper et de toute façon je n'en ai pas le temps. Il faut que je le rende à son maître ! Pense à la pauvre petite fille qui a perdu son chien juste avant Noël.

Alex se tenait sous la guirlande que le personnel de la clinique avait suspendue au plafond. Leurs regards se croisèrent, et l'espace d'un instant Beth fut ramenée dans le passé… Ils étaient revenus de leurs universités respectives pour les vacances, avaient décoré la chambre d'Alex et fait l'amour pendant des heures. Ensuite, il avait posé sur sa tête une couronne de guirlande dorée et l'avait embrassée passionnément. Pour finir, il lui avait dit qu'elle était sa reine et lui avait demandé de l'épouser.

Pendant toute une année, elle avait été la femme la plus heureuse de la terre, jusqu'à ce qu'il la détrône et lui brise le cœur avec un simple appel téléphonique.

Par la suite, il était parti en voyage... Sans elle.

Beth avait tenté de parler avec les parents et la sœur d'Alex ; elle leur avait demandé pourquoi elle ne parvenait pas à le contacter.

Nous sommes désolés, Beth, mais nous respectons son souhait. Nous sommes désolés.

De quoi ? De lui briser le cœur ?

Il n'avait qu'à se débrouiller avec ce chien !

— Il ne te reste plus qu'à retrouver son maître et tu seras le héros du jour. En quoi est-ce que cela me regarde ?

— Tu ne m'aides pas beaucoup, Beth.

Il ne manquait pas de culot !

— Je m'efforce toujours de rendre service en cas de nécessité, Alex, mais pour l'instant je dois m'occuper de Meg.

— Il n'a même pas de collier... Tu crois qu'il a une puce ? Mais qu'est-ce qu'on va faire, s'il n'en a pas ?

Alex tentait clairement de la manipuler.

— *On* ?

— D'accord... Qu'est-ce que *je* vais faire d'un chiot perdu ? corrigea Alex. Je travaille tout le week-end et je n'ai pas une minute à lui accorder. Oh !

La bouche d'Alex se pinça, alors qu'un flot d'urine se déversait sur son jean.

— Il n'arrête pas de faire ça !

— Au moins, on sait que ses reins fonctionnent bien.

Il se faisait tard et Beth devait vérifier les résultats des analyses de Meg, mais elle avait une obligation morale envers ce chiot. Au minimum, elle devait s'assurer qu'il était en sécurité et que quelqu'un le maintiendrait en vie.

— Écoute, dit-elle, accorde-moi une heure. Quand je me serai occupée de Meg, je pourrai me concentrer sur cette petite bête. Pourquoi ne pas rentrer chez toi et revenir plus tard ?

— Je préférerais rester ici. Tu as l'équipement nécessaire et en plus il déteste la voiture. Il n'a pas cessé d'aboyer pendant tout le trajet.

— D'accord, d'accord !

Beth remplit un bol d'eau et un autre de nourriture pour chiots.

— Quand il aura bu et mangé, dit-elle, va dans la salle du personnel et fais-toi un café.

Pendant ce temps, elle serait à un couloir et deux portes de lui.

Alex poussa un soupir de soulagement.

— Merci, dit-il en souriant.

Seigneur ! Ce sourire lui faisait toujours autant d'effet. Mais elle resterait ferme. Elle était immunisée... Il le fallait.

— D'accord, dit-elle. J'ajoute ça sur ta note, qui augmente de minute en minute.

Alex posa le chiot par terre et le suivit partout, le grondant chaque fois qu'il se montrait trop curieux. Il était clair qu'Alex ignorait tout des chiens.

Beth ferma les yeux et compta jusqu'à dix. La vision d'un Alex complètement dépassé par le comportement d'un chiot mettait à mal ses défenses.

— Pourquoi ai-je l'impression que je vais le regretter ? murmura-t-elle pour elle-même.

— Comment va-t-elle ? chuchota Alex en se glissant dans la salle de soins.

Il craignait de déranger Beth, mais il avait attendu longtemps et maintenant il redoutait que la vieille chienne soit morte et Beth en pleurs.

Mais non, la vétérinaire et l'animal tenaient bon.

— Je t'apporte une tasse de thé, Beth. J'ai pensé que tu en aurais besoin.

Comme toujours, son cœur bondit dans sa poitrine dès

qu'il vit Beth. Ses longs cheveux miel masquaient son visage tandis qu'elle vérifiait la perfusion, mais il se rappelait le moindre détail de son ravissant visage : les grands yeux bruns qui posaient un regard chaleureux sur tout le monde, sauf sur lui – avec de bonnes raisons, il le savait —, le nez parfait et le ravissant sourire… Sauf ce soir, apparemment.

La situation était délicate. Il aurait préféré de ne pas amener Flèche ici, mais il n'avait pas d'autre choix. En outre, il avait espéré que Beth serait absente, mais il n'avait pas eu cette chance.

Elle semblait fatiguée, mais elle était toujours aussi belle. Et tout aussi compétente, professionnelle et franche… Et furieuse contre lui. Beth n'avait jamais su dissimuler ses sentiments et il lui avait piétiné le cœur, si bien qu'il n'avait droit à aucune indulgence. Mais pour la millionième fois, il se répéta qu'il avait eu raison d'agir comme il l'avait fait.

Oui. Il devait la libérer, au lieu de l'enfermer dans une relation incertaine, potentiellement sombre, et un avenir désastreux. Et maintenant ? Les choses s'étaient en grande partie arrangées, en tout cas bien mieux que les spécialistes ou lui-même ne l'avaient espéré. Mais il ne pouvait toujours pas offrir à Beth ce qu'elle voulait ou méritait. Tant pis s'il se languissait de ce corps si bien accordé au sien et fait pour ses baisers.

Il lutta contre le regret… Il avait fait ce qu'il fallait.

Se forçant à ne pas regarder Beth, il se concentra sur sa patiente. Il ne connaissait rien aux chiens, mais Meg semblait aller mieux.

Beth se redressa et se tourna vers lui. Son regard était doux et bienveillant, comme si elle avait oublié l'espace d'un instant combien elle lui en voulait.

— C'est adorable, dit-elle. Je meurs de soif.

— Je n'étais pas sûr que tu le prenais toujours avec du lait et sans sucre.

— Oui. Oh !

Beth battit des paupières et redevint distante, professionnelle et méfiante. Elle avala une gorgée de thé avant de poser la tasse.

Bon sang ! Il aurait dû éviter toute allusion au passé !

— Comment va Meg ? demanda-t-il.

Beth expira lentement, et il devina qu'elle reconstituait ses défenses. Elle se détourna de lui.

— Elle tient bon, répondit-elle. J'ai fait des analyses : numération sanguine, analyse biochimique et analyse d'urine. J'ai fait une échographie de son abdomen, ainsi qu'une endoscopie. Apparemment, elle souffre d'hémorragie digestive et son foie est endommagé.

Le ton de Beth était calme et mesuré, comme si elle faisait un rapport à quelqu'un qu'elle ne connaissait pas.

— Je pense qu'elle a mangé quelque chose de nocif, continua-t-elle. Je ne suis sûre de rien, mais, vu les symptômes, il pourrait s'agir d'une intoxication à l'ibuprofène. Si c'est le cas, il va falloir la surveiller étroitement durant les prochains jours.

— Pauvre Dennis ! Ce serait terrible, s'il perdait Meg si tôt après le décès de Nancy. Comme s'il n'avait pas eu sa dose, après avoir soigné sa femme pendant toute la durée de son cancer ! Il ne s'en sort pas très bien, j'ai l'impression.

— Non, et c'est bien triste. Il faut que je discute avec lui pour savoir s'il a pu laisser traîner des comprimés.

— Je suis son médecin et, de mémoire, je ne lui ai pas prescrit d'ibuprofène, mais je vérifierai demain. Cela s'achète sans ordonnance, d'ailleurs. Je ne l'ai pas vu ces derniers temps, mais il a perdu beaucoup de poids et il ne prend visiblement plus soin de lui. Je pourrai être présent, quand tu lui parleras ?

Beth le fixa un instant avant de répondre, et il devina qu'elle pesait le pour et le contre. Était-ce parce qu'elle ne souhaitait pas passer davantage de temps avec lui ?

Finalement, elle hocha la tête.

— D'accord, c'est une bonne idée. Tu le connais mieux que moi et ta présence lui fera du bien.

— Parfait. Préviens-moi quand vous aurez fixé un

rendez-vous. Maintenant, il se fait tard et je me demandais si tu pourrais agiter ta baguette magique au-dessus de ce chiot et voir si une famille le recherche. Je l'ai installé dans une de tes cages avec des biscuits et un jouet. Oui, je sais, ce sera sur la note…

Beth jeta un coup d'œil à sa montre.

— Je me suis absentée pendant deux heures ! Pauvre bête ! Je suis désolée, mais il fallait que je m'occupe de Meg.

— Je le sais bien, mais ses propriétaires doivent commencer à s'inquiéter. J'ai appelé la police, mais ils n'ont reçu aucun appel concernant un chiot perdu. Tu es mon dernier espoir, Beth.

Alex s'efforça de sourire, mais Beth ne se détendit pas pour autant. Se penchant sur Meg, elle la caressa un instant.

— Je ne serai pas longue. Attends-moi, ma belle… Bien, ajouta-t-elle en se tournant vers Alex, allons-y et réglons ce problème.

Waouh ! Elle devait vraiment le détester, mais il ne pouvait l'en blâmer. Lorsqu'ils entrèrent dans la pièce où se trouvaient les cages, le chiot se dressa aussitôt et remua la queue avec un enthousiasme qui émut Alex.

— Quelle est sa race ?

Beth ouvrit la cage, puis prit Flèche et le posa par terre avant de se pencher pour lui gratouiller le crâne.

— C'est un beau petit bâtard. Je soupçonne un croisement de labrador et de beagle. Il a de grosses pattes, ce qui implique qu'il aura une bonne taille. Mais… il y a quelque chose qui cloche, au niveau des oreilles.

Alex se sentit soudain bizarrement protecteur.

— Elles sont très bien, ses oreilles !

— Elles sont dressées, alors que celles du beagle sont pendantes. Enfin… il y en a une qui l'est. Nous en saurons davantage quand il sera adulte.

— Je ne le saurai pas, puisque je n'ai pas l'intention de le garder. Il n'a pas de puce ?

Beth passa une sonde électronique sur les oreilles et l'encolure du chiot.

— Non.

— Donc, c'est un chien errant ?

— Il doit avoir trois mois et normalement il devrait être identifiable grâce à un tatouage ou une puce. Alors oui, il y a de grandes chances pour qu'il se soit perdu… ou qu'on l'ait abandonné.

— Quoi ? En plein hiver et à Noël ?

— C'est assez fréquent. Parfois, le chien fait des bêtises, ou il est difficile à dresser. Ou bien les circonstances changent et les maîtres ne peuvent plus le garder. Il arrive aussi que les gens aient aimé l'idée du chien, mais pas sa réalité.

Beth frotta les oreilles asymétriques du chiot et lui caressa le museau.

— Tu es trop mignon, dit-elle.

Récompensée par un coup de langue sur la joue, elle sourit. Ce n'était pas trop tôt, mais il avait fallu un chien, et non un humain, pour la dérider.

Après tout ce temps, Alex voulait encore voir ce joli sourire qui illuminait le visage de Beth et allumait des paillettes d'or dans ses yeux.

C'était vraiment contrariant, parce qu'il aurait dû tourner la page et de toute façon elle ne voudrait pas de lui si elle apprenait la vérité qu'il lui avait cachée – à elle comme à tout le monde, d'ailleurs…

Beth se redressa.

— Tu vas devoir le ramener chez toi. Reviens demain matin, et nous verrons si quelqu'un a déclaré la perte d'un chiot.

— C'est impossible ! Il a uriné sur le tapis et mordillé mes meilleures chaussures d'escalade.

— Ah oui ? Quelle horreur ! s'exclama Beth en posant les mains sur ses hanches. Pauvre, pauvre Alex !

— On dirait que tu le penses vraiment.

— Bien sûr.

Quand Beth lui lança un coup d'œil dédaigneux, teinté d'une très légère dose d'humour, Alex sentit son cœur battre la chamade. Il aurait voulu qu'elle lui pardonne de l'avoir blessée, que leurs relations deviennent cordiales et qu'elle abandonne cette attitude défensive en sa présence.

Mais son sourire disparut.

— Tu sais, Alex, je n'ai pas vraiment le temps de t'aider. Je vais appeler la fourrière d'Ulverston. C'est loin, mais ils en sauront peut-être davantage.

Alex la regarda pendant qu'elle téléphonait, ce qui le ramena huit ans en arrière. Il l'avait prise par la taille et serrée contre lui, alors qu'elle téléphonait à sa mère. Après qu'elle avait raccroché, il avait fait courir ses doigts sur les taches de rousseur de Beth et prétendu qu'il voulait les compter. Elle avait ri et répondu qu'il y en avait tellement que c'était impossible. Alors, il avait enfoui son visage dans les cheveux miel en lui disant qu'elle était la plus belle fille de la terre.

Et elle l'était toujours, pas seulement parce qu'elle était ravissante, mais à cause de sa bonté et de sa bienveillance envers tout le monde… en dehors de lui.

Il sursauta, car Beth venait de lui dire quelque chose après avoir raccroché.

— La fourrière d'Ulverston est pleine. Ils m'ont dit qu'ils sont souvent appelés quand des gens ont perdu un chiot, mais ils n'ont pas eu de signalement ces derniers jours. Ils te suggèrent de l'emmener chez toi et nous réessayerons demain matin.

Alex ne put réprimer un sourire.

— Nous ?

Beth le foudroya du regard.

— Je voulais dire que *tu* réessayeras demain matin, après qu'il aura passé la nuit chez toi.

— Je t'ai déjà dit que je n'avais pas le matériel nécessaire. Tu ne pourrais pas le garder ? Tu as tout ce qu'il faut pour un chiot. De la nourriture, des lits… Toi.

— Non. J'ai cessé de te faire des faveurs il y a bien longtemps, Alex Norton. Je ne peux pas garder un chiot turbulent qui risquerait de stresser Meg encore davantage et de m'empêcher de la soigner comme elle le mérite. Elle a besoin de paix et de tranquillité.

Beth lança à Alex un regard qui semblait signifier : « Tout comme moi ! »

— Pour une fois, continua-t-elle après avoir repris son souffle, tu pourrais penser à quelqu'un d'autre qu'à ta petite personne.

— Eh ! je suis médecin ! Je pense tout le temps aux autres.

Mais elle le voyait vraiment comme un homme égoïste et égocentrique. D'une certaine façon, il avait fallu qu'il le soit pour endurer des mois de traitement et de convalescence. Mais rompre avec elle avait été ce qu'il avait fait de mieux, durant toute cette période. Il n'avait pas voulu lui faire subir ce qu'il avait lui-même subi quand son cousin avait été malade : les longues heures à l'hôpital à espérer un miracle, la souffrance de Mikey, les prières et enfin… la perte de tout espoir. Il avait vu sa famille sombrer dans le chagrin et, lorsque les médecins lui avaient annoncé leur pronostic, il avait su qu'il n'infligerait pas cette torture à Beth.

Ne voulant clairement pas en entendre davantage, elle gagna la réserve et prit des fournitures qu'elle lui donna.

— Tiens. Voilà des draps, si tu ne peux pas supporter un peu d'urine sur ton tapis. Pose-les par terre dans ta cuisine, par exemple. Je te prête un lit et deux jouets, ainsi qu'une cage pour le cas où tu ne pourrais pas le surveiller. Je te donne aussi de quoi le nourrir. Ne t'inquiète pas si tu n'as pas d'espèces sur toi, nous acceptons les paiements par carte bancaire.

Se penchant vers le chiot, elle lui gratta les oreilles.

— Sois un bon garçon, Bouton.

— Qu'est-ce que ça veut dire, « sois un bon garçon » ? Tu lui recommandes de ne pas manger mes chaussures ? Et il s'appelle Flèche, pas Bouton.

— Tu plaisantes ! Il n'a rien d'une flèche. Regarde ses yeux, on dirait des boutons foncés.

— Peut-être, mais sa queue a tout d'une flèche pointée vers le plafond.

— Pas du tout ! Elle a la forme d'une faucille, pas d'une flèche. Faucille. Flèche. Tu vois la différence ?

Alex caressa la queue duveteuse.

— Si tu la redresses, elle ressemble à une flèche.

Beth leva les yeux au ciel.

— Pff ! Bon, il est temps de t'en aller, Bouton.

— Flèche.

— Bouton.

Elle soutint son regard plus longtemps qu'elle ne l'avait fait ces dernières semaines. Aussitôt, cette indignation farouche suscita dans tout le corps d'Alex d'étranges picotements. Oui, elle était toujours la plus belle femme qu'il avait jamais rencontrée.

Pourquoi réagissait-il de cette façon, alors que la désirer était vraiment une très mauvaise idée ?

— J'entends Meg gémir, dit Beth. Il faut que j'y aille.

— Et demain matin ? Ma consultation commence à 8 heures. Mes patients aussi ont besoin de paix et de tranquillité, pas d'un chiot turbulent qui risquerait de les stresser.

Il avait sciemment utilisé les mêmes termes qu'elle, et elle pinça les lèvres.

— Tu n'abandonnes jamais, c'est ça ?

— Flèche a besoin de toi.

L'homme et le chien la fixèrent un instant en silence. Alex vit le visage de Beth s'adoucir, et elle finit par céder :

— D'accord. Dépose-le ici avant ta consultation. J'espère que Dennis sera là, pour que nous puissions discuter.

— Parfait, dit Alex en se penchant vers le chiot. Tu vois, Flèche, elle est vraiment gentille. Même si je suis *persona non grata*, tu n'es pas un chien *non grata*.

Le chiot lui lécha l'oreille.

— Je garderai un œil sur Bouton entre deux patients, dit Beth en levant les yeux au ciel. Avec un peu de chance, nous trouverons son propriétaire.

— Merci.

Sans réfléchir, Alex déposa un baiser sur la joue de Beth, ce qu'il regretta sitôt qu'il huma son odeur fraîche et familière.

— Je veux dire… Flèche te remercie, dit-il en soulevant le chiot dans la direction de Beth. Tu es une star.

Aussitôt, la petite bête lécha l'autre joue de Beth, qui ne put s'empêcher de sourire.

— Non, répliqua-t-elle pourtant, je suis juste faible et j'ai le cœur tendre quand il s'agit de chiots perdus. Ce n'est que du baby-sitting, après tout. Je viens en aide à Bouton, pas à toi.

Elle posa sa main sur la joue qu'Alex avait embrassée et secoua la tête. Il eut l'impression qu'elle était en proie à des sentiments contradictoires. Elle le détestait, certes, mais il discernait autre chose, dans les yeux de Beth. Il était clair que cette situation lui était aussi pénible qu'à lui…

— Rien d'autre que du baby-sitting, répéta-t-elle. C'est tout.

3.

Seulement, ce n'était pas tout.

Malheureusement, la proximité d'Alex donnait à Beth une furieuse envie de lui réclamer des comptes à propos de la façon dont il avait rompu avec elle. Mais elle n'était pas d'humeur à s'entendre dire qu'elle l'avait déçu ou ne s'était pas montrée à la hauteur.

Pour l'instant, elle devait se focaliser sur Meg, mais le moment venu elle lui demanderait pourquoi il s'était comporté de la sorte. À moins que, peut-être, elle ne lui donne pas la satisfaction de savoir combien elle l'avait aimé.

Elle fit donc ce qu'elle faisait depuis des années : elle étouffa la part d'elle qui se languissait de lui. Pas question d'évoquer les lèvres d'Alex sur sa peau ou d'admettre que, malgré sa colère, il faisait toujours battre son cœur plus vite.

La nuit fut longue. Trop souvent, les analyses sanguines de Meg furent catastrophiques. Beth lutta de toutes ses forces pour empêcher sa patiente de s'éteindre, mais au matin l'état de la vieille chienne s'était amélioré.

Il faisait encore nuit quand la sonnerie de la porte d'entrée retentit, arrachant Beth à un sommeil léger ponctué par les alarmes régulières qui lui rappelaient qu'elle devait examiner sa patiente.

Repoussant les couvertures, elle quitta le fauteuil inclinable installé dans la salle de soins. L'état de Meg était stable, contrairement à celui de Beth. Elle manquait de sommeil et l'absorption excessive de café, pour se tenir éveillée, l'avait rendue nerveuse… Sans compter « l'effet Alex ».

— J'arrive ! cria-t-elle depuis le hall d'entrée.

Jetant un coup d'œil au miroir, elle grommela :

— Oups ! Tu as connu des jours meilleurs.

Ses cheveux étaient emmêlés et des cernes creusaient ses joues. Ses yeux étaient injectés de sang et sa peau rougie. Mais quelle importance, de toute façon ? Dennis, qui avait appelé deux fois dans la nuit, attendait derrière la porte d'entrée de savoir comment sa chienne bien-aimée se portait.

Elle se brossa les dents et s'aspergea le visage d'eau fraîche, après quoi elle plaqua un sourire sur ses lèvres et traversa le hall.

— Désolée d'avoir mis du temps…

Beth sursauta à la vue d'Alex et de Bouton, qui patientaient sur le seuil.

— Oh ! bonjour, vous deux.

Les cheveux d'Alex étaient ébouriffés et ses yeux aussi ensommeillés que les siens, pourtant il était encore plus sexy que la veille. Beth se rappela leurs réveils matinaux, après de longues nuits sensuelles, quand ils se rendaient visite dans leurs campus respectifs.

Alex tenait d'une main sa sacoche de travail et de l'autre Bouton. Après avoir adressé à Beth un sourire incertain, il posa le chiot par terre.

— Bonjour, Beth. Tu as une mine terrible.

Elle ne put s'empêcher de rire.

— Merci ! Tu as une sale tête, toi aussi.

— Je n'ai pas très bien dormi. Comment va Meg ?

— Couci-couça. La pauvre bête n'a pas passé une très bonne nuit. Elle déteste le charbon actif, mais il fallait absolument freiner l'absorption de la drogue pour empêcher que son foie et ses reins soient encore plus endommagés. En raison de son hémorragie gastrique, j'ai dû lui faire une transfusion, mais elle n'a pas très bien réagi.

Beth se pencha pour caresser le ventre du chiot. Il était

vraiment très beau et cela faisait du bien de voir ce petit corps vibrant de vie, après avoir veillé sur la pauvre Meg.

— Et vous deux ? demanda-t-elle. Est-ce que Bouton a dormi et mangé ? Regarde-moi ! Je me comporte comme une mère anxieuse. Je plains mes enfants, quand j'en aurai. Dans le genre mère poule, on ne fera pas mieux.

— J'en suis sûr, répliqua Alex, qui se rembrunit visiblement.

Avait-elle dit quelque chose de mal ? À moins qu'Alex ait passé une aussi mauvaise nuit qu'elle ? Secouant la tête, il baissa les yeux vers le chiot qui restait collé à ses jambes, bien qu'il n'ait pas de laisse, et qui levait vers lui un regard adorateur.

— Il a fait un trou dans mon bonnet préféré, reprit Alex, mordillé ma sacoche et n'a accepté de dormir que sur ma poitrine.

Beth posa malgré elle les yeux sur le large torse d'Alex. Ce manteau de laine lui allait à merveille et elle rêva un instant de glisser les mains en dessous, pour entourer sa taille.

— La cage n'a servi à rien, grommela-t-il. Je l'ai installé dedans, mais il a hurlé jusqu'à ce que j'aille le chercher. Il ignore le sens du mot « non » et je suis certain qu'il est parfaitement incapable d'obéir.

— Donc, il est en pleine forme, rétorqua Beth en riant. J'imagine que tu seras content d'en être débarrassé.

— Euh… Absolument.

Beth eut envie de lui rappeler qu'il était expert en la matière, mais cela n'aurait pas été juste. N'importe qui serait tombé amoureux de Bouton et, à la façon dont Alex le regardait quand il ne pensait pas être observé, elle devinait qu'il était en bonne voie.

— Son maître doit être fou d'anxiété, maintenant, remarqua-t-elle.

— J'ai téléphoné à la police et à la fourrière, ce matin. J'ai même imprimé des affichettes.

Alex sortit de sa sacoche des flyers colorés. On y voyait la photo de Bouton avec le mot « TROUVÉ » en dessous, ainsi que le numéro de téléphone d'Alex.

— Je vais t'en laisser quelques-unes, ajouta-t-il, et je demanderai à des commerçants de bien vouloir les coller sur leurs vitrines.

— Très bonne idée. De mon côté, je vais prévenir les autres vétérinaires de la région. Oh ! maman m'a appelée, elle a apprécié le concert et m'a demandé de te remercier.

Beth regretta aussitôt de se montrer aussi compassée et polie, comme si elle ne l'avait jamais connu et aimé. Mais elle devait garder ses distances, c'était évident.

— C'est Joe qu'il faut remercier, répondit Alex en haussant les épaules. J'espère que ta mère n'était pas trop fâchée contre toi.

— Elle sait que mes engagements professionnels l'emportent quelquefois sur mes engagements familiaux.

— Tu as pris ce poste de façon permanente ?

Cette question étonna Beth, mais, dans la mesure où n'importe qui, dans le village, pouvait informer Alex, autant qu'elle le fasse elle-même.

— J'aide maman à vendre sa maison. Elle emménage dans la maison de retraite de Bay View dans deux semaines. Cela a pris davantage de temps que nous le pensions, et j'ai dû prolonger mon séjour. Ce n'est pas un problème, mais je dois rembourser mon crédit immobilier.

— Tu as acheté une maison ? Ici ?

Était-ce un effet de son imagination ? Elle avait cru voir une lueur d'intérêt dans les yeux d'Alex. Non ! Elle ne s'aventurerait pas sur ce terrain !

— Pas à Oakdale, en fait, mais à Glasgow. Je dois y retourner le jour de Noël, après avoir passé la matinée avec ma mère. Elle sera bien installée, et j'ai hâte de commencer ma nouvelle vie. D'ailleurs, mon patron se rend en Australie pour un congé sabbatique et il m'a demandé de le remplacer à la tête de la clinique, mais ça ne m'empêchera pas de revenir ici pour voir maman.

Alex hocha ta tête.

— Tu te plais, à Glasgow ?

— J'adore cette ville.

Il fronça les sourcils.

— Je croyais que tu adorais Oakdale.

— Les gens changent, non ? Disons que je suis passée à autre chose.

Beth espérait qu'en formulant les choses à voix haute elle couperait court aux sentiments qu'Alex pouvait susciter en elle. Avec un peu de chance, il comprendrait qu'elle n'avait nulle envie de rester à Oakdale.

La sonnerie de la porte d'entrée retentit.

— Ah ! ce doit être Dennis, dit-elle avec soulagement. On va pouvoir discuter avec lui. Je vais poser Bouton dans ce petit parc de bébé pour qu'il ne puisse pas nous causer des ennuis. Molly devrait arriver d'une minute à l'autre ; elle veillera sur lui pendant que nous conduirons Dennis auprès de Meg.

Dennis semblait avoir vieilli de dix ans pendant la nuit.

— Comment va ma fille ? demanda-t-il aussitôt.

— Elle est à peu près dans le même état que quand vous avez téléphoné. Elle n'est pas sortie d'affaire, loin de là. La pauvre bête est vieille et fatiguée, elle a besoin de toute son énergie pour mener ce combat.

L'amour de Dennis pour sa chienne touchait profondément Beth, qui jeta un coup d'œil à Alex sans savoir pourquoi. Peut-être voulait-elle seulement… Quoi ? Nouer avec lui une sorte de camaraderie ? Il retint son regard un instant de plus qu'elle ne s'y attendait. Il la fixait avec une douceur mêlée de tristesse qui n'avait aucun rapport avec Dennis, elle en était certaine.

Lorsqu'elle ouvrit la cage, Meg souleva légèrement la tête, puis huma la main de Dennis avant de poser son museau sur sa paume. Le maître et l'animal échangèrent un long regard chargé d'affection. La gorge serrée, Beth songea que ce lien pouvait se briser d'un instant à l'autre, mais elle parvint à articuler quelques mots :

— Vous voyez à quel point votre présence la réconforte ?

— Guéris vite, ma vieille, j'ai besoin de toi, fit le fermier d'une voix rauque. Savez-vous ce qu'elle a, Beth ?

— Je pense qu'elle a été empoisonnée.

Le vieil homme caressa les oreilles de la chienne sans répondre.

— Je ne peux pas en être sûre à cent pour cent, continua Beth, mais je pense qu'elle a avalé de l'ibuprofène.

Dennis s'immobilisa, comme figé sur place.

— De l'i-bu-pro-fène, répéta lentement Alex. C'est un médicament que les humains prennent souvent, mais il peut être fatal pour un chien.

Dennis ne répondit toujours pas.

— Est-ce que vous savez si vous en avez chez vous ? insista Beth.

— Sais pas, dit Dennis en caressant le dos de sa chienne.

— Vous avez dû jeter les vieux médicaments, non ? demanda Beth.

Dennis haussa les épaules, accablé par le chagrin. Se tournant vers Alex, Beth secoua imperceptiblement la tête pour lui faire comprendre de ne pas insister. Ils n'arriveraient à rien en poursuivant cet interrogatoire.

— Vous avez eu raison de l'amener, dit-elle avec douceur. Si vous aviez attendu plus longtemps, elle ne s'en serait pas sortie. Grâce à vous, elle a de bonnes chances de guérir.

Pour la première fois, le visage du fermier s'éclaira.

— C'est vrai ? Je lui ai sauvé la vie ?

— Elle n'est pas encore tirée d'affaire, mais, sans votre intervention, elle était perdue, dit gentiment Beth en posant la main sur l'épaule du vieil homme. Je pense qu'elle a besoin de repos. Pourquoi ne pas rentrer chez vous, maintenant ? Vous devez être épuisé, après cette nuit sans sommeil.

— Je préférerais rester, si c'est possible.

— Je dois poursuivre les analyses, alors il vaudrait mieux que vous reveniez à l'heure du déjeuner.

— D'accord. La ferme ne peut pas fonctionner sans fermier… Bien que les moutons n'obéissent pas aussi bien, sans chien pour les surveiller.

Dennis regarda sa vieille amie en soupirant. Une larme coula le long de sa joue ridée.

— Vous n'avez personne, pour vous aider ? Des amis ? De la famille ? demanda Beth, le cœur serré.

— Non.

— Eh bien… Faites ce que vous avez à faire et je vous rappellerai dans une heure ou deux.

Après le départ du fermier, Beth ferma un instant les yeux.

— Parfois, ce boulot est dur !

Elle sentit qu'Alex se rapprochait d'elle. Autrefois, elle se serait blottie dans ses bras, mais elle se contenta de serrer les poings.

Ouvrant les yeux, elle s'écarta d'Alex pour échapper à son odeur familière de bois de santal.

— Pour l'instant, dit-elle, je vais tenter de maintenir Meg en vie, même si je ne dois pas dormir pendant des jours.

Mais Alex secoua la tête.

— Il y a quelque chose qui ne va pas.

— Quoi ? J'ai pris toutes les mesures nécessaires en cas d'empoisonnement !

— Eh ! je ne faisais pas allusion à ton traitement, mais à Dennis.

— Ah ! Je ne le connais pas vraiment. Je veux dire… Il a toujours vécu ici, aussi longtemps que je m'en souvienne, mais pour moi il était le vieux grincheux de la Ferme des chênes.

— Je reconnais qu'il est du genre rugueux, mais il a toujours eu un esprit affûté et il a soigné Nancy chez eux pendant les six derniers mois de sa vie. Il a refusé de la laisser à l'hôpital parce qu'elle voulait rester dans la maison où elle habitait depuis quarante ans. En même temps, il gérait la ferme et son élevage de moutons, alors que, pour la plupart, les hommes de son âge auraient pris leur retraite depuis longtemps. Il n'a pas d'enfants ou de parents pour l'aider.

— Où veux-tu en venir ?

— Je veux dire qu'il connaissait forcément par cœur le nom des médicaments qu'elle prenait, tu ne crois pas ?

Beth quitta la salle de soins, suivie par Alex. Elle adressa un signe de la main à Molly, qui répondait au téléphone.

— Il a peut-être oublié, ou bien il essaie de laisser tout ça derrière lui.

— Tu as sans doute raison. Je me disais que, s'il avait laissé traîner des comprimés, il serait trop gêné pour l'avouer. Mais pire encore… S'il était en train de perdre la mémoire ?

— Tu penses à un début de sénilité ?

— Je ne veux pas tirer de conclusions hâtives, mais je compte passer le voir sous prétexte d'acheter une peau de mouton.

— Je croyais que les médecins d'Oakdale ne se déplaçaient qu'en cas d'urgence ?

Alex caressa les oreilles asymétriques de Bouton avec une tendresse qu'il aurait sans doute niée si Beth la lui avait fait remarquer.

— Je commence à penser qu'Alex Norton a un cœur, dit-elle.

— Quoi ? J'essaie juste d'aider Dennis avant qu'il ne soit trop tard.

— Ah ! Et quand tu dors avec Bouton, ce n'est pas la preuve que tu as un cœur ?

Alex cessa aussitôt de caresser le chiot.

— Si je ne l'avais pas fait, *Flèche* m'aurait empêché de dormir toute la nuit.

Beth sentit l'émotion l'envahir en imaginant Alex dans son lit, le chiot blotti contre lui. Elle aurait voulu lui demander pourquoi il l'avait traitée si cruellement, huit ans auparavant, et pourquoi elle découvrait maintenant qu'il restait en lui des traces de l'homme qu'elle avait aimé.

Pourquoi ?

Mais ce n'était pas le moment de lui demander des comptes.

— Ne me dis pas que tu as laissé un chien dormir dans ton lit ! C'est une très mauvaise idée, pour lui comme pour toi.

— Je n'avais pas le choix. Sinon, il aurait hurlé au rez-de-chaussée toute la nuit, répliqua Alex avec un sourire penaud.

— Donc tu seras content de retrouver son propriétaire ?

— Exactement, répliqua Alex d'un air peu convaincant.

— Et si ce n'est pas le cas ? Tu repasses le prendre après ta consultation, j'imagine ?

— On est samedi. Ce soir, les copains du club et moi, on compte faire de l'escalade au Centre de Kendal.

— Si je le garde dans la journée, tu dois le prendre le soir. De mon côté, je ne peux pas garder un chiot au milieu des cartons de maman.

— Je ne pourrais pas le reprendre demain ?

— On s'en tient à ce qu'on avait dit. C'est un bébé, Alex. Tu ne peux pas le laisser parce que tu as envie de sortir avec tes amis. Tu imagines, si tu faisais ça avec tes enfants ?

Alex serra les dents, et l'espace d'un instant Beth eut l'impression qu'il allait se mettre à crier.

— C'est un scénario qui ne se réalisera jamais, Beth Masters. Je vais annuler mes plans. De ton côté, tâche de trouver le propriétaire !

Sur ces mots, il prit sa sacoche et quitta la clinique, laissant Beth étonnée et choquée par le ton qu'il avait employé. L'espace d'un instant, la générosité et la compassion d'Alex l'avaient impressionnée, mais maintenant elle le voyait tel qu'il était : égoïste et autoritaire.

Et pour la première fois depuis de longues années, elle se dit que leur rupture avait été une très bonne chose, finalement.

4.

Les enfants…

Chaque fois que Beth en parlait, l'estomac d'Alex se nouait. Il avait accepté l'idée qu'il ne serait jamais père, mais ces allusions constantes lui rappelaient les projets qu'ils avaient faits autrefois.

Parce qu'elle était fille unique, Beth souhaitait une ribambelle de bébés et il était d'accord parce qu'il l'aimait.

C'était avant que le diagnostic ne tombe.

Beth serait sûrement mère un jour, mais il avait dû renoncer à la paternité.

La consultation de la matinée avait traîné en longueur, et il avait eu le temps de se remémorer le visage de Beth, quand Dennis avait pleuré. Il aurait tant voulu la réconforter !

Lorsqu'il sortit de son bureau, il trouva Maxine à la réception.

— Je n'arrive pas à croire que nous ayons reçu autant de patients, Alex. Ils sont tous enrhumés ou grippés. On dirait que ton après-midi va être aussi bien chargé.

Elle lui tendit quelques papiers à signer. Alex se réjouit qu'elle soit revenue en forme, après son opération du cœur.

— Tu as l'air épuisé, continua Maxine. J'espère que tu ne brûles pas la chandelle par les deux bouts. On ne sait jamais, avec vous, jeunes médecins célibataires !

— Il se trouve que j'ai très mal dormi à cause d'une jeune créature, répliqua Alex avec un sourire.

Maxine posa ses mains sur ses oreilles.

— Je ne veux pas en savoir davantage !

En réalité, peu de chose était susceptible de choquer la réceptionniste de la Maison médicale d'Oakdale.

— Au cas où tu te poserais la question, Max, il s'agit d'un chiot, alors ne te fais pas de souci.

— Un chiot ? C'est un engagement important ! Est-ce que ça veut dire que tu t'installes ? Il serait grand temps !

— C'est temporaire, jusqu'à ce qu'on retrouve ses maîtres. À propos de chiens, est-ce que tu as vu Dennis Blakely, récemment ?

— Non, mais j'ai été absente un certain temps et j'ai pu le manquer, répondit Maxine en tapant sur le clavier de son ordinateur. Non… Il est passé deux fois pour un renouvellement d'ordonnance et il a vu Joe parce qu'il s'était fait une entaille à la main.

— Je suis au courant. Tu sais s'il a des amis ou des voisins susceptibles de veiller sur lui de temps à autre ?

Maxine fronça les sourcils.

— Pourquoi ? Il a des problèmes ?

— Je ne sais pas trop. C'est juste un pressentiment, mais je me trompe peut-être.

— Il n'a jamais été très sociable. C'est Nancy qui avait des relations, mais Dennis est plutôt du genre solitaire. C'est vraiment triste… Il n'a pas l'air très bien, ces derniers temps.

Il ne restait plus à Alex qu'à passer voir le fermier.

— Très bien. Merci pour l'info.

Maxine lui sourit gentiment.

— Oh ! le nouveau médecin a appelé pour dire qu'il arrivera à Oakdale samedi prochain et commencera à travailler la semaine suivante. Tu vas être un peu soulagé.

— Oui. Espérons qu'il est aussi bon que Joe le prétend.

— Oui… Pendant que j'y pense, est-ce que tu pourrais descendre le carton de décorations de Noël, qui se trouve sur l'étagère supérieure, dans la salle du personnel ? Il est temps d'égayer un peu le cabinet pour les fêtes.

Alex se crispa légèrement.

— Bien sûr.

— Il faudrait aussi rentrer le sapin. Raph avait d'autres livraisons, alors je lui ai dit que tu t'en chargerais.

— D'accord.

Ce ne fut qu'en fin de journée qu'ils eurent le temps de s'en occuper. Quand Alex eut déposé l'arbre à l'endroit prévu, Maxine lui demanda :

— Tu pourras m'aider à le décorer ?

Avant qu'il puisse ouvrir la bouche, la porte d'entrée s'ouvrit. Frank Entwhistle, un fermier voisin de Dennis, parut sur le seuil.

— Docteur ! Au secours !

Le teint de Frank était inquiétant. Il était pâle, sa respiration était trop rapide et superficielle. Alex courut vers lui et l'aida à gagner une salle de soins. Avait-il conduit dans cet état ? Ces fermiers étaient vraiment stoïques !

— Que s'est-il passé ? demanda-t-il en aidant son patient à s'étendre sur la table d'examen. Prenez votre temps et respirez bien.

— J'ai été heurté par un bélier.

L'homme serrait son bras contre sa poitrine, et Alex comprit qu'il ne pouvait pas prendre une grande inspiration.

— Mal…

Alex écarta doucement le bras de Frank de sa poitrine et déboutonna sa chemise de laine.

— Je vais vous examiner. Vous dites que vous avez été attaqué par un bélier ?

— Oui, fit l'homme en grimaçant. Mon petit-fils le taquinait et il a chargé.

Les meurtrissures, sur le ventre et la poitrine de Frank, témoignaient de la violence du choc.

— Il ne vous a pas raté, murmura Alex.

— Pendant la période d'accouplement, ils sont toujours plus agressifs, expliqua le fermier en fermant les yeux. Donnez-moi une minute et ça va aller, ajouta-t-il en se laissant aller contre l'oreiller.

— Frank ? Frank ?

Pour toute réponse, le patient émit un faible gémissement. Alex l'examina. Le pouls était filant et la tension trop basse.

— Frank ? Frank ?

— Tout va bien ? demanda Maxine depuis la porte. Je t'ai entendu crier.

Non, tout n'allait pas bien.

— Appelle une ambulance. Dis-leur qu'on a un traumatisme et une possible hémorragie interne. Non, dis-leur qu'elle est confirmée. Je vais le perfuser. Apporte-moi le chariot de réanimation, je vais faire un ECG. Ce serait bien si nous étions équipés pour faire des échographies.

Et une autre paire de mains n'aurait pas non plus été de refus. Maxine ne pouvait guère l'aider, après la pose de son stent, sans compter ses jambes affaiblies par l'arthrite.

Pendant qu'ils attendaient les secours, Alex posa le masque à oxygène sur le visage de Frank et lui administra une solution saline ainsi que des antalgiques par voie veineuse, tout en surveillant sa tension.

Au moment où il pensait l'avoir stabilisé, celle-ci tomba de nouveau, ce qui confirma Alex dans son diagnostic d'une hémorragie interne. Il se préparait à mettre en place un drain thoracique, quand les ambulanciers firent irruption dans la pièce, à son grand soulagement.

Il décrivit ce qui s'était passé et rapporta ses observations :

— Le choc à la poitrine a été brutal et le traumatisme interne est sérieux. Sa tension est basse et il souffre beaucoup, bien que je lui aie administré des antalgiques. L'intensité des bruits respiratoires a diminué d'un côté, ce qui me fait soupçonner un pneumothorax. Il faut effectuer rapidement une décompression à l'aiguille.

— D'accord. On le fait tout de suite.

Un instant plus tard, Andrew, l'infirmier qui semblait en charge des opérations, introduisait dans la poitrine de Frank un petit cathéter relié à une aspiration d'air. La ponction se fit au niveau du cinquième espace intercostal, sur la ligne médio-axillaire gauche.

À la vue du sang qui s'échappait dans le drain, Andrew fit la grimace.

— On l'emmène à Lancaster le plus vite possible.

— Je leur téléphone immédiatement, dit Alex.

Quelques minutes plus tard, le patient était transféré sur un brancard. Quand les portes de l'ambulance se refermèrent, Alex put respirer. Si Frank survivait, le chemin vers la guérison serait lent. Ces fermiers avaient beau être robustes, il ne s'occuperait plus de ses moutons avant longtemps.

En retournant dans la Maison médicale, il fut accueilli par Maxine, qui lui adressa un large sourire.

— Tu as fait du beau boulot.

— Tu as réussi à contacter sa femme ?

— Oui. Elle était morte d'inquiétude, mais son fils va l'emmener à l'hôpital de Lancaster. Heureusement qu'elle a une famille !

— Je suis bien d'accord.

Alex pensa à Dennis, qui n'avait pas de proches pour veiller sur lui. Il ne savait que trop bien lui-même ce que c'était, d'être seul entre quatre murs, et ce que cela pouvait produire dans le cerveau d'un homme.

— Salut, tout le monde ! lança Beth en franchissant le seuil de la Maison médicale.

En voyant son sourire éclatant, Alex sentit son rythme cardiaque s'accélérer. Elle paraissait bien plus fatiguée que le matin, et trois cents fois plus belle.

— On ne s'était pas donné rendez-vous pour le chiot, alors je ne savais pas trop à quelle heure on se verrait. J'ai terminé ma journée et je rentre chez moi.

Elle posa Flèche par terre. Le petit chien se précipita dans les jambes d'Alex et aboya jusqu'à ce qu'il le prenne dans ses bras pour le caresser.

Visiblement ravie, Maxine applaudit.

— Il est trop mignon ! Je suis contente de te voir, Beth. Comment va ta maman ?

Pendant qu'elles bavardaient, Alex élabora une stratégie de fuite.

— Justement, je n'attends plus de patients, on va partir ensemble, Beth.

Maxine fronça les sourcils.

— Tu devais m'aider à décorer le sapin !

Désormais, il avait une bonne excuse pour échapper à la corvée.

— C'est impossible, avec un chiot. Regarde-le ! Il va détruire toutes les guirlandes.

Soulevant le carton, Beth le déposa sur le comptoir de l'accueil.

— Il ne pourra plus le faire, déclara-t-elle. Bon, il faut vraiment que je parte. Maman m'attend et j'ai hâte de me changer. Je porte les mêmes vêtements depuis deux jours et j'ai besoin d'un long bain chaud.

Alex imagina Beth nue dans un bain moussant, et chassa aussitôt cette pensée importune.

— On ne pourrait pas s'occuper du sapin demain, Maxine ? Il faut que je ramène Flèche chez moi. Il a eu une longue journée et il doit se reposer, tout comme moi.

Maxine arbora un large sourire.

— Voilà un homme qui connaît les priorités ! Les chiots passent d'abord, c'est ça ?

Les yeux écarquillés de Beth allèrent de l'un à l'autre.

— Depuis quand Bouton est-il ta priorité ? Bon, continua-t-elle en plongeant la main dans son sac. Voilà une laisse, parce qu'il est temps qu'il apprenne à marcher au pied… ou vaguement dans la même direction que toi. Je te souhaite bonne chance !

Alex tenta d'accrocher la laisse au collier noir que Beth avait mis autour du cou du chiot, mais Flèche tournait en rond et chassait sa queue chaque fois qu'Alex l'approchait.

— Viens là, fripouille !

— Montre-lui comment faire, Beth, suggéra Maxine. Alex passe devant la maison de ta mère, pour rentrer chez lui, vous pourriez tenir le chien à tour de rôle.

Le sourire entendu de Maxine prouvait qu'elle était au courant de leur histoire… comme tout le village. Les parents d'Alex lui avaient confié que leur rupture avait longtemps alimenté les potins.

Beth regarda Flèche, puis Alex, tout en se mordant la lèvre inférieure. Elle haussa les épaules, mais elle rougit sous le regard insistant de Maxine, d'Alex et du chiot.

— D'accord, dit-elle finalement. Accompagne-moi jusque chez moi, et ensuite tu continues tout seul.

Ils traversèrent lentement la place tranquille du village. Obtenir de Flèche qu'il s'adapte à leur rythme, au lieu de mordiller sa laisse, se révéla difficile, d'autant qu'il reniflait chaque plante, chaque réverbère.

La neige crissait sous leurs pas, tandis qu'Alex cherchait quelque chose à dire pour alimenter la conversation.

— Comment va ta mère ? demanda-t-il.

Beth haussa les épaules.

— Son état se dégrade, hélas. J'ai l'impression qu'elle s'affaiblit sous mes yeux, pas seulement sur le plan physique, mais aussi mental.

Alex savait combien la mère de Beth était dépendante. Beth avait même failli abandonner ses projets universitaires pour s'occuper d'elle, mais les spécialistes avaient trouvé un nouveau traitement auquel sa mère répondait bien. Au moins, Beth avait pu avoir une vie à elle.

Mais apparemment, les effets du médicament avaient été temporaires.

— Et toi ? demanda Alex sans réfléchir. Comment vas-tu ?

— Je me sens coupable de la laisser pour vivre à Glasgow, répondit Beth avec un soupir. Mais quand j'ai essayé de revenir, à la fin de mes études, elle a refusé que je reste. À l'époque, elle allait beaucoup mieux et elle avait même un ami qui l'aidait. Ils s'entendaient vraiment bien.

— Ça ne t'a pas blessée, après tout ce que tu avais fait pour elle ?

— Un peu, mais en même temps j'étais contente de mener ma vie comme je l'entendais.

Alex songea à sa propre existence, occupée par le travail, l'escalade, les conquêtes féminines.

À l'idée que Beth avait eu elle aussi des liaisons, il fit la grimace.

— Je ne veux pas en savoir davantage.

— Je te rappelle que c'est toi qui as rompu, Alex ! Je ne suis pas une nonne.

Il aurait voulu lui dire combien il regrettait ce qui s'était passé et lui avouer qu'il la désirait toujours.

— Je sais.

Elle prit la laisse, et miraculeusement Flèche marcha près d'eux.

— Huit ans ont passé, dit-elle après un bref silence.

— On pourrait combler les vides.

— Pourquoi ? Pourquoi veux-tu savoir ce que j'ai fait pendant tout ce temps ?

— Cela s'appelle être poli et sociable. D'ailleurs, Flèche est encore un bébé, il a besoin de grandir dans une ambiance sereine. Les chiens ne supportent pas l'hostilité.

Beth eut un petit sourire.

— Je ne suis pas hostile, mais ce sont mes affaires.

— Flèche veut tout savoir de toi. Pas vrai, mon gars ?

Beth leva les yeux au ciel.

— D'accord, mais je ne sais pas par où commencer.

Leurs regards se croisèrent, et Alex devina qu'elle se retenait de lui demander pourquoi il avait rompu avec elle.

— Pourquoi tes parents sont-ils partis en Espagne ? demanda-t-elle.

La question était inattendue, mais les parents d'Alex avaient toujours apprécié Beth et ils avaient eu du mal à accepter de lui mentir comme il le leur demandait. Il voulait seulement protéger Beth, mais ils avaient protesté que c'était injuste, avant de finir par céder.

— Après la mort de Mikey, ma tante Carol et mon oncle Seb se sont installés à Malaga.

Alex n'avait pas besoin de rappeler à Beth qui était Mikey, puisqu'elle était sa petite amie quand on avait diagnostiqué le cancer des testicules de son cousin.

— Ils avaient besoin de quitter un endroit qui leur

rappelait leur fils et de repartir de zéro, continua-t-il. Leur union battait de l'aile et l'Espagne les a rapprochés. Deux ans plus tard, mes parents ont décidé de les rejoindre. J'ai racheté leur maison, parce qu'elle est dans la famille Norton depuis quatre générations et je voulais que Mélanie puisse y venir avec ses enfants.

— Ta sœur a des enfants ? J'ai raté cette information. Ma mère ne relaye plus aussi bien les potins d'Oakdale.

Ce bavardage cordial réchauffa le cœur d'Alex.

— Elle a un garçon de deux ans et une petite fille de six mois. Elle est très heureuse. Joe, son mari, travaille dans les médias à Manchester.

— Et toi, tu n'as pas d'enfants ? Je suppose que j'en aurais entendu parler.

— Non, répliqua doucement Alex. Et toi ? Tu ne t'es pas fiancée de nouveau ?

— Non. Et toi ?

Il secoua la tête, surpris de ressentir autant de soulagement.

— Moi non plus. Qu'est-ce que tu as fait, pendant ces huit ans ?

— Mes études de véto, un stage aux États-Unis dans une réserve animale. De retour à Glasgow, j'ai eu mon diplôme, trouvé du boulot et acheté une maison. Maman a rompu avec son ami et, quand je suis revenue la voir un week-end, il y a quelques mois, j'ai décidé de rester. Elle prétendait que tout allait bien, mais elle était dans un état préoccupant.

Beth s'arrêta pour lever les yeux vers Alex.

— Je voudrais juste que les gens soient honnêtes, Alex. Cela éviterait beaucoup de souffrance, tu ne crois pas ?

Bien entendu, elle ne faisait pas seulement allusion à sa mère…

— Beth…

— Je suis arrivée !

Se détournant, elle pointa la maison qu'il connaissait si bien. Combien d'heures y avait-il passées avec elle, après le lycée ? Pendant l'été, quand la mère de Beth travaillait, ils traînaient ensemble toute la journée.

Alex avait pressé Beth contre chacun des murs de la maison pour l'embrasser à perdre haleine. Ils avaient fait l'amour dans la cuisine, dans le salon, dans la salle de bains et dans la jolie chambre de Beth.

Il était clair qu'elle n'y pensait pas, puisqu'elle déclara :

— On se voit demain. Tu préfères déposer le chien ici, ou à ma clinique ?

— Beth…

Que pouvait-il dire ? Qu'il était désolé ? Qu'il s'était comporté comme un idiot ? Mais il savait bien que dans les mêmes circonstances il aurait pris exactement la même décision.

L'espace de quelques secondes, il ne se rappela plus la question qu'elle avait posée. Laissant échapper un soupir, elle suggéra :

— C'est plus facile pour moi à la clinique, à 8 heures demain matin.

Comme elle s'écartait de lui, il posa la main sur son épaule.

— Arrête, Beth !

Elle pivota sur elle-même.

— Quoi, Alex ?

— Je suis désolé de t'avoir blessée.

Elle s'arracha à son étreinte.

— C'était il y a longtemps.

— Je voudrais…

Elle redressa fièrement le menton, comme pour le mettre au défi de poursuivre.

— Qu'est-ce que tu voudrais, exactement ?

Il souhaitait beaucoup de choses, la concernant. Certaines étaient accessibles, mais la plupart ne l'étaient pas.

— Que la situation soit différente.

Les lèvres pincées, elle leva la main.

— Ne fais pas ça, s'il te plaît. Je suis épuisée et je ne peux pas… Je ne comprends pas ce que tu dis.

Lui non plus. Qu'était-il en train de faire ? Ils n'avaient besoin de cela ni l'un ni l'autre. Il tira gentiment sur la laisse pour que Flèche se rapproche, puis il se détourna de ces yeux qui hantaient ses souvenirs et de cette bouche qu'il brûlait d'embrasser.

— À demain, dit-il.

5.

Dans son bain, délicieux au demeurant, Beth ne cessait de se poser des questions, tout aussi dérangeantes les unes que les autres.

Pourquoi n'avait-elle pas demandé à Alex la raison de leur rupture, huit ans auparavant ?

Pourquoi disait-il qu'il aurait souhaité que la situation soit différente ?

Et pourquoi fallait-il qu'il lui en parle alors qu'elle se sentait très vulnérable ?

Au bout d'une heure, l'eau avait refroidi. Tout en frissonnant, Beth descendit au rez-de-chaussée, enveloppée dans son peignoir. Elle détestait avoir froid. Quand Alex avait rompu avec elle, elle n'avait pas cessé de grelotter pendant des mois.

Sa mère était dans la salle à manger, entourée de cartons.

— Qu'est-ce qu'on fait de ce ravissant service de porcelaine qui nous vient de grand-mère Masters ? demanda-t-elle. Je suis sûre qu'il a de la valeur. Tu pourrais le vendre, si tu ne souhaites pas le garder.

Les larmes aux yeux, sa mère tourna son fauteuil roulant vers la table sur laquelle se trouvait le contenu du vieux vaisselier en pin. Beth plaqua un sourire sur son visage. Quitter une grande maison pour s'installer dans un studio à Bay View devait être très pénible.

Quoi qu'il en soit, que ferait-elle d'un service pour douze personnes ? Sa mère l'avait utilisé pour la dernière fois quand son père était mort dans un accident du travail, alors que Beth n'avait que six ans.

Tout ce dont elle se souvenait, c'était qu'elle était assise dans cette pièce après l'enterrement, se demandant pourquoi son papa ne rentrait pas. Depuis, chaque fois qu'elle posait les yeux sur cette porcelaine rose ornée de fleurs bleues, elle avait le sentiment que la vie pouvait vous réserver de mauvaises surprises à chaque instant.

— J'aimerais tout prendre, dit elle, mais cela ne tiendrait pas dans une petite maison comme la mienne.

Sa mère s'essuya les yeux avec la manche de son cardigan.

— J'ai toujours adoré ma collection de porcelaines de Chine. Elles viennent des deux côtés de la famille et je serais heureuse que tu les aies.

Mais est—ce qu'elles me rendraient heureuse ?

Beth ne voulait pas des poupées russes ou des mugs de Malaga, mais elle ne souhaitait pas non plus briser le cœur de sa mère.

— On les met dans la pile des objets à trier, d'accord ?

— Ma chérie, c'est la seule pile que nous ayons faite jusqu'à maintenant. J'espère qu'il y en aura une composée d'objets à garder.

— Oh ! désolée, maman. Je suis fatiguée. On devrait peut-être s'en occuper demain, après le travail.

— Ce n'est pas seulement de la fatigue, Beth. Je vois bien qu'il y a autre chose qui te tracasse, et je suis bien certaine qu'il ne s'agit pas de mon déménagement.

Une conversation à cœur ouvert avec sa mère n'était pas d'actualité. Un peu plus tôt, quand Alex avait posé la main sur son épaule et tenu des propos incompréhensibles, elle avait eu l'impression que sa poitrine était prise dans un étau.

Le pire, c'était que ces paroles et la souffrance qu'elle avait lue dans les yeux d'Alex l'avaient profondément émue. Durant une fraction de seconde, elle avait cru en sa sincérité. Ensuite, elle avait pensé au temps qu'il lui avait fallu pour se remettre de leur rupture.

Elle parvint à sourire à sa mère.

— Tout va bien.

— C'est Alex, n'est-ce pas ?

— Non.

— Ma chérie, j'ai vu comme ton regard s'éclaire chaque fois que quelqu'un prononce son nom. Je sais aussi comment tu étais, quand vous avez rompu. Ce Noël-là, en rentrant, tu as à peine prononcé un mot et tu n'as rien mangé. Tu restais assise dans ta chambre et tu fixais la fenêtre.

— J'étais jeune et naïve, à l'époque, mais j'ai tourné la page.

Et aussi, elle s'était juré de ne plus jamais laisser un homme la faire se sentir aussi vide, à l'intérieur.

— Je le sais, répliqua gentiment sa mère, tu es forte et courageuse, mais tu as gardé un cœur tendre et cette proximité avec lui ne doit pas être facile. La garde partagée de ce chiot ne te vaut rien.

— Je cherche un foyer pour lui. Pour le chiot, je veux dire, pas pour Alex ! J'ai mis des annonces dans tous les journaux locaux, et avec un peu de chance quelqu'un viendra le réclamer. Dès que ce sera fait, la situation reviendra à la normale.

Beth ne précisa pas que, lorsqu'elle n'était pas avec Bouton, elle se faisait du souci pour lui. Ce ne serait pas facile de se détacher de lui… ou plutôt d'eux.

Sa mère lui sourit.

— À propos, il y a quelques cartons qui contiennent les cadeaux d'Alex. Qu'est-ce que tu veux en faire ?

Voulait-elle garder la carte qu'il lui avait envoyée pour son dix-huitième anniversaire ? L'ours en peluche qu'il lui avait offert pour qu'elle dorme avec lui quand il ne serait pas là ? Ou encore cette ravissante bague de fiançailles ?

— J'ai bien envie de tout jeter.

Se détournant, Beth examina les six mugs en porcelaine blanche de sa mère. Tous semblables, très jolis et de tailles différentes. Pourquoi six ? Ils n'avaient jamais été que trois, dans cette maison.

Elle était venue à Oakdale pour un week-end, et sa vie

avait basculé… Beth posa les mugs sur un papier où était inscrit « À VENDRE ».

— Bon, dit-elle, la seule décision que je puisse prendre maintenant, c'est de boire un verre de chardonnay. Je t'en sers un ?

— Je ne devrais pas, avec tous ces médicaments, mais…

Sa mère pressa sur un bouton et orienta son fauteuil vers la porte.

— D'accord pour le vin, chérie. Ensuite, on pourrait regarder cette émission sur les virtuoses du rangement. On glanera peut-être quelques conseils.

— Absolument. Je crois qu'on va en avoir besoin…

Beth sourit, reconnaissante envers sa mère de changer de sujet.

La Ferme des chênes se trouvait à six kilomètres du village, très haut parmi les nuages les plus bas et chargés de neige. Celle-ci tombait plus dru à mesure qu'il gravissait la colline et, malgré le chauffage de sa Mazda rouge, Alex sentait l'atmosphère se rafraîchir.

Il sourit en évoquant la description que Beth avait faite de son « joli cabriolet ». Elle avait toujours été franche et moqueuse ; c'étaient même ces traits de caractère qui l'avaient attiré, au début. À ce propos, il se demandait pourquoi elle n'avait pas cherché à connaître la raison de leur rupture.

Lui était-il complètement indifférent, maintenant ?

Cette idée lui donna le vertige… Non, ce n'était pas le vertige ! Il ne contrôlait plus sa voiture, qui glissait sur le verglas en direction de l'un des chênes bordant la route.

Concentre-toi sur ta conduite !

Le verglas. L'arbre. Le verglas.

La voiture roula sur un nids-de-poule… et cala.

Alex resta assis sans bouger pendant un long moment. Il aurait dû faire davantage attention, mais apparemment Beth occupait son esprit, où qu'il aille.

Cela devenait dangereux et il faudrait bien qu'il lui dise la vérité un jour. Ensuite, il serait peut-être débarrassé de toute cette culpabilité. Et avec un peu de chance, elle accepterait de lui pardonner.

Sans doute pas.

Il fut content d'arriver sain et sauf à la ferme de Dennis. Il sortit de sa voiture et inspira l'air raréfié. Il n'y avait pas d'autres véhicules ou d'empreintes de pas sur la neige, et il se demanda si le fermier recevait parfois de la visite.

La ferme était faite des mêmes matériaux que les maisons de la région : des murs en grosses pierres blanchis à la chaux, des toits d'ardoise bleu-vert.

Quand Alex sonna à la porte, il fut accueilli par des aboiements. Meg n'était donc pas le seul chien à tenir compagnie au fermier, ce qui était une bonne chose.

Tout en attendant qu'on lui ouvre, Alex jeta un coup d'œil à la grange située de l'autre côté de la cour. Les portes étaient grandes ouvertes, si bien qu'il put voir deux tracteurs verts, un quad et une remorque. Toutes ces machines étaient visiblement anciennes et menacées par la rouille.

À gauche, il y avait un enclos qui ressemblait à un labyrinthe entouré par des fossés, et au-delà les champs recouvraient la colline en direction d'Oakdale. Après l'accident de Frank, Alex espérait que les béliers étaient parqués quelque part.

— June ! Au pied ! fit une voix masculine et bourrue.

Alex sursauta et se tourna vers la porte, qui s'ouvrit. Un collie bien plus en forme que Meg sauta dans ses jambes, et Dennis parut sur le seuil.

— Bonjour, ma fille, dit Alex en caressant le museau de la chienne. Salut, Dennis, je suis content de vous voir.

Dennis agrippa la poignée de la porte. Alex remarqua que les articulations de ses mains étaient blanches, son visage rouge et sa respiration rapide. L'ensemble de ces symptômes évoquait la rosacée ou la polycythémie, à moins qu'ils ne soient dus à un excès de soleil.

— Il y a de mauvaises nouvelles, docteur ?

— Non. Je passais dans le coin et j'en ai profité pour voir comment vous alliez.

Les chances qu'Alex se promène en voiture sur la colline étaient minces, et ils le savaient tous les deux.

Dennis fronça les sourcils.

— Meg ?

— Pour autant que je le sache, elle va bien. Si j'ai bien compris, vous pourrez la récupérer demain. Je peux entrer ?

Dennis jeta un coup d'œil derrière lui, puis il fixa Alex, visiblement mécontent.

— Pourquoi ?

— Pour rien, dit Alex en faisant un pas en avant. Je me demandais seulement comment vous vous en sortez. Je sais que vous devez beaucoup vous inquiéter pour Meg et je me suis dit que vous auriez besoin de compagnie.

— Pas vraiment, rétorqua le vieil homme.

Fermant la porte derrière lui, il bloqua le chemin d'Alex. Peut-être était-il gêné parce que la maison était sale et en désordre ? Ou peut-être protégeait-il seulement son intimité contre les généralistes trop curieux ?

— À dire vrai, j'ai très soif, dit Alex. Vous m'offrez une tasse de thé ?

— Désolé, j'allais monter sur la colline et…

Dennis fourra ses mains sales dans les poches de son pantalon trop grand tout défraîchi.

— On vous a dit ce qui est arrivé à Frank Entwhistle ?

— Oui. Ça m'étonne, mais il aurait dû savoir qu'on n'embête pas un bélier en rut. Mais vous n'êtes pas venu pour parler de lui, continua le vieil homme en plissant les yeux.

Alex tenta sa chance :

— Je me pose des questions, à propos de l'ibuprofène.

— Pourquoi ?

— Vous en avez retrouvé ?

Dennis claqua des doigts.

— Viens, June, au pied.

La chienne obéit aussitôt et Alex se demanda si le fermier possédait des pouvoirs magiques. Pourquoi évitait-il de répondre à sa question ?

— C'est bon, Dennis, vous n'allez pas avoir d'ennuis. On veut seulement vous aider

Balayant l'air de la main, Dennis secoua la tête.

— Et moi, je veux seulement faire ce que j'ai à faire.

— Très bien, mais si vous souhaitez bavarder, vous savez où me trouver. À n'importe quel moment.

— Je n'ai pas besoin d'un docteur, juste que Meg revienne.

Dennis redressa le menton, une étrange lueur dans les yeux.

— Je lui ai sauvé la vie.

— C'est vrai. Si vous n'aviez pas réagi aussi vite, elle serait morte.

— Oui. Et maintenant, il faut qu'elle rentre à la maison.

Il se dirigea vers le quad, grimpa péniblement dessus et appela sa chienne.

— Viens, June.

Comme attirée par une force invisible, l'animal obéit et Alex songea à interroger Dennis, à propos de son dressage. Parce que, pour l'instant, Flèche faisait exactement le contraire de ce qu'il lui demandait.

Mais Dennis démarra et sortit le quad de la grange, avant de se diriger vers le sommet de la colline.

Alex le vit disparaître, mais auparavant Dennis se retourna deux fois pour le regarder. Quelque chose ne tournait pas rond, mais Alex avait besoin d'en discuter avec quelqu'un qui connaissait Dennis.

Par chance, il connaissait cette personne.

6.

Beth accrochait le panneau « Fermé » à la porte de la clinique vétérinaire, quand Alex arriva. Comme chaque fois qu'elle le voyait, son cœur bondit dans sa poitrine. Elle tenta de se persuader qu'il s'agissait d'un réflexe pavlovien, rien de plus, qui cesserait dès que l'éloignement ferait son œuvre.

Mais pour l'instant, elle n'avait aucun moyen d'éviter Alex, aussi chercha-t-elle un prétexte pour ne pas s'attarder. Elle s'écarta pour le laisser entrer.

— Salut, dit-elle. Bouton fait la sieste dans la salle du personnel.

— Tu m'étonnes ! rétorqua Alex en riant. Flèche a eu une promotion ?

Comment faisait-il pour sembler aussi à l'aise en toutes circonstances ? Quoi qu'il en soit, il faudrait qu'ils se mettent d'accord un jour ou l'autre sur le nom de ce chiot.

— Non, mais il est pourri gâté. Tous les employés le considèrent comme la mascotte de la clinique.

Sur ces mots, Beth s'échappa très vite pour aller chercher son pensionnaire. Le chiot aboya joyeusement à la vue d'Alex, dans le hall de réception. L'homme et l'animal se congratulèrent comme des amis de longue date. Beth se demanda comment elle supporterait de rentrer à Glasgow sans eux.

— Comment s'est-il comporté aujourd'hui ? demanda Alex en s'accroupissant pour caresser la tête du petit chien. Il a mangé ?

— Tout ce qui lui est tombé sous les crocs.

Beth se mit à rire, tentant d'ignorer combien ce spectacle

lui serrait la gorge. Elle se rappelait les heures merveilleuses qu'elle avait passées auprès d'Alex et tout ce qu'ils partageaient. Faire l'amour avec lui avait été un pur délice.

Arrête !

Il était inutile d'évoquer ce qui n'existait plus. Elle devait se concentrer sur l'avenir. Prenant une profonde inspiration, elle chercha les mots adéquats :

— Il est temps de partir, les gars. J'aide maman, ce soir.

— Encore ?

— Ne m'en parle pas ! Ce sont les objets de toute une vie et en plus elle a du mal à trancher.

Elle tendit à Alex la laisse et les sachets à déjections.

— Tu n'en auras sans doute pas besoin, dit-elle, parce qu'il a été très productif, aujourd'hui. C'est bon ? Au revoir, alors.

Elle n'arrivait pas à croire qu'elle était en train de parler des selles de leur chiot à Alex Norton.

Leur chiot ? Comment en était-elle arrivée à parler ainsi de cet animal ? Plus vite ils trouveraient un foyer pour Bouton, mieux ce serait.

Elle gagna la porte d'entrée.

— Je suis passé voir Dennis, tout à l'heure, déclara subitement Alex.

— Ah bon ? fit Beth en passant son sac à bandoulière à son épaule.

— Il a une autre chienne, dit-il, un collie qui s'appelle June. Elle est plus jeune et plus dynamique que Meg.

— Je sais. C'est la fille de Meg. Il nous l'a amenée plusieurs fois. Elle présentait des symptômes bizarres, mais rien qui permette de poser un diagnostic.

— Elle a l'air plutôt heureuse. En revanche, le comportement de Dennis m'a paru étrange.

— Peut-être parce que tu es passé chez lui sans y être invité ?

— D'accord. J'ai conscience que certaines personnes ont du mal à me supporter, ces temps-ci.

Beth comprit l'allusion.

— Je plaide coupable, répliqua Beth en levant la main.

— J'ai toujours été incompris.

— Vraiment ?

C'était peut-être le moment d'interroger Alex au sujet de leur rupture, mais elle devait d'abord savoir ce qu'il avait à lui apprendre au sujet de Dennis.

— Sérieusement, affirma Alex, je voulais juste m'assurer qu'il allait bien et qu'il pouvait s'en sortir tout seul. Il fait au moins dix degrés de moins qu'au village, là-haut.

Alex releva le col de son manteau, et Beth éprouva l'envie urgente de glisser ses mains sous les pans du vêtement et de se blottir contre lui.

C'était sûrement un cauchemar ! Elle ne pouvait pas penser au sexe chaque fois qu'elle le regardait !

— Tu as remarqué quelque chose qui t'a fait penser le contraire ? demanda-t-elle.

— Sa maison aurait besoin de travaux, son équipement est ancien, mais je ne peux pas affirmer qu'il est en danger. Il est monté sur son quad comme un professionnel chevronné, mais il est bourru et peu sociable. Mais bien qu'il apprécie peu les humains, il fait obéir ses chiens au doigt et à l'œil. Dès qu'il claque des doigts, sa chienne est au pied.

— Tu veux dire… Comme ça ?

Réprimant difficilement un sourire, Beth montra à Alex le tour qu'elle avait appris à Bouton.

— Boy ! Boy ! Viens ici !

Alex ouvrit la bouche à la vue du chiot, qui s'approcha immédiatement d'elle.

— Boy ? Depuis quand… ?

— Je voudrais que nous ne le perturbions pas en l'appelant à la fois Flèche et Bouton. Ses futurs maîtres continueront peut-être de le nommer Boy. Hé, Boy ! Tu es beau ! Assis !

Alex écarquilla les yeux quand le chiot s'assit à ses pieds.

— C'est de la sorcellerie ! Où est ta baguette magique ?

Il regarda derrière son dos, retourna l'une de ses mains, puis l'autre, si proche d'elle qu'elle sentait la chaleur qui émanait de lui. Elle se crispa, pour tenter de réprimer le désir qui la submergea quand leurs peaux entrèrent en contact.

— Je n'en ai pas besoin.

Tournant le dos à Alex, elle plongea furtivement la main dans sa poche et en sortit une friandise pour chien. Elle se baissa pour l'offrir à Bouton en faisant mine de le câliner. Elle n'allait pas révéler à Alex qu'elle avait passé une heure à enseigner ce tour au chiot. Pas plus qu'elle ne lui dirait que son cœur battait la chamade chaque fois que la sonnerie du téléphone retentissait, à l'idée que quelqu'un allait réclamer le petit animal dont elle s'était amourachée.

— Tu n'as qu'à essayer, suggéra-t-elle.

— D'accord. Viens ici, Boy. Au pied !

Mais Bouton se contenta de renifler ses chaussures.

— J'aurais besoin de ta baguette invisible, dit Alex en riant.

— Tu abandonnes au premier échec ?

— Sûrement pas ! Assis, Boy !

Bouton pencha la tête de côté, une oreille pointée vers le plafond et l'autre pendante. Beth aurait pu l'embrasser… Le chien, pas l'homme.

Assurément, l'homme aussi.

Prenant une poignée de friandises dans sa poche, elle referma la main avant d'appeler le chiot, qui obéit aussitôt.

— Ce n'est pas de la magie, dit-elle en ouvrant la main, juste de la corruption.

— Tu veux dire de la triche, rectifia Alex avec un large sourire.

— Les dresseurs en font autant, mais ça prend du temps. Tu dois répéter encore et encore l'exercice jusqu'à ce que ça devienne un réflexe. Je suis sûre que Dennis a passé des heures, voire des jours, à dresser son chien. Mais tu es trop impatient, tu veux toujours tout *tout de suite*.

Alex caressa la tête de Flèche et redressa son oreille pendante.

— Ne l'écoute pas, murmura-t-il, je suis la patience personnifiée.

Elle éclata de rire et leva les yeux au ciel.

— Pour de bon ? Je me rappelle cette fois où nous devions

nous voir la semaine suivante et que tu as débarqué sans crier gare à Glasgow.

— J'avais besoin de te voir et les week-ends prolongés sont faits…

—… pour être passés au lit.

Beth regretta aussitôt d'avoir achevé la phrase à la place d'Alex. Elle se souvenait qu'il avait fait irruption dans sa chambre d'étudiante, un bouquet de jonquilles dans une main et une bouteille de vin dans l'autre. Avant qu'elle ait pu prononcer un mot, il l'avait embrassée avec tant de passion qu'elle avait cru mourir de désir…

— De toute façon, reprit-elle, c'est ainsi qu'on dresse un chiot, en le récompensant chaque fois qu'il obéit.

— C'est pareil avec les humains ?

— Il faudrait bien plus longtemps pour que ton comportement soit conforme à mes exigences, Alex Norton.

Au lieu de se décourager, il s'approcha d'elle, les yeux étincelants.

— Combien de temps, exactement ?

La gorge de Beth était si serrée qu'elle ne put articuler un mot. L'atmosphère vibrait de désir, mais Alex fourra ses mains dans ses poches, au lieu de les poser sur elle.

Elle pensait pourtant être immunisée contre son charme !

— Bien plus que tu n'en as.

— Tu en es certaine ?

En tout cas, elle était certaine qu'il avait autant envie qu'elle de l'embrasser. Elle le connaissait trop bien pour se tromper sur ce regard embrumé. Juste une fois, elle aurait voulu presser ses lèvres sur celles d'Alex. Ensuite, elle s'éloignerait de lui. Ce serait à son tour de prendre cette décision.

Alex posa la paume sur sa joue et se pencha vers elle. Sa bouche était si proche qu'elle n'avait qu'à se hausser sur la pointe des pieds comme autrefois.

C'était facile… Si facile ! Comme si son corps savait par cœur ce qu'il avait à faire. Elle posa la main sur l'épaule d'Alex et l'entendit inspirer profondément avant de l'embrasser sur le front. Elle sentit ensuite sa mâchoire râpeuse contre sa joue. Son odeur flottait dans l'air.

Soudain, les souvenirs affluèrent. Ses caresses. Sa bouche. Lui. Elle l'avait aimé de toute son âme, il avait été la prunelle de ses yeux, son tout. Beth frôla la joue d'Alex de ses lèvres, s'arrêtant à quelques millimètres de sa bouche.

Elle rejeta la tête en arrière et plongea dans les yeux azur qui la suppliaient de continuer. Lorsqu'elle passa la langue sur ses lèvres, il gémit. Fermant les yeux, elle effleura la bouche d'Alex de la sienne.

Ce n'était pas un baiser. Pas tout à fait.

Ils ne bougèrent ni l'un ni l'autre, mais elle sentait le cœur d'Alex battre à l'unisson du sien. Pouvait-elle aller plus loin ?

Puis il murmura son prénom, comme une prière, et elle entrouvrit les lèvres. Il avait le même goût qu'autrefois et son odeur familière l'enveloppa. C'était comme glisser lentement dans le passé tout en plongeant dans l'inconnu.

La langue d'Alex se glissa dans sa bouche. Jamais il ne l'avait embrassée avec autant de passion. Submergée par le désir, elle lui rendit son baiser comme si rien d'autre n'avait d'importance.

Alex la prit par la taille et la serra contre lui. Nouant ses bras autour de son cou, elle se laissa aller contre cette large poitrine, dans ces bras musclés.

Jusqu'à ce qu'elle se rappelle qu'il lui avait brisé le cœur et l'avait rendue presque folle. Et il fallait qu'elle le soit, ou qu'elle soit profondément masochiste, pour s'engager de nouveau sur ce terrain. Elle refusait de subir cette torture une seconde fois.

S'arrachant à l'étreinte d'Alex, elle passa une main tremblante sur son visage.

— Il y a longtemps, j'aurais adoré continuer, Alex Norton, mais pas aujourd'hui.

Il hocha la tête et passa les doigts dans ses cheveux.

— Je sais… Je n'aurais pas dû. C'est juste…

Maintenant. Elle avait besoin de réponses maintenant, avant de faire une grosse bêtise.

— D'accord, dit-elle d'une voix tremblante. Il faut que je comprenne ce qui se passe. L'autre jour, tu as dit que tu aurais voulu que les choses soient différentes. De quelle façon ? Tu aurais préféré me laisser tomber autrement ? Avoir été un peu plus sympa ? Tu regrettes de ne pas m'avoir expliqué pourquoi le prétendu amour de ta vie avait cessé de l'être ?

— Tu as toutes les raisons d'être furieuse contre moi.

— Quelle perspicacité !

De nouveau, la colère l'envahit, mêlée au désir qu'il lui inspirait. Comment pouvait-on avoir envie d'embrasser quelqu'un qui suscitait en vous des sentiments aussi contradictoires ?

— Tu m'as laissée tomber juste avant Noël, ensuite tu es parti en voyage, reprit-elle le plus calmement possible. Tu as rompu tes promesses sans que je sache ce que j'avais fait de mal, et tu m'as brisé le cœur.

Alex ferma un instant les yeux, puis les rouvrit.

— Je ne suis pas parti en voyage, Beth.

— Bien sûr que si ! Tes parents m'ont dit que tu étais en Thaïlande, ou quelque chose comme ça.

— Je n'étais pas en Thaïlande, mais à Londres.

— Quoi ? Ne mens pas, s'il te plaît.

— Si tu appelles « voyager » être emporté au bloc opératoire sur un brancard, puis être transféré en oncologie pour subir une chimiothérapie, alors j'avoue avoir bien profité de l'expérience.

Il avait été malade ? Le cœur de Beth se serra.

— De quoi tu parles ? Tes parents m'ont dit…

Alex prit une chaise, derrière le comptoir de l'accueil, et s'assit.

— Je sais ce qu'ils ont dit, Beth, parce que c'est moi qui le leur ai demandé. Je ne voulais pas que tu saches la vérité.

— Mais… Tu as parlé d'oncologie ?

— Cancer des testicules.

— Mon Dieu ! Je suis tellement désolée ! Ça a dû être terrifiant. Et maintenant ? Tu vas bien ?

Le visage d'Alex s'éclaira.

— Guérison totale.

— Merci, mon Dieu !

Il allait bien. Il allait bien.

À mesure que Beth intégrait ce qu'elle venait d'apprendre, les questions se pressaient sur ses lèvres.

— Mais… Tu as eu la même chose que ton cousin ?

Elle avait vécu avec Alex la tragédie qu'avait connue Mikey. Elle avait vu ce jeune homme plein de vie, qui jouait au foot et au basket et qui adorait la musique, ravagé par la maladie. Elle avait vu sa famille détruite par le chagrin, elle s'était tenue auprès d'Alex pendant toute cette période et cette épreuve les avait encore rapprochés. Il lui avait même dit qu'elle avait été la lumière qui le guidait dans le noir.

Mais au moment où il avait eu besoin d'elle, il avait menti ?

— C'est étonnant, non ? Qui aurait pu penser que la foudre tomberait deux fois au même endroit ? Mais apparemment, certains types de cancer sont liés aux antécédents familiaux. La différence, c'est que j'ai survécu et pas lui.

Ce n'était pas faute de l'avoir souhaité. Alex avait rarement quitté le chevet de son cousin. Il l'avait accompagné à tous ses rendez-vous, prenant soin de poser les questions difficiles à sa place, et il avait été là quand Mikey s'était insurgé contre l'injustice du sort. Mais le cancer de Mikey avait été diagnostiqué trop tard, et rien n'avait pu le sauver, pas même la force et l'espoir d'Alex.

Et après cela, il avait vécu la même épreuve et demandé à ses parents de lui mentir ? Soudain, Beth fut prise de nausée. Il avait été malade et il n'avait pas voulu qu'elle le sache ?

— Tu n'as pas dit à ta petite amie que tu avais un cancer ? À ta fiancée ? À celle qui était censée être la femme de ta vie ?

— C'est vrai.

— Ça n'a aucun sens ! Pourquoi ?

— Je voulais te protéger.

Beth balaya l'argument d'un haussement d'épaules.

— Ça ne marche pas comme ça, en amour. Pas du tout. Normalement, tu permets aux gens qui t'aiment de veiller sur toi, tu ne leur mens pas, tu ne demandes pas à tes parents de leur mentir.

— J'étais en proie à la panique, je ne savais pas quoi faire.

— Et donc, tu as fait semblant d'être en vacances, au lieu de me dire que tu étais à l'hôpital ? Tu m'as anéantie, Alex. J'ai cru que tu avais rencontré quelqu'un d'autre, que tu en avais assez de moi, que je ne te suffisais pas.

— Tu étais tout, pour moi, Beth. Je suis désolé…

— Jc nc crois pas que je pourrai te pardonner.

Beth avait besoin de respirer de l'air frais ! Réprimant difficilement ses larmes, elle gagna la porte et manqua de trébucher sur Bouton. Elle ne voulait plus entendre Alex, quoi qu'il ait à ajouter.

Elle claqua la porte derrière elle et fit quelques pas sur la neige fraîche tout en s'efforçant de comprendre pourquoi il avait agi de cette façon.

Il avait subi une chimiothérapie, il avait effectué un long séjour à l'hôpital, et elle n'avait pas été au courant ! Elle l'avait imaginé sur une plage, en compagnie d'une autre femme avec qui il faisait l'amour sous le soleil. Il riait, il la caressait… Il l'aimait !

Mais en réalité, il avait affronté quelque chose de terrifiant et il n'avait pas jugé utile de faire appel à elle.

Pire, il lui avait menti.

Il l'avait repoussée dans les moments les plus difficiles de sa vie, sans lui donner aucune chance de le soutenir et de l'aimer.

C'était profondément cruel.

Et c'était tout ce qu'elle avait besoin de savoir pour l'instant.

7.

Elle avait refusé de l'écouter.

Il avait insisté, mais elle ne s'était pas arrêtée pour lui parler ou entendre ses explications. Depuis, il s'était écoulé plusieurs jours et, chaque fois qu'il déposait Flèche ou revenait le chercher, elle échangeait à peine un regard avec lui.

Ce lundi matin, il était clair qu'elle bouillait encore de colère et il aurait souhaité arranger les choses. Mais c'était impossible, alors qu'il était le seul médecin de la Maison médicale et qu'il devait se concentrer sur sa mission, non sur Beth.

— Je te présente le Dr Fraser Moore et sa fille, Lily. La cavalerie est enfin arrivée ! plaisanta Maxine, lorsqu'il sortit de son bureau pour la pause-déjeuner.

En réalité, Alex aurait de la chance s'il pouvait avoir cinq minutes de répit avant le patient suivant. Le hall de réception était décoré, ainsi que le sapin de Noël. Mais la vue des guirlandes lui rappelait trop Beth pour qu'il puisse l'apprécier. Maxine le foudroya du regard, comme pour lui intimer de prendre un air aimable.

— Et voici le Dr Alex Norton, dit-elle aux nouveaux arrivants. Il va vous faire visiter les lieux.

— Ravi de faire votre connaissance, Alex, dit Fraser. Je ne suis pas certain d'incarner à moi tout seul la cavalerie, mais je ferai de mon mieux pour vous décharger.

Les deux hommes se serrèrent la main. Fraser avait l'air sympathique. Il devait être un peu plus âgé qu'Alex, puisqu'il était le père d'une adolescente.

— Nous avons hâte de nous intégrer dans la communauté. N'est-ce pas, Lily ? dit Fraser.

La jeune fille hocha la tête sans enthousiasme. Elle avait de longs cheveux noirs réunis en queue-de-cheval et de grands yeux sombres et maussades.

— Euh… Bien sûr, réussit-elle à articuler.

Alex se demanda si une maman faisait partie du tableau, mais ce n'était certainement pas le moment de le demander. Il leur fit donc visiter la Maison médicale, montra à Fraser son bureau, les salles de soins et celle occupée par l'infirmière.

— En hiver, nous avons pas mal de rhumes et de grippes, expliqua-t-il. Je suis seul au cabinet, depuis quelque temps, et je me réjouis de votre arrivée.

— Je peux commencer demain ?

— Ce serait parfait. Maxine vous expliquera le fonctionnement du logiciel, mais je suppose que vous utilisez le même à Londres. Ensuite, nous nous partagerons les patients.

— Bien sûr. Mais j'ai fait beaucoup de remplacements, alors je sais m'adapter.

— Vous voulez une tasse de thé, avant de repartir dans ce froid ?

Maxine les rejoignit dans la pièce réservée au personnel, portant un plateau sur lequel étaient disposés des tasses, une théière et des biscuits.

Alex réprima un soupir. Il fallait qu'il retourne travailler, mais il se devait aussi d'être poli. L'afflux de patients était à la fois une malédiction et une bénédiction. Il avait à peine le temps de respirer, encore moins de réfléchir. Le week-end avait été un vrai fiasco, que ce soit en raison de la météo ou de son humeur. Des nuages noirs avaient recouvert de neige les routes et la montagne, interdisant la randonnée et l'escalade. Être emprisonné chez lui avec un chiot excité avait failli le rendre fou. Entre deux averses, il avait juste pu faire quelques promenades avec Flèche. Le comble, c'était que le chiot s'était montré très désobéissant, alors que sa conduite était exemplaire quand il le confiait à Beth.

Il se tourna vers Lily, qui grignotait un biscuit.

— Tu vas aller au lycée de Bowness ?

L'adolescente haussa les épaules.

— C'est là où mon père va travailler dans un dispensaire, le soir ? Génial ! J'ai hâte.

Fraser fit la grimace.

— Désolé. Oui, elle ira après les vacances de Noël. En attendant, elle m'aidera à nous installer dans notre maison.

— C'est une location ? Un achat ?

— Un achat. Ça nous aidera à nous sentir intégrés.

Lily leva les yeux au ciel.

— On a le wifi, par ici ? C'était nul, ce week-end.

— Le débit est irrégulier, expliqua Alex.

— Mais tu en auras moins besoin qu'en ville, Lily, enchaîna Fraser. Il y a beaucoup de choses à faire, ici.

À condition d'apprécier les promenades dans la nature, songea Alex. Mais pour une adolescente habituée à la vie urbaine, ce qui était peut-être le cas de Lily, ce ne serait pas évident.

Il voulut aider son confrère :

— Il y a un mur d'escalade génial, à Kendal, et des cinémas vraiment sympas à Ambleside. Va au syndicat d'initiative de Bowness, ils pourront te renseigner.

Lily secoua la tête en soupirant. Alex compatit, tant pour la fille que pour le père. Il ne connaissait pas leur histoire, mais il pressentait qu'elle était difficile.

Fraser posa sa tasse.

— Nous allons nous rendre au lycée, pour inscrire Lily. Il faut aussi qu'on emmène Jasper chez le vétérinaire. Vous en connaissez un bon, dans le coin ?

Bien sûr ! Alex connaissait même la meilleure.

— Jasper ? répéta-t-il.

— Notre chien, précisa Lily.

— Il est malade ?

— Sans blague ! Non, il a besoin d'une coupe de cheveux.

Pour la première fois, Alex se réjouit presque de ne jamais avoir d'enfants.

Beth se sentait incapable de pardonner à Alex de ne pas lui avoir dit la vérité. Mais voilà qu'il entrait dans la clinique comme s'il en était le propriétaire et elle n'avait nulle part où courir se cacher sans avoir l'air d'une folle.

Son patron, Angus, lui tenait la porte et bavardait avec lui. Elle leur adressa un signe négligent de la main et s'installa derrière l'ordinateur de la réception. Alex vint vers elle, mais il resta de l'autre côté du comptoir.

— Salut, Beth.

— Bouton est dans une cage de la salle de soins, dit-elle sans lever les yeux.

— Pas dans la salle du personnel ? Il a été rétrogradé ?

— Il se trouve qu'il est légèrement plus têtu que je ne l'avais cru.

À moins qu'elle ait été un peu tendue, aujourd'hui. Ces deux derniers jours, sa mère avait même remarqué qu'elle était d'une humeur massacrante.

— Il a essayé de faire tomber des étagères les sacs de nourriture et il a même réussi à entrer dans l'un d'entre eux, alors il a fallu que je le mette en lieu sûr pendant que je travaillais.

— Beth, il faut que…

— Non !

Pendant qu'Alex entrait dans la salle de soins, Beth se prit la tête dans les mains. C'était trop dur ! Non seulement parce qu'elle lui en voulait, mais aussi parce qu'elle ne pouvait pas oublier son expression, quand il l'avait embrassée. On aurait dit qu'il l'aimait, qu'il la désirait autant que toutes ces années auparavant. Et Beth éprouvait dans la poitrine une douleur qui ne voulait pas disparaître.

Trop vite, l'homme et le chien se firent la fête sous ses yeux, puis Alex s'accouda au comptoir.

— Est-ce que le nouveau médecin et sa fille sont passés, aujourd'hui ? demanda-t-il.

— Oui.

— Ils ont un chien ?

— Oui.

Les yeux fixés sur l'écran de l'ordinateur, Beth devina qu'Alex la regardait.

— Beth, est-ce qu'il faut vraiment que ce soit aussi difficile, entre nous ?

— Oui.

— Nous pourrions au moins nous montrer courtois, discuter un peu. J'ai conseillé à Fraser et à sa fille de venir ici. Ils ont l'air sympathiques, tu ne trouves pas ? En tout cas, je l'espère, parce que nous allons travailler ensemble, d'autant que Joe est en congé et que Jenny est malade.

La mère de Beth lui avait toujours dit que, lorsqu'on n'avait rien d'aimable à dire, mieux valait se taire, aussi ne répondit-elle pas.

Mais Alex ne se découragea pas.

— Quelle est la race de leur chien ? Il pourrait peut-être jouer avec Flèche ? Comme ils viennent de Londres, j'ai pensé que je pourrais leur montrer quelques lieux de promenade.

— C'est un bobtail.

— Beth, regarde-moi, s'il te plaît. Je t'en prie ! Il faut qu'on parle. De tout. De ce baiser…

Fermant les yeux, Beth tenta de ne pas se rappeler combien ce baiser avait été délicieux. Elle détestait cette ambiance, de toute façon, et elle voulait que la douleur logée dans sa poitrine disparaisse. Pourquoi ne pas l'écouter ? Pourquoi ne pas le regarder, après tout ?

Rejetant la tête en arrière, elle croisa le regard brûlant d'Alex. Elle y lut une souffrance qui la déstabilisa et la poignarda en plein cœur.

— Tu m'as menti, dit-elle.

— Je suis désolé, Beth. J'étais jeune, complètement paumé, et j'ai cru agir au mieux pour toi.

— En me tenant à l'écart de l'événement le plus pénible de ta vie ?

— Absolument.

En le voyant hocher la tête avec détermination, Beth se rendit compte qu'il était persuadé d'avoir bien agi.

— Je ne comprends pas. Je ne t'aurais jamais fait une chose pareille, si j'avais été malade.

— Je voulais que tu aies un avenir.

— Qu'est-ce que ça veut dire ?

Alex contourna le comptoir, puis prit une chaise et s'assit en face d'elle. Il semblait chercher les mots appropriés.

— Le 18 décembre, j'ai trouvé une grosseur suffisamment importante pour que je consulte en urgence. Pendant la tournée des patients, à l'hôpital, j'en ai parlé au chirurgien. Il a appelé un confrère urologue qui a dit que, si je pouvais passer à son cabinet privé dans la matinée, il m'examinerait tout de suite.

Beth ne voyait pas en quoi cela avait un rapport avec son propre avenir.

— Et tu n'as pas eu cinq minutes pour me téléphoner ?

— Un million d'hypothèses me passaient par la tête, toutes plus inquiétantes les unes que les autres. Je voulais savoir ce qu'il en était avant de prévenir qui que ce soit. Je pensais à Mikey et je me demandais comment ça se passerait pour moi. J'ai donc vu un spécialiste, j'ai eu une échographie et un scan dans la matinée. Le chirurgien pensait que c'était probablement un cancer et, comme il y avait une annulation, j'ai été opéré le jour même. C'était ça, ou trois semaines après Noël et le nouvel an.

— On ne peut pas attendre, dans ces cas-là.

Haussant les épaules, Alex se détourna un instant. À quoi pensait-il ? Au passé ? À l'hôpital ?

— Quand on m'a annoncé le diagnostic… et le pronostic, qui n'était pas bon, c'était la fin de l'après-midi. Le service était décoré et mes yeux sont tombés sur une crèche, dans un coin. En voyant cet homme, cette femme et leur bébé, je me suis dit que je ne serais jamais père. Je ne savais même pas si je serais encore vivant à Pâques. Je n'arrêtais pas de penser à nos projets d'avenir et au fait que tu voulais ardemment des enfants.

— Ça n'avait pas d'importance. Je serais restée avec toi, tu sais.

Il posa de nouveau les yeux sur Beth.

— Tu dis ça maintenant, mais tu ignores comment tu aurais réagi à vingt et un ans. Tu savais exactement ce que tu voulais, à l'époque.

Et c'était toujours le cas, mais Beth pensait avoir de moins en moins de chances de fonder une famille.

— J'ose croire que cela n'aurait rien changé à mes sentiments pour toi. Je me serais battue avec toi, pour toi.

— C'est justement le problème, Beth. Je ne voulais pas que tu le fasses ! J'avais regardé Mikey se battre et mourir. Je l'avais vu changer et j'avais changé avec lui. C'est dur, de voir quelqu'un qu'on aime traverser ce genre d'épreuve, puis de le perdre.

Beth se rappelait les chuchotements, derrière les portes. Les avis divergeaient, entre ceux qui continuaient d'espérer et ceux qui acceptaient l'issue inévitable selon eux.

— Ta famille a vécu de durs moments.

— Nous ne savions pas comment affronter cette réalité et chacun réagissait à sa façon. La mort de Mikey nous a laissés épuisés et brisés. Je ne pouvais pas te faire ça, mais plus encore je ne voulais pas que tu me voies dans cet état. Je craignais que tu ne te sentes obligée de tenir les promesses que nous nous étions faites. Je pouvais mourir… ou être stérile à vie.

— Si bien que tu as demandé à tes parents de me dire que tu étais parti en voyage ?

— Il fallait que ça ait l'air irrévocable, pour que tu ne puisses pas me trouver et connaître la vérité. Ils ne voulaient pas te mentir, mais ils ont fait ce que je demandais, pour que je me concentre sur ma guérison… Au début, j'ignorais combien de temps il me restait.

Alex semblait si triste que Beth ne put s'empêcher de lui prendre la main. Malgré tout, elle n'arrivait pas à lui pardonner.

— Tu as dû avoir si peur ! Mais le fait que tu n'aies rien pu partager avec moi en dit long sur notre relation.

— Juste que je t'aimais.

Alex posa sur Beth un regard empreint d'une telle tendresse qu'elle fut submergée par l'émotion. Durant une seconde, elle eut envie de presser ses lèvres sur celles d'Alex pour chasser la souffrance qu'il avait endurée. Mais elle se rappelait aussi qu'il lui avait déjà brisé le cœur une fois et que cela ne devait pas se reproduire.

— C'est bizarre… J'avais toujours cru que l'amour impliquait de se serrer les coudes contre vents et marées.

— Bon sang, Beth ! Tu n'avais que vingt et un ans ! À cet âge, personne n'est censé faire un tel sacrifice. Sans compter que je pouvais très bien ne pas m'en sortir, si bien qu'au bout du compte tu n'aurais pas eu la famille que tu voulais ou même l'homme dont tu étais tombée amoureuse.

— C'était à moi d'en décider !

— J'ai essayé de te protéger et de nous éviter beaucoup de chagrin à tous les deux.

Pour sa part, Beth avait souffert comme une damnée.

— Et ça a marché, pour toi ?

— Il y a eu des hauts et des bas… Surtout des bas, pour être honnête.

Alex n'avait lui-même que vingt-trois ans, à l'époque. Beth l'imagina dans sa chambre d'hôpital, avec la perspective d'un avenir bien sombre, voire pas d'avenir du tout.

— Nous étions ensemble depuis six ans. Nous étions fiancés, et projetions de nous marier. Tu n'aurais pas pu me faire confiance ?

— Je ne voulais pas que tu voies ce que j'allais devenir. Pire encore, que tu respectes tes engagements et m'épouses par pure compassion.

— Quoi ? Mais je t'aimais, Alex !

Il ferma un instant les yeux.

— Tu es loyale et aimante, Beth. Tu aurais tenu tes promesses sans penser aux conséquences, que ce soit pour toi ou pour moi.

— Admettons… Mais pourquoi ne pas être revenu me voir, après la fin de ton traitement ? Ou quand tu as su que tu étais guéri ?

— Parce que je ne peux toujours pas t'offrir le foyer que tu souhaites. Je suis stérile, Beth.

— Mais…

La porte d'entrée s'ouvrit brusquement, et Beth réalisa qu'elle ne l'avait pas verrouillée, pas plus qu'elle n'avait accroché la pancarte indiquant que la clinique était fermée.

Dennis Blakely fit irruption dans le hall, tenant dans ses bras un beau golden retriever qui semblait très malade. Le fermier était hors d'haleine et visiblement en proie à la panique.

Beth jeta un coup d'œil à Alex. La conversation était terminée. Elle allait devoir digérer ce qu'il venait de lui apprendre et réfléchir à ce qu'elle allait faire, mais pas maintenant.

Elle courut vers Dennis et constata que l'homme et le chien ne portaient aucune trace de sang.

— Qu'est-ce qui s'est passé ?

— C'est le chien de Frank Entwhistle, Alfie. Je l'ai trouvé dans ma ferme.

— Portez-le dans la salle de soins.

Beth adressa un signe de la main à Alex et caressa rapidement Bouton avant de se précipiter derrière Dennis, qui avait posé l'animal pantelant sur la table d'examen.

— Quels sont les symptômes ? demanda-t-elle.

— Les mêmes que Meg. Il vomit.

Si l'origine était la même, elle connaissait le traitement, mais elle ne pouvait pas en être certaine.

— Pourquoi était-il chez vous ?

— Frank est à l'hôpital et sa famille a moins d'autorité sur Alfie que lui. Ma June est en chaleur et je suppose qu'Alfie s'est libéré de sa corde pour la rejoindre à travers champs.

Alfie n'était pas aussi apathique et épuisé que Meg l'avait été et il ne devait pas avoir ingéré autant d'ibuprofène qu'elle, si du moins la cause était similaire.

— Vous l'avez vu manger quelque chose ?

Dennis lui tournait le dos, mais elle sentit qu'il se crispait.

— Non.

— June et Meg vont bien ?

— Meg est très calme.

— C'est normal, après ce qu'elle a enduré. Et votre autre chienne ?

— Un peu folle, comme toujours.

— Mais en bonne santé ?

Le fermier hocha la tête sans répondre.

Beth posa Alfie dans une cage. Elle le soignerait après le départ de Dennis, car elle savait que, s'il restait, il regarderait par-dessus son épaule et serait constamment dans ses jambes.

— Je vais faire de mon mieux, Dennis, lui dit-elle. Rentrez chez vous et je vous appellerai quand j'en saurai davantage. Vous pouvez prévenir Mme Entwhistle que son chien est ici ? Merci d'avoir agi aussi vite.

Les yeux du fermier étincelèrent.

— Oui, d'accord.

En le reconduisant à la sortie, Beth constata qu'Alex et Bouton se trouvaient toujours dans le hall de réception.

Alex se leva d'un bond dès qu'il la vit.

— Ça va ? Tu as besoin d'aide ?

Beth ne savait plus très bien comment s'adresser à lui, désormais.

— Je pensais que tu étais parti. Je peux me débrouiller et, toi, tu devrais emmener Bouton. Il est tard et il a besoin de sommeil. Je te rappelle que les bébés ont besoin de routine.

Mais Alex secoua la tête.

— Je reste ici. Si c'est la même chose que pour Meg, tu risques de ne pas dormir de la nuit. On ne te laisse pas seule. Tu es d'accord, Flèche ?

— Ce n'est pas une bonne idée…

— Nous t'attendrons dans la salle du personnel et tu auras des boissons chaudes à disposition.

C'était une gentille attention, mais Beth avait besoin d'espace, pas d'assistants qui la gêneraient plus qu'autre chose… et risquaient de se frayer un chemin jusqu'à son cœur.

— Je ne veux pas, Alex. J'ai besoin de temps pour réfléchir.

Et respirer.

Et faire ces mille choses qui lui permettraient de maîtriser la foule de sentiments contradictoires suscitée par les révélations d'Alex.

Elle se baissa pour caresser Bouton et, lorsqu'elle se redressa, elle fit face à Alex.

— De toute façon, c'est Angus qui est de garde, ce soir. Je le remplace pendant une visite à domicile. Alors, je te remercie, mais je n'ai pas besoin de toi.

Si Alex fut heurté par sa franchise, il ne le montra pas.

— D'accord. Nous parlerons demain.

Beth réprima l'envie de lui dire qu'elle ne voulait plus jamais le revoir, parce que cette perspective lui était insupportable.

8.

— C'est le dernier ! annonça Beth. Tous les cartons sont prêts à partir demain.

Elle recula d'un pas, la gorge serrée. Tout ce qui restait de leur maison se trouvait dans une énorme pile de caisses, ainsi qu'un fauteuil et des sacs-poubelle à jeter dans le conteneur. À l'étage, dans la chambre qui avait été son refuge, il ne restait que son lit et une valise de vêtements.

— Nous avons bien travaillé, répliqua sa mère. Ce soir, tu semblais chargée d'une mission, Beth.

Elle fit tourner son fauteuil dans la pièce vide, les joues un peu rouges et les chevilles plus gonflées que d'habitude. Beth se dit qu'elle devrait le signaler à la directrice de la résidence, quand elle amènerait sa mère à Bay View, le lendemain matin.

— Je sais que nous atteignions la date limite, alors ça m'a donné du tonus.

Elle avait attaqué leurs dernières possessions avec une sorte de frénésie, dans l'espoir de faire disparaître la douleur logée dans sa poitrine.

En faisant place nette, elle oubliait un peu Alex, mais cette activité l'attristait aussi parce qu'elle lui rappelait que sa mère était contrainte de s'installer dans une maison de retraite. Pourtant, elle s'efforçait de faire bonne figure par amour pour elle.

— Nous devons nous lever tôt, demain, dit-elle. Le camion sera là à 8 heures.

— Je vais mettre mon alarme.

— Je n'en ai pas besoin.

Beth avait beaucoup de mal à dormir, depuis qu'elle avait embrassé Alex. Bien entendu, elle ne pouvait pas en parler à sa mère.

— Je m'inquiète pour le golden retriever que Dennis nous a amené, dit-elle. Il était plutôt malade.

— Laisse Angus s'en occuper. Dieu merci, il t'a accordé une journée de congé pour le déménagement.

— Je ne suis là que pour l'aider pendant quelques semaines. Il a une dette envers moi parce que je le soulage pendant une période de l'année très chargée.

Prenant un gros feutre noir, Beth inscrivit sur les cartons :

Cuisine Glasgow.

Salon Glasgow.

Photos Bay View.

Salon Glasgow 2.

D'accord, elle avait accepté de garder plus de choses qu'elle n'en avait l'intention, mais au moins sa mère était rassurée.

— Je suis contente que tu sois pressée de t'installer dans ton nouveau logement, dit-elle à sa mère.

— Ce changement ne peut être que bénéfique ; en tout cas, je m'arrangerai pour qu'il le soit. Oh ! j'ai gardé le petit sapin de Noël, pour toi. J'ai pensé que tu pourrais le décorer pour que la maison soit un peu gaie jusqu'à ton départ.

— Je croyais que tu voudrais le mettre chez toi. Je ne suis pas d'humeur très festive, en ce moment.

Beth regarda le petit sapin artificiel posé près des cartons.

Sa mère fit de nouveau tourner son fauteuil en grimaçant de douleur, puis elle redressa une branche.

— Tu devrais faire un effort, Beth. Ça peut te faire du bien, de voir les guirlandes lumineuses. Noël est une période joyeuse de l'année. J'en ai de bons et de mauvais souvenirs, comme la fois où la dinde n'était pas cuite et que nous avons réveillonné avec une boîte de pâté. C'était le premier Noël sans ton père et c'était dur.

Des larmes jaillirent des yeux de sa mère et, contrairement à Beth, elle n'essaya pas de les retenir.

— Est-ce que nous irons réveillonner chez tante Jackie, à Leicester ?

Hochant la tête, sa mère s'essuya la joue avec la manche de son cardigan.

— Elle abusera du bon vin et finira par faire un discours sans queue ni tête… Chaque Noël est différent, Beth, et c'est ce que j'essaie de te dire. Ce qui compte, c'est ce que tu en fais. Je ne sais pas comment ce sera, à Bay View, mais je ferai en sorte de m'amuser.

— Tu es sûre de vouloir y aller ? Vraiment sûre ?

— Chérie, je n'ai jamais voulu partir d'ici, et tu le sais bien. C'est ma maison depuis trente-cinq ans et il m'a fallu un gros effort pour admettre que je ne pouvais pas y rester, mais parfois il faut affronter la réalité. Toi, par exemple, tu pourrais accepter qu'Alex soit au moins ton ami. Tu y gagnerais peut-être un peu d'apaisement.

Beth n'avait pas fait allusion à leur baiser, mais, pendant qu'elles remplissaient les derniers cartons, elle avait raconté à sa mère ce qui s'était produit huit ans auparavant.

— L'eau a coulé sous les ponts, reprit celle-ci. Tu ne peux pas laisser la souffrance te gâcher la vie et t'empêcher de dormir la nuit. Tu as mûri et tu es très différente de ce que tu étais quand vous avez rompu.

La colère que Beth utilisait comme une carapace s'était fissurée quand Alex et elle s'étaient embrassés. Il avait rompu parce qu'il croyait agir pour son bien à elle, non pour le sien. En ce cas, comment entretenir sa fureur contre lui ? Elle restait blessée que les parents d'Alex lui aient caché la vérité. Elle n'avait pas seulement perdu son petit ami, mais aussi la famille qu'elle avait aimée et considérée comme la sienne.

— Il n'a peut-être pas géré la situation comme tu l'aurais souhaité, dit encore sa mère, mais il a vraiment cru bien faire. C'est quelqu'un de bien, Beth. Je l'appréciais déjà en tant que jeune adulte, quand il était fou amoureux de toi. Et il y a deux ans, lorsqu'il a remplacé son père à la Maison médicale, j'ai vu comment il se comportait avec les patients et le personnel. Il est toujours là pour les écouter et les aider.

Il faut être un saint, pour passer voir Dennis Blakely, et regarde comment il s'occupe de ce chiot ! Je pense juste que tu devrais écouter ce qu'il a à dire.

Sa mère se tut un instant.

— Et il y a encore autre chose, Elizabeth Grace Masters.

— Oh ! oh ! s'exclama Beth en souriant. Le ton est solennel, à ce que je vois. Qu'est-ce que j'ai encore fait ?

Mais sa mère posa sur elle un regard rayonnant d'amour.

— Des choses admirables, ma chérie. Tu avais huit ans, quand on m'a annoncé que j'étais atteinte de cette terrible maladie. Aussitôt, tu m'as aidée sans jamais te plaindre. Tu as toujours été là pour moi.

— Faux ! Je suis partie faire des études supérieures.

— Parce que je t'y ai obligée.

Si sa mère ne l'avait pas fait, Beth n'aurait pas obtenu toutes les qualifications qui lui permettaient aujourd'hui de venir en aide à des animaux, mais aussi à leurs maîtres. Pourtant, elle aurait sans hésiter renoncé à tout cela si ce sacrifice avait permis à sa mère de ne plus souffrir.

— Tu sais bien que je ne regrette rien.

— Absolument. Mais dorénavant, je vais avoir de l'aide sept jours sur sept et vingt-quatre heures sur vingt-quatre. Tu peux donc te consacrer à tes passions, et pas à des corvées ennuyeuses à cause de moi. Saisis les opportunités qui te sont offertes sans penser à moi.

— Des opportunités ? Ici ? À Oakdale ?

— Où que tu ailles, ma chérie. À Glasgow, en Amérique du Sud, en Asie, ou ici, à Oakdale.

Voyant que sa mère tendait les bras vers elle, Beth vint s'y blottir comme elle le faisait petite fille.

— Je t'aime, maman.

— Et je t'aime aussi, Elizabeth Grace, répliqua sa mère d'une voix légèrement tremblante. Et maintenant, va chercher la bouteille de vin, mets de la musique et décorons cet arbre !

Ce sapin, qui avait trôné dans la chambre de Beth pendant vingt ans, était plutôt déplumé et il aurait sans doute dû être mis à la poubelle. Mais sa mère avait envie de le décorer et elle n'avait aucune raison de la contrarier.

Après avoir rempli deux verres de vin et branché la radio, Beth fouilla dans la boîte portant l'inscription « Noël ». Elle en sortit le renne en bois que sa grand-mère lui avait offert quand elle était toute petite. Le colifichet suivant lui rappela son père et son bonnet de Père Noël qui lui tombait sur les yeux, quand il découpait la dinde. Tout en riant aux éclats, elle le redressait pour voir son regard espiègle. Et ensuite, tante Jackie chantait… très faux.

Sa mère avait raison : chaque Noël était différent. Cette année, elle le passerait avec sa mère, mais qui pouvait dire où elle serait l'année suivante, et avec qui ?

Elle avait un métier, à Glasgow, et une maison qu'elle aimait. Et elle avait pu renouer le contact avec Alex. Il lui avait raconté les moments les plus noirs de sa vie. Elle pouvait au moins faire l'effort de le comprendre, se montrer bienveillante et compatissante… Tout ce qu'elle était envers n'importe qui d'autre.

Elle pouvait écouter l'homme qu'elle avait passionnément aimé autrefois.

Quand le sapin fut décoré, elle se sentait beaucoup mieux. En se redressant, elle regarda autour d'elle pour voir ce qu'il restait à faire.

— Je vais mettre ces sacs dans le conteneur, dehors, dit-elle.

Sa mère jeta un coup d'œil aux sacs en question, presque aussi nombreux que les cartons à conserver.

— Tu es sûre de vouloir jeter tout cela ?

— On repart à zéro toutes les deux, non ?

Beth souleva les sacs et sortit de la maison. Le ciel nocturne était illuminé par des étoiles étincelantes, et l'air était frais et vif. La campagne était silencieuse, les toits et les routes recouverts de neige. Le tableau était féerique, comme sorti d'un livre de contes de Noël pour enfants. Parvenue à la grille, elle s'attendit presque à voir le Père Noël descendre du ciel sur son traîneau.

Cette maison, ce jardin, cette vue avaient toujours représenté pour elle un filet de sécurité. Pendant des années, elle avait fait des allers-retours pour venir voir sa mère, qui avait toujours été là pour elle. Mais dans une semaine environ, elle devrait laisser les clés et repartir pour Glasgow.

Elle refermait le portail lorsqu'elle entendit une voix masculine.

Alex, *évidemment.*

Il promenait Bouton et ils lui tournaient tous les deux le dos. Les empreintes de pas, devant la grille, pouvaient signifier qu'ils s'étaient arrêtés devant la maison. Elle se demanda si Bouton avait flairé son odeur, ou si c'était Alex qui avait pensé à elle.

Alex marchait à grandes enjambées, tandis que Bouton bondissait tout autour de lui. Soudain, le chiot s'arrêta. Beth sourit en voyant Alex tirer doucement sur la laisse. Comme le petit chien ne lui prêtait aucune attention, il s'accroupit pour lui dire quelque chose qu'elle ne put entendre.

Tout en les observant d'un œil distrait, elle prit de la neige sur le mur du jardin et la fit glisser entre ses doigts. Elle brûlait la peau, mais elle était parfaite pour…

Faisant courir sa paume sur le mur, elle en prit davantage pour fabriquer une boule de neige. À la vue d'Alex, toujours penché sur le chiot, elle sentit son cœur battre plus vite… Certainement parce qu'elle s'était attachée à Bouton et qu'elle ne le verrait plus jamais après son départ.

Mais c'était plus que cela.

C'était la faute d'Alex. En arrivant à Oakdale, elle avait les idées claires, à son sujet, mais il avait semé le désordre dans sa tête et dans son cœur.

Elle avait besoin de faire quelque chose pour évacuer toutes ces émotions. Le sexe ? Ce n'était pas une bonne idée parce que le seul homme qui l'attirait s'appelait Alex et c'était hors de question.

S'enivrer ? Peut-être, mais elle n'avait qu'une bouteille à moitié pleine qu'elle devait partager avec sa mère.

Elle tassa la boule dans sa main.

Juste ce qu'il lui fallait !

Le tir à la cible.

Alex expira lentement et regarda la buée qui formait une volute dans l'atmosphère. Pourquoi avait-il hérité d'un chiot désobéissant, qui ne lui accordait aucune attention quand Beth était présente ?

Beth… Leur dernière conversation ne s'était pas aussi bien passée qu'il l'espérait, mais il avait mis cartes sur table.

— J'ai fait ce qu'il fallait, Flèche. Depuis que je lui ai dit la vérité, je me sens un peu plus libéré.

À en juger par la façon dont Flèche reniflait le lampadaire, il était clair qu'il ne l'écoutait pas.

— Elle ne voudra plus jamais m'aimer, maintenant, continua-t-il, et c'est bien comme ça. Plus de confusion ou d'émotions inutiles.

Beth partirait dans quelques jours. Il supporterait de la savoir toute proche, s'il savait que cela ne durerait pas toujours. Mais si elle s'installait à Oakdale, il faudrait qu'il s'en aille très loin.

Flèche lécha la joue d'Alex, puis il fit un bond de côté. Pris par surprise, Alex lâcha la laisse.

— Flèche ! Reviens tout…

Au moment où il se redressait pour voir de quel côté était parti le chiot, quelque chose de dur lui heurta l'épaule. Des flocons s'éparpillèrent sur son manteau.

Une boule de neige ?

Faisant volte-face, il vit Beth près de son portail, le poing levé et Flèche à ses pieds. Voyant qu'elle s'apprêtait à lui lancer un autre projectile, il marcha vers elle, convaincu qu'elle ne mettrait pas la menace à exécution.

— Petite folle ! Tu aurais pu toucher mon chien.

Petite folle. Elle n'était plus la jeune fille dont il était tombé amoureux lorsqu'il était lui-même adolescent, mais une femme superbe. Même s'il ne l'avait pas aimée dix ans auparavant, elle l'aurait irrésistiblement attiré.

Pour la première fois, il la vit arborer un large sourire.

— Sûrement pas ! Je vise très bien.

— On fait une trêve ?

— C'est tentant, mais non merci.

Sur ces mots, elle glissa de la neige sous le col d'Alex, qui sentit la glace dégouliner le long de son dos. C'était froid, mais pas suffisamment pour éteindre le feu qui brûlait en lui.

— Très bien. Tu l'auras cherché.

Sur ces mots, il prit à son tour de la neige par terre et en frotta la nuque de Beth, qui se mit à crier. Elle se tourna vers lui en gigotant, si proche qu'il respira son parfum tandis que le désir qu'elle lui inspirait ne faisait que croître.

— D'accord, Alex. On fait une trêve.

— Tu n'apprécies pas tes propres remèdes, hein ?

Il se pencha pour saisir la laisse, puis il souleva le chiot.

— Flèche te dit bonjour et te demande de ne plus jeter de boules de neige à son gentil papa.

— Bonjour, beau gosse ! Je m'adresse au chien, évidemment.

Les yeux brillants, plus détendue qu'il ne l'avait jamais vue, Beth caressa le petit chien.

— Et… Bonjour, Alex, ajouta-t-elle.

Il s'orienta sur un terrain plus sûr :

— Comment va Alfie ?

Beth passa la main dans ses cheveux, manquant de peu un flocon de neige qui restait.

— Angus m'a appelée, il y a une heure. Il est presque certain qu'Alfie a avalé quelque chose et qu'il ne s'agit pas d'une maladie. Il n'est pas aussi mal que Meg l'était, mais assez pour qu'il le garde cette nuit en observation.

— Donc, ils ont mangé la même chose. C'est ce que tu penses ? Flèche, arrête de mordiller ma manche, s'il te plaît.

— Il s'ennuie. Mais ça peut vouloir dire qu'il fait une poussée dentaire. Pose-le, pour qu'il puisse renifler.

— Il a sans doute besoin de marcher, tout comme moi, d'ailleurs. Je sens mes pieds s'engourdir, dit Alex en martelant le sol. Et il a envie que tu nous accompagnes.

— J'ai promis à maman de passer un peu de temps avec

elle, pour notre dernière soirée. Elle part demain pour Bay View.

— Bien sûr, pas de souci.

— On se voit demain, quand tu déposeras Bouton.

— Très bien.

Au moment de refermer le portail derrière elle, Beth s'arrêta et se tourna vers lui.

— Je voudrais te parler très vite de quelque chose.

— Je suis tout ouïe, répliqua Alex, le cœur battant.

— Au sujet d'Alfie, de Meg et de Dennis, j'aurais besoin qu'on discute… J'ai quelques hypothèses.

D'accord, il ne s'agissait pas de lui.

— Bien sûr. Maintenant ? Demain ?

— Je ne… C'est juste une impression. Ce n'est peut-être rien, dit Beth en haussant légèrement les épaules.

— Ça peut attendre ?

— C'est-à-dire… Quand tu déposes Bouton, nous sommes toujours pressés. En plus, demain je le confie à l'équipe pendant que j'accompagne maman à Bay View. Écoute, je vais chercher mon manteau et dire à maman que je vais me promener avec Bouton.

— D'accord.

Quelques minutes plus tard, Beth revint tout en enfilant une doudoune turquoise. Ils prirent la direction d'Oak's Top, la petite colline recouverte de chênes qui avait donné son nom au village.

Tout en marchant, Beth se mit à parler :

— Je pense que si deux chiens ont mangé la même chose, nous devons découvrir ce que c'est avant qu'un autre animal tombe malade. C'est une énigme. J'étais sûre que Meg avait avalé des comprimés, mais comment Alfie aurait-il pu en faire autant ?

— Sauf si c'est une plante, ou un produit utilisé dans les fermes. Un fertiliseur ou un insecticide, par exemple.

— Les champs sont couverts de neige et je suis presque certaine que les fermiers ne s'en servent pas avant le printemps.

Qu'est-ce que ça pourrait être d'autre ? Pas du chocolat… Éventuellement un antigel. C'est doux et les chiens aiment bien en boire. Il se peut que le camion de Dennis fuie, ou qu'il n'ait pas bien rangé les bouteilles.

— C'est possible.

— Et si c'était l'eau ?

— C'est peu probable, puisque lui-même n'est pas malade.

— J'aimerais bien avoir d'autres idées. Tu as des nouvelles de Frank ?

— Il n'est plus dans un état critique. On lui a enlevé la rate. Son foie a été bien atteint et il a des côtes cassées, mais il va s'en sortir. Retiens bien la leçon, Beth : il faut se tenir à l'écart des béliers en rut !

— Je garderai ça en tête, dit-elle avec un sourire. Autre chose… Quand j'ai relu le dossier médical de June, j'ai vu qu'elle avait été traitée par des remplaçants successifs pour des symptômes étranges. Dennis a aussi apporté un chat parce qu'il titubait, mais l'examen n'a rien donné. En bref, Dennis a amené quatre animaux domestiques présentant les mêmes symptômes, qui ont été soignés par des vétérinaires différents.

— C'est le problème, avec les remplaçants. Ils manquent d'une vue d'ensemble, d'un schéma comportemental. Attends ! Il leur manque des informations sur l'attitude du *maître*. Tu ne penses pas que Dennis pourrait chercher à attirer l'attention ?

— Pourtant, c'est lui qui a signalé des problèmes que personne d'autre ne voyait.

— Jusqu'à maintenant. Meg a été vraiment malade, ainsi qu'Alfie. Tu ne penses pas… Non ! Je n'arrive pas à y croire !

— Quoi ?

— Imagine que Dennis les empoisonne pour te les amener ensuite ?

— Je ne vois pas pourquoi il ferait ça ! Non ! C'est sûrement accidentel. Il oublie des choses… Tu sais, comme ces gens atteints de démence précoce. Ou alors… Il fait une dépression.

— Dans tous les cas, il a besoin d'aide, et c'est même urgent.

Alex jeta un coup d'œil à sa montre. Il était tard et ce genre d'affaire devait être traitée avec prudence. Débarquer chez Dennis en pleine nuit serait une erreur. D'ailleurs, ces hypothèses ne reposaient sur aucune preuve.

— J'irai le voir demain.

— Tu es sûr ?

— Oui. Il faut qu'on sache de quoi il retourne exactement.

— Tu ne devrais pas y aller tout seul. Ton nouveau collègue ne pourrait pas t'accompagner ?

— Fraser a une consultation pédiatrique toute la matinée et une formation dans l'après-midi. D'ailleurs, ce n'est pas la meilleure façon de l'accueillir parmi nous. Pourrais-tu venir pour m'aider à découvrir si nous avons affaire à quelqu'un qui fait du mal à ses animaux ?

— Tu as pensé à Joe ?

— Il est en vacances avec sa famille. Je suis pris toute la journée, mais je monterai jusqu'à la ferme pendant ma pause-déjeuner.

— Très bien. Maman devrait être installée, à ce moment-là, et elle fera sa petite sieste de l'après-midi. Je viendrai avec toi.

— Vous avez terminé les cartons ?

La neige rendait la marche difficile, et une fine pellicule de sueur recouvrait le front de Beth. Elle l'essuya de la main.

— C'est terminé. Les déménageurs vont arriver de bonne heure, ensuite je conduirai maman à Bay View et je veillerai à ce qu'elle soit bien installée. Elle en est à un stade où elle a hâte que ce soit fait.

— Et toi ? Tu te sens comment ?

Beth plissa le nez et fit la grimace.

— Je suis contente qu'elle ait trouvé un endroit qu'elle aime, mais ça me fait bizarre de ne plus avoir une maison où revenir le week-end quand je veux la voir.

— J'ai une chambre d'amis, dit Alex sans réfléchir.

Comme Beth le fixait sans mot dire, il se hâta de préciser :

— Tu serais accueillie en tout bien tout honneur, bien entendu.

Ils étaient parvenus en haut de la colline et contemplaient le village, en contrebas. Autrefois, c'était leur lieu de prédilection. En hiver, ils faisaient de la luge, et au printemps ils s'étendaient sur l'herbe et se murmuraient des promesses entre deux baisers. Alex se demanda si Beth évoquait les mêmes souvenirs et si, tout comme lui, elle brûlait de l'embrasser.

Parce que, malgré tous ses efforts, il la désirait toujours autant. Il se répéta pour la millième fois qu'elle allait quitter Oakdale et qu'il devrait s'habituer à ne plus la voir.

— Et ensuite… Tu vas partir pour Glasgow ?

— Je rentre chez moi, oui. Qu'est-ce qu'on va faire, pour Bouton ? Personne ne l'a réclamé et il nous est de plus en plus attaché.

Elle n'ajouta pas que l'attachement était réciproque, mais Alex devait admettre que le chiot lui manquerait, quand il serait accueilli dans sa nouvelle famille.

Beth se pencha pour le caresser.

— Je m'en vais dans quelques jours et, vu que je suis seule à la clinique, je ne peux pas l'adopter.

— Même chose pour moi. Mes longues heures de travail ne me permettent pas de garder un chien. Il s'ennuierait trop, chez moi.

— On en revient à ma question : qu'est-ce qu'on fait ?

— Je vais mettre des annonces un peu partout. Quelqu'un finira par répondre. Mais on devra s'assurer que les gens qui le prennent savent ce qu'ils font. Je ne veux pas qu'il atterrisse chez n'importe qui.

Beth se mit à rire.

— Si le nouveau propriétaire ignorait totalement comment s'occuper d'un chiot, ce serait terrible, non ?

— Tu parles de moi ?

— Bien sûr, mais j'admets que tu apprends vite. Il n'y a pas beaucoup de gens qui accepteraient d'accueillir sous leur toit un chiot turbulent.

— Il y a des bénéfices secondaires.

Comme de fournir à Alex une raison de sortir promener Flèche, ainsi qu'un prétexte pour voir Beth deux fois par jour. C'était ce qui lui avait permis de renouer avec elle, après toutes ces années… Même s'il avait perdu au passage ses meilleures chaussures d'escalade.

— Il fait une bonne bouillotte, ajouta-t-il.

— Ne me dis pas qu'il dort toujours avec toi !

— Où est le mal ?

— Alex Norton, si je partageais ton lit, je n'accepterais certainement pas qu'un chiot y soit aussi. Oh ! je ne voulais pas dire…

Il vit les yeux de Beth briller dans la nuit et devina qu'elle rougissait.

— Oh ! tu sais très bien ce que j'ai voulu dire ! reprit-elle. Je ne parlais pas vraiment de nous.

— Je sais, Beth, je sais.

Mais l'image était là. Alex fut submergé par l'envie d'attirer Beth contre lui et de l'embrasser à perdre haleine. Parce que ce moment était parfait. Ils étaient ensemble, tous les trois, au sommet d'une colline, sous un ciel nocturne annonciateur de neige. Le silence qui régnait alentour n'était troublé que par leurs voix et les jappements de Flèche. C'était comme autrefois, tout en étant différent. Alex se demanda ce qui aurait pu être, si son corps ne l'avait pas lâché, brisant du même coup ses rêves.

Pourrait-il reconquérir Beth ?

Mais elle enveloppa sa poitrine de ses bras et se détourna.

— Je suis frigorifiée, rentrons. Et maman va se demander ce que je fais.

Le moment était passé sans qu'il ait saisi sa chance.

9.

Tout en aidant sa mère à s'installer, Beth ne cessa de penser à Dennis toute la matinée.

Était-il possible que le fermier ait sciemment empoisonné ces chiens ?

C'était difficile à croire. Monter jusqu'à la Ferme des chênes pour y jouer les détectives la mettait un peu mal à l'aise. Elle n'avait pas l'habitude de gérer des situations aussi délicates, mais Alex serait avec elle.

Son cœur battit plus vite à cette idée. Elle devait admettre que la veille ils avaient fait un pas dans la bonne direction. Elle s'était sentie vraiment bien, en haut de la colline… Du moins jusqu'à ce qu'elle suggère qu'elle pourrait partager le lit d'Alex.

Elle jeta un coup d'œil à sa montre. Midi et quart. Il aurait déjà dû l'appeler. Elle reprenait sa consultation à 14 heures et elle aurait juste le temps de monter jusqu'à la ferme et de redescendre.

Elle finit par appeler la Maison médicale et, après des pourparlers avec Maxine, elle finit par avoir Alex au bout du fil.

— Qu'est-ce que tu fais ? Tu as oublié qu'on doit monter voir Dennis ?

— Je suis désolé, mais l'un des fils Archer fait une crise d'asthme plutôt sérieuse et j'attends l'ambulance. Je ne peux pas partir tout de suite.

— Bien sûr que non ! De mon côté, je dois retourner à la clinique pour récupérer Bouton. J'ai déjà abusé de la patience des collègues, puisque je leur avais dit que je serais là à midi et qu'il est déjà midi vingt. Je vais y aller seule.

— Sûrement pas ! Nous irons ensemble plus tard.

Le ton était autoritaire et, durant une fraction de seconde, Beth faillit se laisser convaincre, mais elle ne pouvait pas attendre et Dieu seul savait pour combien de temps Alex en avait. Si Dennis faisait du mal à des animaux, quelqu'un devait l'arrêter.

Un instant plus tard, elle conduisait sur la route verglacée. Elle dérapa plusieurs fois, mais finit par arriver à la Ferme des chênes. Elle se gara dans la cour, respira un grand coup et sortit de la voiture.

— Tu restes là, Bouton. Je reviens tout de suite.

Après avoir posé un bol d'eau près de la banquette, elle ferma la portière et baissa la vitre de quelques centimètres, après quoi elle traversa la cour.

Sur sa droite, les portes de la grange étaient ouvertes et elle vit des traces de pneus dans la neige. Dennis était peut-être déjà rentré. Elle frappa à la porte de la maison, mais personne ne répondit. Elle la poussa et appela de nouveau depuis le seuil.

— Dennis ? C'est Beth.

Il y avait un bol rempli de nourriture pour chien, sur le sol. En se penchant pour l'examiner, elle remarqua une poudre blanche. Ou était-ce son imagination qui lui jouait des tours ? Elle en mit un peu dans un sac plastique qu'elle glissa dans son sac. Dès son retour à la clinique, elle ferait analyser cet échantillon. Lorsqu'elle se redressa, un collie sortit d'une pièce située à l'arrière de la maison.

— C'est toi, June ?

La chienne s'approcha d'elle et renifla sa main.

— Tu vas bien, ma fille ? Où est Dennis ?

Mais June se coucha devant elle.

— Qu'est-ce que tu as, ma belle ? demanda Beth en la caressant.

Elle se penchait pour examiner la bête, lorsqu'il y eut un mouvement vif, derrière elle, puis quelque chose la heurta.

C'était Meg, qui aboya et frotta son museau contre la hanche de Beth.

— Salut, Meg. Comment vas-tu ?

La chienne se laissa caresser un instant, puis elle courut dehors et revint quelques secondes plus tard. En tout cas, elle avait retrouvé toute son énergie, pensa Beth.

Meg alla vers la porte, stoppa net et regarda Beth avant de bondir vers elle. Elle saisit le bord du manteau entre ses crocs et tira dessus, puis elle repartit vers la porte.

— Où est Dennis ? demanda Beth tandis que Meg faisait des allers-retours en aboyant. Tu veux que je vienne avec toi ?

Que faire ? June semblait épuisée et léthargique, ce qui était anormal.

Dieu merci, j'ai laissé Bouton dans la voiture.

De nouveau, Meg mordilla l'ourlet du manteau.

Beth frémit de peur. Que s'était-il passé ? Sortant son téléphone de sa poche, elle constata qu'elle n'avait pas de réseau. L'espace d'un instant, la panique la submergea. Elle ne pouvait pas appeler Alex pour savoir ce qu'elle devait faire. Devait-elle emporter June à la clinique, ou se mettre en quête de Dennis ? Et pourquoi Meg était-elle aussi agitée ? Ce n'était pas bon signe.

Du moins, June était au chaud et elle n'avait pas l'air d'avoir vomi. Beth prit sa décision.

— D'accord, ma belle, on y va.

Après avoir mis le bol de nourriture dehors et fermé la porte pour que June ne sorte pas, Beth se mit en marche derrière Meg. Elles suivirent les traces de pneus qui menaient vers le sommet de la colline.

La chienne savait visiblement où elle allait. Elle courait devant, se retournant parfois pour vérifier que Beth maintenait le rythme. Celle-ci fut vite hors d'haleine. C'était comme si de la glace était suspendue dans l'air, épaisse et lourde.

Une fois au sommet, Beth balaya la campagne des yeux, sans savoir exactement ce qu'elle cherchait. Comme elle scrutait la pente, sur sa gauche, elle aperçut un quad dont les roues se dressaient vers le ciel.

— Mon Dieu ! Il est tombé de son quad !

Elle se mit à courir. Et soudain, sans qu'elle sache ce qui s'était passé, elle trébucha et dégringola le long de la pente. À son passage, pierres et rochers la heurtaient, la faisant grimacer de douleur. Quand la chute fut stoppée par un monceau de neige, elle avait mal à l'épaule, au dos et à la cuisse gauche. Elle se trouvait encore à quelques mètres de Dennis.

Le cœur battant la chamade, elle réalisa qu'elle était seule au milieu de nulle part. Il y avait un chien malade à la ferme et Dennis était coincé sous son quad. Elle devait se calmer et ne pas se mettre en danger. La première règle du secourisme n'était-elle pas de préserver en priorité la sécurité du secouriste ?

D'accord. Respire un grand coup. Encore une fois.

Réunissant toutes ses forces, elle parvint à se mettre debout. Ensuite, elle plaça ses bottes sur les marques de pneus pour que ses semelles adhèrent mieux au sol. Elle était fatiguée, endolorie et hors d'haleine lorsqu'elle parvint jusqu'au quad retourné.

Dennis était là, une jambe coincée sous l'engin. La neige était rouge, tout autour de sa tête.

Soupçonnant une fracture du crâne et une jambe écrasée, elle s'agenouilla près du blessé, ignorant le froid et l'humidité qui imprégnaient son jean et lui transperçaient les os. Elle enleva son gros manteau et le posa sur Dennis dans le vain espoir de le réchauffer, puis elle examina sa blessure à la tête. Il y avait une grosse plaie à l'arrière du crâne, causée sans doute par un caillou pointu.

Elle secoua doucement le bras du fermier.

— Dennis ? Vous m'entendez ?

Il ne bougea pas.

Posant deux doigts sur son cou, elle chercha son pouls.

— Allez, Dennis ! Je vous en prie !.

Elle perçut enfin des battements faibles et lents : Dennis était vivant. Beth posa ses mains sur le quad et tenta de le repousser sans y parvenir. Depuis combien de temps Dennis était-il là ?

Elle tapota sa joue glacée. Sa peau était pâle et ses lèvres presque bleues.

— Vous m'entendez, Dennis ?

Que faire ? D'une main tremblante, elle sortit de nouveau son téléphone de sa poche et constata qu'elle n'avait toujours pas de réseau.

Tout en respirant le plus lentement possible, elle s'efforça d'être logique.

— Dennis ? Parlez-moi, Dennis !

Un gargouillis sortit de la gorge du fermier, et sa bouche s'ouvrit pendant une fraction de seconde.

— C'est Beth, Dennis.

Seule, elle ne parviendrait pas à soulever le quad pour le libérer.

Elle avait besoin d'aide !

Elle avait besoin d'Alex.

Plus que jamais, elle aurait voulu qu'il soit là, avec son calme réconfortant. Elle se refusait à l'admettre, mais le seul fait de penser à lui la réchauffait. Mais il n'était pas là, il se trouvait au chevet d'un enfant malade, au village.

Elle était seule.

Même si elle était parvenue à soulever le quad, elle n'aurait jamais pu porter Dennis. Peut-être que, si elle grimpait plus haut, elle aurait du réseau…

— Dennis ? Je ne sais pas si vous m'entendez, mais c'est Beth. Je vais chercher du secours et en attendant tenez bon. June et Meg ont besoin de vous.

En entendant son nom, la chienne émit un gémissement avant de lécher la joue de son maître, qui battit des paupières.

— Je suis… désolé.

— C'est bon, Dennis. Je vais chercher de l'aide.

Parvenu dans la cour de la Ferme des chênes, Alex freina brusquement. La voiture de Beth était là… bien qu'il lui ait demandé de l'attendre.

Il jaillit hors de sa voiture, regarda autour de lui et frappa à la porte.

— Beth ? Dennis ? Il y a quelqu'un ?

Il poussa la porte et faillit trébucher sur June, qui était étendue par terre. À sa vue, la chienne souleva la tête et geignit.

Alex n'aimait pas cela, pas plus qu'il n'apprécia le silence quand la chienne se tut. En sortant de la maison, il remarqua les empreintes, dans la neige. Il les suivit, la gorge serrée par l'angoisse.

— Beth ! Dennis ! appela-t-il dans le brouillard en train de s'installer.

Parvenu au sommet, il aperçut une petite silhouette qui descendait la pente de l'autre côté, se frayant un chemin dans l'épaisse couche de neige.

Où allait-elle ?

— Beth !

Elle s'arrêta pour se retourner.

— Alex ?

À cause du vent, sa voix était lointaine, à peine perceptible, mais au moins elle allait bien !

Ils coururent l'un vers l'autre, glissant parfois sur des plaques de glace. Lorsqu'ils se rencontrèrent à mi-parcours, les joues de Beth étaient rosies par l'effort et elle semblait hors d'elle.

— Dieu merci, Alex, tu es là !

— Que s'est-il passé ? Où est ton manteau ? Tu dois être gelée.

Enlevant le sien, il le posa sur les épaules de Beth. Elle parut surprise, comme si elle n'avait pas conscience d'avoir enlevé son propre manteau, mais elle glissa ses bras dans les manches.

— C'est Dennis. Il a eu un accident, avec son quad. Sa tête saigne et sa jambe est coincée dessous. Il a un pouls, il est vaguement conscient, mais je ne suis pas optimiste. Il est plus bas…

En regardant dans la direction qu'elle lui indiquait, Alex

vit une tache rouge dans la neige. Pour autant qu'il s'en souvienne, le quad était vieux et rouillé.

— Appelle les secours.

— Je viens de le faire. J'étais montée pour avoir du réseau et je redescendais. Ils arrivent mais... Oh ! Alex !

Le visage de Beth se plissa. Sans réfléchir, Alex l'attira contre lui.

— J'ai installé Meg contre lui pour le réchauffer, continua-t-elle.

— Tu as fait ce qu'il fallait, Beth. On va voir si on peut l'aider.

C'était le premier contact physique qu'ils avaient depuis qu'ils s'étaient embrassés. Malgré la situation, Alex éprouva une brusque montée d'adrénaline. Il enfouit son visage dans la chevelure glacée de Beth, fou de joie à l'idée qu'elle était indemne.

Elle s'écarta de lui et le regarda dans les yeux.

— Merci. J'en avais besoin. Dépêchons-nous.

Le vieil homme était très mal en point. Alex utilisa son écharpe pour faire un pansement compressif sur la plaie à la tête.

— Il n'y a pas que le saignement qui m'inquiète, dit-il. Ce sont surtout l'hypothermie et le poids du quad sur sa jambe qui affectent la circulation. Tu sais depuis combien de temps il est là ?

— Aucune idée. Je me charge de sa tête, occupe-toi de sa jambe, dit-elle en prenant la place d'Alex.

— Dennis, vous m'entendez ? demanda Alex.

Le vieux fermier battit des paupières. C'était bon signe. Au moins, il réagissait.

— Je vais soulever le quad, continua Alex. Ça va faire mal, alors tenez bon.

Prenant sa ceinture, Alex garrotta la cuisse de Dennis.

— Il y a beaucoup de sang, expliqua-t-il. Je vais essayer de stopper l'hémorragie, mais il faut que je voie la plaie tout de suite. Alors je vais soulever cet engin.

— D'accord, répliqua Beth. Fais-le.

Elle leva vers lui un regard confiant qui le galvanisa. Pressant son épaule contre le quad, il poussa de toutes ses forces, encore et encore. Finalement, le quad bougea avec un craquement sinistre.

Alex ne pouvait risquer d'aggraver l'état de Dennis en tentant de le déplacer, mais il parvint à libérer le fermier de ce poids en modifiant l'angle du quad, qui glissa sur le côté.

La jambe de Dennis était sévèrement atteinte.

— C'est une fracture complexe, annonça Alex. J'ai peur que la circulation ait été compromise. Il a besoin d'être opéré en urgence.

Il resserra le garrot et entoura de glace la jambe blessée. À son grand soulagement, un bruit d'hélices retentit dans le lointain.

Un instant plus tard, deux ambulanciers arrivaient avec des couvertures, de l'oxygène et des antalgiques. Pendant qu'ils mettaient Dennis sur un brancard, Alex leur fit son rapport.

— Les veines sont collapsées, expliqua-t-il. Il faut faire une perfusion intra-osseuse dans sa jambe gauche.

Alex souffla sur ses mains pour les désengourdir. Il allait avoir besoin d'une certaine dextérité, pour manipuler le mandrin et introduire le cathéter directement dans la moelle osseuse.

Un instant plus tard, Beth, qui tenait la main de Dennis, fit la grimace quand Alex retira l'aiguille. Mais dès que les ambulanciers eurent transféré le blessé dans la cabine, elle expira lentement.

— Tu penses qu'il va s'en remettre ?

— Si c'est le cas, ce sera grâce à toi. Mais pourquoi être venue seule, alors que je t'avais demandé d'attendre ?

— Il fallait que je sache si les animaux allaient bien.

— Tu le soupçonnais de les empoisonner et tu es venue l'affronter ? Tu n'as pas envisagé que ça pouvait être dangereux ? Tu aurais dû m'attendre !

— Quoi ?

— Je répète : tu aurais dû m'attendre.

Voyant Beth se raidir, Alex regretta d'avoir parlé trop vite. En tant que professionnelle, il était persuadé qu'elle pouvait gérer la situation, mais cela ne l'empêchait pas de s'inquiéter rétroactivement.

— Tu n'as pas à me dire ce que je dois faire, Alex. Je ne savais pas pour combien de temps tu en avais et je devais agir.

Les mains de Beth tremblaient. En décollant, l'hélicoptère les aspergea de neige et, quand il eut disparu parmi les nuages, elle soupira de nouveau.

Alex lui toucha le bras.

— Je me suis inquiété pour toi, Je ne savais pas où tu étais ni ce qui s'était passé.

— Maintenant, tu sais ce que ça fait, et ça n'a duré que quelques heures, pas huit ans.

Pinçant les lèvres, Beth commença à remonter la pente, le dos raide et les pieds martelant la neige.

— Je t'en prie, Beth, je ne peux pas revenir en arrière. Il ne nous reste plus beaucoup de temps avant que tu repartes pour Glasgow. Je t'en prie, est-ce que tu pourrais éviter de me jeter le passé à la figure ?

Elle s'arrêta et se tourna vers lui.

— Tu m'as fait très mal.

— Je le sais, et j'essaie d'arranger un peu les choses.

Il écarta les bras, ignorant le vent qui fouettait son corps. Il était en train de se muer en bonhomme de neige, mais il s'en moquait bien.

— Je n'aurais pas dû dire ce que j'ai dit, Alex. C'était particulièrement méchant, surtout après ce qui s'est passé ces derniers jours. Je suis un peu chamboulée.

— C'est compréhensible. Moi aussi, mais nous disputer ne sert à rien.

— C'est vrai, mais je ne sais pas où j'en suis, avec toi, ou ce que je ressens à ton égard. Je t'aime bien… Beaucoup, même, mais j'ai besoin de faire le tri dans tout ça.

Elle l'aimait bien… C'était déjà quelque chose, mais il allait devoir y réfléchir attentivement. Il ne fallait pas qu'elle se fasse des idées sur des choses qui ne pouvaient simplement pas arriver. En revanche, il voulait que leur relation s'apaise.

— J'en suis à un point où ressentir quelque chose n'est plus qu'un lointain souvenir, dit-il. Je suis complètement engourdi.

Beth scruta son visage et le haut de son corps.

— Tu trembles !

— C'est en général l'effet de l'hypothermie.

— Et tu arrives à plaisanter ? fit-elle en souriant.

Elle voulut retirer le manteau d'Alex, mais il l'arrêta.

— Garde-le. Je ne vois pas l'utilité que nous soyons tous les deux frigorifiés. Mais pour te répondre, je ne sais pas où j'en suis avec toi non plus. Je n'ai pas voulu compliquer les choses en t'embrassant, mais je suis content de l'avoir fait. Et j'ai envie de recommencer…

— Tu as besoin de te réchauffer.

Prenant les mains d'Alex dans les siennes, Beth souffla dessus.

— Il faut que nous parlions, Beth.

— Oui, mais pas maintenant. Pour l'instant, il faut nous mettre à l'abri, répliqua-t-elle en l'entraînant vers le sommet de la colline.

— Quand, alors ?

— Je n'en sais rien.

Elle ouvrit et ferma la bouche à plusieurs reprises, comme si elle cherchait quoi ajouter.

— C'était incroyable, quand tu as soulevé le quad.

— L'escalade muscle un homme.

Il voulut fléchir le bras pour montrer ses biceps, mais il en était incapable.

— Tu as une force intérieure qui te permet d'accomplir des exploits, et c'est encore mieux. Tu me fais sourire, même quand j'essaie d'être fâchée contre toi… et tu m'as passé ton manteau.

Cessant de marcher, Beth regarda Alex dans les yeux.

— Je sais qu'il va falloir qu'on parle, mais pour l'instant, avant que tu sois gelé jusqu'aux os, il faut que tu saches que, même quand j'étais furieuse contre toi, j'ai adoré t'embrasser.

Alex ne parvenait pas à la quitter du regard. Les cheveux de Beth dégoulinaient, le froid brûlait ses joues et elle avait le nez rouge, pourtant elle était plus belle que jamais.

Tout en souriant, elle se hissa sur la pointe des pieds.

— En fait, j'ai très envie de recommencer, dit-elle.

— Ça pourrait dégeler ma bouche.

— Tu me connais, je suis toujours prête à aider.

Nouant ses bras autour du cou d'Alex, elle l'embrassa. Ses lèvres étaient glacées mais douces. Comme elle se pressait contre lui, Alex fut envahi par une chaleur intense. Laissant échapper un soupir de plaisir, il repoussa les cheveux de Beth en arrière et approfondit leur baiser.

Elle enfonça ses ongles dans les épaules d'Alex. Alors que leur dernier baiser avait été empreint de tendresse, celui-ci était fougueux, électrique. Glissant ses mains sous le manteau de Beth, Alex lui caressa les seins.

— Alex !

Elle déposa une pluie de baisers sur sa mâchoire, ses joues et sa bouche. Et soudain, elle glissa et il dut la retenir contre lui.

— Fichu verglas !.

— Je te tiens.

À cet instant précis, il aurait voulu lui promettre tout ce qu'elle désirait.

Beth s'écarta de lui en riant.

— J'ai repris mon équilibre. Allons-y, maintenant.

Il souleva son menton d'un doigt léger.

— Tout va bien, entre nous ?

— Tout va bien. Plus de piques, promit-elle.

Alex remarqua que la main de Beth tremblait presque autant que la sienne. Posant ensuite le manteau sur leurs épaules, elle le prit par la taille et se remit à marcher.

— Allez, Meg, on va chercher ta fille.

Leur arrivée à la ferme brisa leur intimité, mais Beth

savait qu'elle venait de partager des instants précieux avec Alex, et lui le savait aussi.

Beth se précipita vers la porte d'entrée.

— Je vais chercher June et on l'amènera à Angus, ainsi que Meg. Quelqu'un doit s'occuper d'elle, maintenant que Dennis est à l'hôpital.

— Bien sûr.

Alex aurait voulu appeler Maxine pour lui expliquer qu'il ne pouvait pas recevoir ses patients, mais il n'y avait pas de réseau. Il essaya tout de même. Tout en composant le numéro sur son clavier, il ouvrit la portière de Beth. Quelque chose en jaillit et traversa la cour.

— Quoi ? Hé ! Flèche ! Viens ici !

Glissant le téléphone dans sa poche, il se lança à la poursuite du chiot, déjà hors de portée.

Il arrivait devant la porte, quand Beth sortit de la ferme. En voyant Flèche, elle poussa un hurlement et écarta le chiot d'un bol de nourriture.

— Arrête, Bouton. Oh ! Alex…

Alex fut pris de nausée à l'idée que leur petit chien avait pu absorber de la nourriture empoisonnée.

— Bon sang, Beth ! Je ne savais pas qu'il était dans la voiture. J'ai ouvert la portière et il est sorti. Il en a mangé ?

— Un peu, je crois. C'est un bébé !

Comme Beth était prise de panique, Alex lui prit la main et la serra très fort.

— Il faut qu'on amène les trois chiens à Angus !

10.

— Je devrais être dans la salle de soins, déclara Beth en arpentant de long en large le hall de réception.

Angus était en train d'examiner Bouton, Meg allait bien et June était très malade. Beth avait été autorisée à lui faire une prise de sang et une radio, mais Angus lui avait demandé de sortir quand il avait administré le charbon à Bouton.

— C'est moi le vétérinaire, lui avait-il dit, et tu es la propriétaire. Fais-moi confiance.

Beth s'y efforçait, mais elle se tordait les mains, folle d'angoisse.

— Je t'en prie, essaye de te calmer, dit Alex en se levant de sa chaise pour la prendre par l'épaule.

Elle s'immobilisa aussitôt, mais son esprit continua de bouillonner.

— Angus a dit qu'il valait mieux que tu ne voies pas Bouton malade, reprit Alex. Viens t'asseoir.

— Mais si…

— Ne jouons pas au jeu des « si », Beth.

Après avoir demandé à Fraser de le remplacer à la Maison médicale, il était resté avec Beth, aussi inquiet qu'elle pour le chiot.

Pour la centième fois, Beth réprima ses larmes.

— J'espère que nous l'avons amené à temps.

— J'en suis sûr. Respire, Beth. Tu ne pourras rien pour lui, si tu t'épuises.

Alex avait raison. Elle avait besoin de toutes ses forces, si leur chiot était malade… ou pire. Elle s'efforça d'inspirer et d'expirer lentement, puis elle secoua ses mains pour les détendre.

— J'ai l'impression qu'il y a un siècle que j'ai emmené maman à Bay View.

— Bon sang ! Je ne t'ai même pas demandé comment ça s'était passé !

— Elle est très contente. La chambre lui plaît, et sa voisine est tout de suite devenue sa meilleure copine. Je me suis presque sentie de trop.

Alex la fit s'asseoir et prit place auprès d'elle.

— J'ai eu la même impression, quand mes parents sont partis. Mais tu es forte, et tu peux le supporter.

— Franchement, après ce que nous venons de traverser, j'ai plutôt le sentiment d'être une mauviette.

— Tu plaisantes ! Je n'oublierai jamais la façon dont tu as aidé Dennis. Tu es extraordinaire, Beth. Mais je le savais déjà, tu l'as toujours été.

— Comme toi…

Elle aussi se rappelait la manière dont il avait soulevé le quad et plus tard effectué la perfusion intra-osseuse. Sans lui, Dennis ne s'en serait jamais sorti.

Aujourd'hui, elle avait éprouvé une cascade d'émotions, mais aucune d'entre elles n'avait été aussi intense que le désir que cet homme lui inspirait en cet instant.

Elle continuait pourtant de regretter amèrement d'avoir manqué huit ans de la vie d'Alex… Des années perdues à jamais. Elle n'aurait jamais l'occasion de lui montrer qu'elle pouvait le soutenir dans les pires moments.

Mais elle ne lui ferait plus de reproches à ce sujet. Tout ce qui importait, c'était qu'ils soient ensemble et se réconfortent mutuellement.

Alex passa un bras autour de ses épaules, et elle se blottit contre lui. Lentement, à mesure qu'il lui communiquait sa chaleur, elle sentit son corps se détendre, et elle ne fut pas surprise lorsqu'il posa ses lèvres sur son front.

Levant les yeux vers lui, elle croisa son regard troublé mais aussi chargé de tendresse.

Angus fit irruption dans la pièce.

— Maintenant, Beth, tu as un choix à faire.

Beth se leva d'un bond, le cœur battant.

— Tout va bien ?

— Il est groggy et il m'en veut de lui avoir imposé un lavage gastrique, mais je crois que j'ai tout fait sortir et ses analyses sanguines sont bonnes. Il n'y a pas de quoi s'inquiéter… Du moins jusqu'à maintenant. Mais je n'ai pas besoin de te dire à quelle vitesse les choses peuvent évoluer, surtout chez les bébés. D'accord ?

Beth serra très fort la main d'Alex.

— D'accord.

Angus ouvrit la porte de la salle de soins et leur fit signe d'entrer.

— Donc… J'ai pas mal de pensionnaires et je dois m'occuper de June. Elle est très malade et elle va avoir besoin de toute mon attention. Alors, tu peux me laisser Bouton en observation, mais je serai d'accord si tu préfères l'emmener chez toi pour le surveiller toi-même. En tant que vétérinaire, tu peux t'en charger.

— Bien sûr ! Je l'emmène !

Submergée par le soulagement, Beth se précipita auprès de Bouton, qui dormait dans une cage. En consultant son dossier, elle constata que tout allait bien, mais elle n'oubliait pas qu'Angus avait précisé *jusqu'à maintenant*. Cela signifiait que le poison pouvait encore être présent et qu'il n'était pas hors de danger.

Angus ouvrit une autre cage pour examiner June, dont le dossier était bien plus inquiétant que celui de Bouton.

— Je garde aussi Meg, dit-il. L'état de June est toujours critique. Une fois qu'elle ira mieux… Si elle va mieux… Je les prendrai en pension jusqu'à ce que nous sachions comment ça se passe pour Dennis.

Alex sortit Bouton de sa cage.

— Parfait, dit-il. Viens, mon petit gars, il est temps de rentrer à la maison !

— Il est de mauvaise humeur, précisa Angus en riant.

— Je m'en doute.

— Rappelez-vous que son état peut évoluer. Nous ignorons toujours ce qu'il a ingéré.

Beth frissonna.

— Merci pour tout, Angus.

— Pas de problème. Tu m'as bien aidé, ces derniers mois. Maintenant, excusez-moi, mais j'ai du travail.

Une fois dehors, Beth soupira :

— Je ne peux pas prendre Bouton à l'hôtel, alors je vais dormir chez ma mère.

— Mais il n'y a plus de meubles !

— J'ai toujours mon lit. Je le garderai dans ma chambre.

Alex tenait toujours le chiot au creux de son bras. De sa main libre, il souleva le menton de Beth et la regarda dans les yeux. Aussitôt, elle eut des papillons dans le ventre.

— Non, Beth. Nous ne tiendrons pas à trois dans ton lit de jeune fille.

— Nous ?

Cette fois, Beth ressentit des picotements dans tout son corps. Non que l'idée de dormir avec Alex ne lui ait pas traversé l'esprit, et même de nombreuses fois, mais pas dans ces circonstances.

— C'est juste Bouton et moi, reprit-elle.

Alex secoua la tête.

— Sûrement pas ! C'est moi qui ai sa garde la nuit, c'est le contrat. Il est habitué à dormir sur ma poitrine… dans mon lit. D'ailleurs, ma maison est plus près de la clinique que la tienne, au cas où il faudrait revenir.

Il était vraiment exaspérant ! Beth libéra son menton.

— Mais je suis vétérinaire, Alex. C'est à moi qu'Angus l'a confié.

Alex berçait le chiot comme s'il était le cadeau le plus précieux qu'il ait jamais possédé.

— En ce cas, tu n'as qu'à venir aussi. Qu'est-ce que tu en penses, Flèche ?

Le petit chien frotta son museau contre la main de Beth, qui en déduisit qu'il était d'accord.

— Merci, dit-elle en riant.

— Ne nous dérange pas, surtout, nous avons notre routine.

— Très bien. Je me ferai toute petite, répliqua Beth en levant les yeux au ciel.

Ils marchèrent dans la nuit. Alex déposa Bouton à l'arrière de la voiture.

— Ramenons Flèche à la maison, dit-il en attirant Beth contre lui pour déposer un baiser sur son nez.

— Une seconde !

Elle fixa un instant la bouche sexy qu'elle connaissait si bien et soudain sa poitrine se gonfla d'une émotion presque insupportable.

Se pressant contre Alex, elle l'embrassa. Aussitôt, elle sentit des bras puissants lui enserrer la taille tandis qu'il la poussait contre la voiture. Cela valait mieux, car les jambes de Beth ne la soutenaient plus. Après huit années de traversée du désert, elle avait l'impression de rentrer à la maison. Ce baiser était son cadeau de bienvenue.

Lorsqu'il se redressa, elle était hors d'haleine. Il lui caressa la joue.

— Tu trembles. Tu n'as pas encore dégelé ?

— Tu peux m'appeler « la princesse de glace ».

Beth ne plaisantait qu'à moitié, car ses vêtements étaient mouillés depuis qu'elle s'était agenouillée dans la neige.

Tout en parlant, elle avait glissé les mains sous le polo d'Alex.

— Qu'est-ce que tu fabriques, Roussette ? Tu souffles le chaud et le froid.

Elle ne put s'empêcher de sourire parce qu'il ne l'avait pas appelée par ce surnom depuis très longtemps.

Il leur fallut cinq minutes pour arriver chez Alex. Cinq minutes durant lesquelles Beth lutta contre l'envie de lui demander de se garer pour pouvoir l'embrasser encore. Mais ils transportaient une cargaison précieuse et ils devaient rentrer au plus vite.

Dès qu'elle franchit le seuil de la maison, Bouton dans ses bras, les souvenirs se pressèrent dans la mémoire de

Beth. Combien d'heures, de jours, de semaines avait-elle passés ici ? Combien de dîners avait-elle partagés avec la famille d'Alex, à rire avec sa sœur ou à parler de ses études avec ses parents ?

Il lui suffisait de fermer les yeux pour se rappeler la disposition des lieux. Pourtant, quelque chose avait changé.

— Tu as rafraîchi les pièces. C'est vraiment bien.

Le sourire d'Alex la fit fondre.

— Merci. Il y avait du boulot. Mon père était un médecin génial, mais il n'avait rien d'un bricoleur.

Elle n'aurait pas non plus imaginé qu'Alex le soit. Pourtant, il y avait une banquette de fenêtre exactement à l'endroit où elle l'aurait placée, bien qu'il manque des coussins. Les murs étaient gris pâle, alors qu'elle aurait choisi des couleurs plus chaudes. C'était la maison d'un homme et elle ressemblait à Alex.

Des papillons se mirent à voleter dans le ventre de Beth. Il n'allait pas être facile de passer la nuit ici. En tout cas, cela lui permettrait de tester sa résistance.

Mais étant donné qu'elle avait déjà embrassé Alex deux fois, on pouvait considérer que c'était mal parti.

— Pose-le là, dit-il. Je vais allumer le feu.

Alex caressa la tête du chiot et lui montra un tapis, près de la cheminée.

— C'est le tapis de ta grand-mère ?

Celui sur lequel ils avaient fait si souvent l'amour, en l'absence de sa famille…

Alex chiffonna une feuille de journal, puis la posa dans l'âtre et y jeta une allumette. Aussitôt, des flammes orangées jaillirent. Il tira un pare-feu pour protéger Bouton contre les étincelles.

— Ça en fait partie, oui, répondit-il en riant. La partie que Flèche m'a permis de garder. Je vais demander à Joe si sa nouvelle épouse, Rose, pourrait le réparer avec son crochet magique.

Rose était connue à Oakdale pour ses talents de couturière. Si elle avait vécu dans cette maison, Beth lui aurait demandé de l'égayer avec des couvertures en patchwork et des coussins multicolores.

Elle s'aperçut qu'elle était en train de faire des projets qui ne se réaliseraient jamais.

— Ou bien je ferais mieux de le mettre à la poubelle, reprit Alex avec un sourire.

Beth s'assit sur le canapé gris anthracite.

— Ta décoration est minimaliste, mais ça me plaît. Tu travaillais à Londres, non ? Pourquoi es-tu revenu ici ?

Accroupi près du chiot, Alex le caressait distraitement.

— C'est mon père qui me l'a suggéré. Il voulait prendre sa retraite et il cherchait un remplaçant. Il m'a demandé si je n'envisageais pas de rentrer chez moi. Chez moi… Cela ne voulait rien dire, puisque tu n'y étais pas. Mais de toute façon, je ne pouvais pas t'avoir.

— Alex…

Il s'assit par terre, près du canapé, puis il lui retira une chaussette et se mit à lui masser le pied.

— Après le traitement, continua-t-il, j'étais un peu à la dérive. Je travaillais dans le quartier d'East End, à Londres. Je me suis dit que je pouvais m'accorder une seconde chance, mais que je devais réfléchir avant de faire un choix. J'aime les collines, les montagnes, la pêche et le bateau. Après tout, si j'acceptais de travailler ici, je pouvais toujours changer d'avis et partir. Deux ans ont passé et j'y suis toujours.

En songeant à ce qu'il avait traversé, Beth ressentit un froid intense.

— Le traitement a été pénible ? Autant que pour Mikey ?

— Oui et non. Je savais ce qui m'attendait, puisque j'avais été à ses côtés pendant toute la durée de sa maladie.

Chirurgie, chimiothérapie, radiothérapie… Mais Mikey n'était pas tout seul, contrairement à Alex.

Il continuait de lui masser les pieds comme il le faisait jadis, après une longue promenade.

— Je suis désolée de ne pas avoir été là, Alex.

Il leva vers elle un regard implorant.

— S'il te plaît, Beth…

— Rassure-toi, je ne suis pas fâchée, mais je regrette sincèrement de ne pas avoir été là pour te soutenir.

— Tu es là, maintenant, et ça me suffit.

Une sonnerie les fit sursauter. Alex sortit son téléphone de sa poche.

— C'est l'hôpital. Je décroche.

Il jeta un coup d'œil à Bouton, que le bruit avait tiré de son sommeil.

— Je vais dans la cuisine pour ne pas le déranger.

Quelques minutes plus tard, il revint avec deux verres de vin qu'il posa sur la table basse avant de s'asseoir sur le canapé, près de Beth. Il paraissait très secoué, et elle ne savait pas si c'était à cause de cet appel ou des souvenirs du passé.

— Dennis ? demanda-t-elle.

— Ils m'ont appelé parce que je suis son seul contact.

— Il est vraiment seul ! Pauvre homme ! Il va bien ?

— Il est en soins intensifs, mais ils ont dû l'amputer. Son état est critique, mais les médecins pensent qu'il devrait s'en sortir.

— Je suppose qu'il n'a rien dit à propos de ses chiens, ou pourquoi ils étaient malades ?

— Rien, mais ils l'ont plongé dans un coma artificiel, alors il n'est pas près de dire quoi que ce soit.

— On n'aura peut-être jamais la clé de l'énigme. J'ai regardé Internet, hier, et j'ai vu que le syndrome de Münchhausen pouvait s'appliquer aux animaux domestiques. Certains maîtres rendent leurs animaux malades pour attirer l'attention.

Alex but une gorgée de vin.

— On forme une bonne équipe, tous les deux. Sur le plan médical, je veux dire. Tu lui as sans doute sauvé la vie. Ton idée de mettre Meg sur sa poitrine l'a réchauffé. En tout cas, Flèche… On ne peut pas continuer à l'appeler Bouton et Flèche, Beth. Il a besoin d'avoir un seul nom, quand il arrivera dans sa nouvelle famille. Tu n'es pas d'accord ?

Beth avait du mal à réfléchir, quand l'un de ses pieds était toujours entre les mains d'Alex.

— On pourrait juste l'appeler Boy ?

Alex leva son verre.

— Ce sera Boy, alors ! dit-il en riant.

S'emparant de son autre pied, il lui retira sa botte, sa chaussette, et reprit son massage magique. L'espace d'un instant, elle s'abandonna à la caresse, vibrant de désir sous la pression des doigts habiles… et imaginant le plaisir qu'elle éprouverait, s'ils montaient plus haut…

Et ensuite… Ensuite, quoi ?

— Qu'est-ce qu'on est en train de faire ? demanda-t-elle en relevant les jambes.

Alex émit un long soupir.

— Ce ne sont que tes pieds, Beth.

Ce n'était pas juste les pieds, et ils le savaient tous les deux. Il s'agissait de savoir où cela les mènerait. Non qu'elle n'ait pas envie de coucher avec Alex, d'ailleurs, mais entameraient-ils une relation à distance, comme quand ils étaient étudiants ?

— Ton jean est toujours humide, dit Alex. Je vais te chercher des vêtements secs.

Un instant plus tard, il rapportait une pile de linge propre. Beth lui jeta un regard soupçonneux avant de se mettre à rire.

— C'est la scène où je te tombe dans tes bras ?

— Si c'est ce que tu souhaites, pas de problème. Mais je te promets que je ne pensais pas à ça.

Il lui tendit les vêtements et s'assit de nouveau près d'elle… Beaucoup plus près !

— Ah bon ? À quoi pensais-tu ?

— Je me demandais si j'avais assez de lessive pour laver tes affaires et, si je mettais la machine en marche, à quelle heure le cycle serait terminé.

— Vraiment ? Donc, le massage de pieds, ce n'était pas…

Elle avait été la seule à rêver de sexe, apparemment.

Alex lui adressa un sourire en coin et posa de nouveau la main sur sa jambe.

— Beth, j'espérais que tu prendrais une douche pour te réchauffer et que, peut-être, tu m'inviterais à te rejoindre.

Ensuite, tu enfilerais ma chemise et tu serais encore plus sexy que maintenant, du moins si c'est possible.

Soudain, Beth eut la bouche sèche.

— Euh... Pour de bon ?

— Et plus tard, quand nous aurions mangé des huîtres et bu du champagne, je te déshabillerais et...

— Tu as envie de me faire l'amour.

Ce n'était pas une question. Elle avait juste besoin de le dire à voix haute.

Alex la prit par la nuque et l'attira à lui.

— Oui. Je n'ai jamais cessé d'en avoir envie, Beth Masters. Pas une fois en huit ans. Ça figure en haut de ma liste des choses à faire avant de mourir. Seulement, je n'ai pas d'huîtres ni de champagne. Seulement du vin.

— C'est suffisant.

Elle serait bientôt partie et tout cela serait derrière eux, mais serait-elle vraiment capable de tourner la page ?

— On ne peut pas, conclut-elle au bout d'une fraction de seconde.

Alex déposa une pluie de baisers sur la gorge de Beth.

— Tu vas partir pour Glasgow, ta vie est là-bas et la mienne ici. Où est le problème ?

— Je veux dire... On ne peut pas monter à l'étage et laisser Boy tout seul.

— Il dort, pour l'instant. On peut le quitter des yeux pendant quelques minutes, non ?

— C'est tout ? Huit ans d'attente, et je n'ai droit qu'à quelques minutes ?

Beth ne pouvait plus éteindre l'incendie qui se répandait rapidement en elle. Elle savait comment Alex embrassait, comment il faisait l'amour. Mais plutôt que de se rappeler ce que c'était autrefois, pourquoi ne pas chercher à savoir de quelle manière il s'y prenait aujourd'hui ?

Serait-il plus sûr de lui ? Plus habile ?

Beth voulait s'en assurer, et tout de suite ! Elle se redressa, posa ses mains sur les épaules d'Alex et bascula sur lui. Elle allait prendre ce qu'elle voulait, et ensuite elle s'en irait avec son cœur intact.

— Boy ! murmura-t-elle.

Le chiot ne remua pas une oreille.

— Il dort profondément…

— Tant mieux, parce qu'il est trop jeune pour voir ça.

Sur ces mots, il l'attira vers lui et l'embrassa avec passion.

Ce n'était pas un réapprentissage.

C'était une communion.

C'était voluptueux, l'aboutissement de huit années d'attente. Beth s'abandonna aux mains d'Alex, qui la hissaient sur ses genoux. Elle sentit son sexe dressé sous elle et s'ouvrit à lui, mue par un désir qu'elle n'avait jamais ressenti avec autant de force.

Alex fit passer son pull encore humide par-dessus la tête de Beth, puis il s'empara de ses seins à travers son soutien-gorge.

— Tu n'as pas idée à quel point j'ai attendu cet instant, murmura-t-il.

Elle tira sur sa ceinture, mais il la stoppa.

— Attends !

La bouche gonflée par ses baisers, elle se redressa.

— Il y a un problème ?

Il jeta un coup d'œil au chiot.

— Je préfère qu'on monte.

Sur ces mots, il glissa un bras sous les jambes de Beth et se leva d'un mouvement souple avant de grimper l'escalier quatre à quatre. Lorsqu'il poussa la porte de la chambre qui avait été autrefois celle de ses parents, Beth craignit un instant de revoir les rideaux imprimés et le couvre-lit des années 1990. Mais la pièce était décorée dans les tons chics et masculins du rez-de-chaussée. Elle jeta un coup d'œil au lit, très moderne lui aussi.

— Je croyais qu'on allait faire l'amour dans des draps de coton à fleurs.

Les yeux d'Alex étincelèrent de malice.

— Un fantasme sexuel ? Désolé de te décevoir.

— Je suis loin de l'être, Alex.

— Et je n'ai même pas commencé !

Quand il la posa sur la couverture blanche, Beth eut l'impression d'être au paradis. Et plus encore lorsqu'il défit la fermeture Éclair de son jean et le fit lentement glisser le long de ses jambes. Elle cessa de respirer au moment où il posa de nouveau sa bouche sur la sienne.

Après l'avoir débarrassée habilement de son soutien-gorge, Alex caressa ses tétons durcis

— Tu es toujours aussi belle, Beth.

Il se pencha pour happer entre ses lèvres la pointe d'un sein. Beth gémit de plaisir et protesta quand il s'écarta, mais c'était uniquement pour la taquiner. Il couvrit alors ses seins d'une pluie de baisers jusqu'à ce qu'elle ne puisse plus penser…

Lentement, elle s'agenouilla et fit glisser le pantalon d'Alex, puis son boxer, le long de ses cuisses musclées, révélant du même coup son érection. Il gémit lorsqu'elle prit son sexe dans sa main pour lui prodiguer une délicieuse caresse.

Fou de désir, il la renversa bientôt sur le dos et traça un sillon de baisers humides sur son ventre, puis il glissa la langue au cœur de son intimité.

— Alex ! souffla-t-elle.

Elle lutta pour réprimer le plaisir qui menaçait d'exploser. Elle avait rêvé de cet instant tant de fois, persuadée qu'il n'arriverait jamais !

Mais ce n'était pas suffisant. Elle le voulait en elle.

— Attends ! dit-il contre ses lèvres.

— Non. Je ne veux plus attendre.

Il tendit la main vers la table de chevet.

— Je prends un préservatif.

Une fois protégé, il l'embrassa avec tant d'ardeur qu'elle crut que son cœur allait s'arrêter, puis il la pénétra.

— Je veux te regarder ! Tu m'as tellement manqué, Beth !

Elle avait imaginé pouvoir garder son cœur intact, mais il

était trop tard. Elle réprima un sanglot sans pouvoir retenir les larmes qui lui piquaient les yeux.

Se cambrant contre Alex, elle l'encouragea à la pénétrer plus profondément, pressée d'apprendre ce qu'il aimait aujourd'hui, ce qui le faisait gémir de plaisir. En retour, il la tourmentait en allant et venant en elle, de plus en plus vite…

Lorsqu'il murmura son prénom dans le noir et trembla contre elle, elle ne put retenir davantage ses larmes. Agrippés l'un à l'autre, ils jouirent dans un même cri.

11.

— C'était fabuleux, murmura Beth.

Hors d'haleine, elle s'écarta d'Alex et resta longtemps immobile, allongée près de lui. « Fabuleux » n'était pas le terme qui décrivait le mieux ce qu'il ressentait. Beth illuminait sa vie, elle anéantissait ses défenses, elle lui faisait voir ce à quoi il avait renoncé.

Il avait rompu sa promesse de ne pas faire l'amour avec une femme pour qui il compterait. Or il comptait pour Beth ; il le voyait à la façon dont elle le regardait, comme s'il était un super héros. Il ne se rappelait pas qu'une autre l'ait contemplé de cette façon.

Et elle comptait aussi pour lui, bien plus qu'il ne l'aurait voulu, car hélas rien n'était possible, entre eux. Il ne pouvait pas accepter d'être heureux au prix du malheur de Beth.

Comme elle caressait son torse de ses doigts tremblants, Alex lui prit la main. Les yeux encore humides, elle semblait partagée entre le bonheur et une sorte de gêne.

Il déposa un baiser sur son front.

— Tout va bien ?

— Je crois… C'est juste que j'ai du mal à intégrer tout ça. Pas toi ?

Je ne sais pas.

— Bien sûr ! Ça a été plutôt intense. En réalité, je suis épuisé.

Tâchant de chasser ses doutes, il l'attira plus près de lui.

Si tout cela devait se terminer – et ils savaient tous les

deux que c'était inéluctable —, il allait faire en sorte que ce soit le moins douloureux possible.

— Combien de taches de rousseur as-tu, maintenant ?

— Elles sont innombrables.

— Où t'es-tu fait ce bleu ?

Elle haussa les épaules.

— Sans doute en tombant dans la neige, à la ferme de Dennis. J'ai fait une sorte de roulé-boulé.

— Tu te lances à corps perdu dans tout ce que tu fais. Tu as toujours été ainsi. Je ne pensais pas que nous aurions de nouveau cette chance. Je voudrais seulement que nous ayons plus de temps.

Elle leva les yeux vers lui.

— Nous avons du temps, Alex. Je ne repars pas pour Glasgow avant plusieurs jours et ensuite… Qui sait ce qui se passera ? Glasgow n'est pas si loin.

Il n'en avait pas envie, mais il devait le dire :

— Nous savons tous les deux que ça ne nous mènera nulle part.

— On dirait que tu as déjà tout décidé. Raconte-moi.

C'était la *conversation* sur laquelle ils s'étaient mis d'accord la veille. Beth voulait tout savoir… Tout ce qu'il aurait préféré oublier. Tout comme elle voulait savoir où ils en étaient tous les deux et ce que l'avenir leur réservait.

Et gâcher ce moment ?

Non merci !

Repoussant les draps, Alex se leva et enfila son boxer, trop conscient de l'abîme qui séparait leurs désirs de la réalité.

— Il faut descendre veiller sur Boy.

Beth se tut un instant, puis répondit à contrecœur :

— D'accord…

Elle s'enveloppa dans une couverture et descendit l'escalier en emportant deux oreillers. Alex en prit deux autres et la suivit. Les cheveux miel de Beth tombaient dans son dos, et sa bouche était meurtrie par ses baisers. Il se demanda s'il était possible de mourir d'amour, parce qu'il avait l'impression de vivre ses derniers instants sur terre.

— Il va bien ? demanda-t-il.

— Il a l'air endormi.

Elle installa les oreillers et la couverture sur le canapé de manière à leur confectionner un lit de fortune. Dès qu'elle fut installée, elle fit signe à Alex de la rejoindre et il s'étendit près d'elle.

— C'est encore plus étroit que ton lit, remarqua-t-il en la serrant contre lui.

— Moi, ça me plaît.

Lorsqu'elle passa un bras sur son torse, il sentit son souffle sur sa peau.

— Vu ce qui était arrivé à Mikey, je suppose que tu vérifiais régulièrement si tu ne présentais pas les mêmes symptômes, à l'époque ?

S'il avait cru qu'elle abandonnerait, il s'était trompé !

Alex fixa l'obscurité en silence, repensant au passé et au temps qui leur avait été volé à tous les deux. Il lui devait cette discussion.

— Si, bien entendu. Mais j'ai été pris par les gardes successives, à l'hôpital. Travailler de longues heures sans dormir n'était pas facile, d'autant que je devais aussi étudier. Tu finis par ne plus savoir quel jour on est. Tu vois des malades, tu sais que tu ne l'es pas et tu commences à croire que tu es à l'épreuve des balles.

— Quand on est jeune, on se croit invincible.

— Et puis un jour, l'impossible est arrivé… J'ai fait l'examen habituel.

Le jour où il avait senti la grosseur avait été l'un des plus noirs de sa vie. Il n'avait pas eu besoin d'un spécialiste pour savoir ce qui se passait.

— Je n'avais pas pensé que cette tumeur pourrait grossir autant en aussi peu de temps.

Beth se blottit contre Alex et lui prit la main.

— On ne t'a pas proposé de prélever ton sperme ?

Les médecins l'avaient-ils fait ?

— Mes souvenirs sont flous, en dehors du diagnostic. C'est comme si l'oncologue n'avait prononcé qu'un seul mot : cancer, cancer, cancer. Je me rappelle ma panique, le gel froid pendant l'échographie, le masque à oxygène sur mon visage. Et aussi la diffusion du produit anesthésique dans mon corps, juste avant que je m'endorme. Ils ont dû me parler de banque du sperme, mais je ne crois pas avoir donné suite. J'étais bien trop focalisé sur cette fichue tumeur. Je savais que j'allais affronter des mois de traitement, que les choses pouvaient empirer et qu'ensuite ce serait la fin.

Il se souvenait d'avoir téléphoné à Beth. Il s'était efforcé de s'exprimer calmement, sur un ton dénué de toute émotion, alors que les larmes ruisselaient sur son visage.

Puis il avait attendu ses parents.

— Moi aussi, j'aurais été folle de peur, dit Beth en embrassant sa main. Et maintenant ? Tu redoutes toujours le pire ?

— Les derniers examens disent que je n'ai aucune chance de concevoir un enfant, tout comme les précédents. Parfois, la fertilité augmente avec le temps, mais ce n'est pas mon cas et j'ignore si cela changera. Je ne veux pas faire de promesses que je ne pourrai pas tenir.

Beth fixa un instant les braises rougeoyantes, dans la cheminée.

— Tu n'es pas le seul à pouvoir décider, Alex.

— Je ne laisserai personne se sacrifier pour moi par pitié, d'accord ?

Il voulait l'amour de Beth. Il voulait être l'homme qu'elle méritait, mais c'était impossible.

— Laisse-moi te prouver que mes sentiments pour toi ne comportent aucune pitié, répliqua Beth. Et je sais qu'ils sont réciproques.

Voyant qu'elle réprimait ses larmes, Alex l'attira contre lui.

— Profitons de l'instant présent.

Elle posa la main sur son torse.

— J'aime le présent.

— Moi aussi. Et je t'aime, Beth Masters. Je t'aime tant !

Tout ce qu'il voulait, c'était ne plus parler, ne plus penser et se perdre en Beth. Prenant son visage entre ses mains, il l'embrassa sur la bouche, exprimant par ce baiser tout ce qu'il souhaitait lui dire : ses regrets et ses sentiments pour elle, qui ne faisaient que croître. Le temps qu'ils passaient ensemble rendait la séparation plus douloureuse encore, mais il allait vivre à fond l'instant présent.

Il se préoccuperait de l'avenir un autre jour.

Au moment où les choses devenaient intéressantes, Beth sursauta.

— Qu'est-ce que c'est ? Bouton… Je veux dire Boy frotte son museau contre ma hanche.

— Il fait ça quand il veut faire ses besoins.

— Je vais le sortir.

Sans laisser à Beth le temps de se lever, Alex se mit debout et ceignit sa taille avec le plaid plié sur le dossier.

— Je m'en occupe. Reste là et ne t'avise pas de t'endormir !

— Je n'ai pas sommeil, docteur Norton, mais je croyais que notre jeune chien n'était pas censé assister à un spectacle qui n'est pas de son âge.

La poitrine d'Alex se gonfla d'amour.

— Tu n'es pas au courant ? Les couvertures sont faites pour ça.

— Alex ?

Il n'était plus près d'elle… Où était-il ? Était-ce déjà fini ?

Prise de panique, Beth se redressa.

— Oh !

Il était à l'autre extrémité du canapé, un chiot endormi sur son torse nu. Les lumières de l'aube filtraient à travers les volets, les baignant tous les deux d'un halo doré.

Seigneur, comment pouvait-il être aussi sexy ?

C'est ainsi que les choses auraient pu se passer… Elle et lui, un chien ou deux et, plus tard, une ribambelle d'enfants. C'était la famille dont elle avait toujours rêvé. S'il le lui avait demandé, y aurait-elle renoncé ?

Elle n'en savait rien.

Pouvait-on trafiquer son horloge biologique ?

Elle se plaisait à penser qu'elle aurait soutenu Alex pendant toute la durée de son traitement, mais, pour être honnête, il était impossible de l'affirmer avec certitude.

Pendant cette période, elle avait terminé ses études et acquis son indépendance sans Alex. Elle avait survécu à leur rupture et aujourd'hui elle savait exactement ce qu'elle voulait.

Abandonnerait-elle son rêve pour l'homme qui lui avait brisé le cœur… Et le lui demanderait-il ?

Alex remua, puis il posa la main sur Boy.

— Tu es là, Beth ! Bien dormi ?

Beth rampa sur le canapé afin de les embrasser tous les deux.

— Très bien. Et toi ?

— Nous avons eu trois pipis cette nuit et quelques jeux sur le coup de 4 heures du matin… jusqu'à 5 h 20.

Il ne semblait pas contrarié, juste un peu ensommeillé et très soucieux de son chien.

— Cet animal va visiblement très bien, dit-il.

Beth éprouva un soulagement mêlé de tristesse.

— C'est bon à entendre, mais tu aurais dû me réveiller.

Alex lui caressa la jambe.

— Je préférais que tu puisses utiliser ton énergie autrement.

— Tiens donc ! De quelle façon ?

— Tu le sais très bien.

Beth poussa un petit cri quand les doigts d'Alex atteignirent sa cuisse. Aussitôt, elle vint se blottir dans ses bras.

Comment lui refuser quoi que ce soit ?

Bien sûr, elle savait exactement ce qu'il voulait, puisqu'il le lui avait montré deux fois, sous les couvertures. Elle s'était délectée de chaque caresse, de chaque baiser.

Alors pourquoi troubler cette harmonie par des questions ? Personne ne pouvait prévoir l'avenir, alors autant profiter de la parenthèse tant qu'elle durerait… Jusqu'à Noël, sans doute, lorsqu'elle repartirait pour Glasgow.

Luttant contre l'émotion qui lui serrait la gorge, elle se serra contre Alex, qui arbora un sourire espiègle.

— Tu vas te mettre sur ton trente et un, parce que nous allons sortir ensemble.

— Ah bon ?

— Boy veut aller au marché de Noël, à Carlisle. Je lui ai promis qu'on l'emmènerait.

— Donc, tu sors avec Boy, pas avec moi ?

— Il est d'accord pour que tu viennes à condition de te comporter correctement.

Beth éclata de rire.

— Je croyais que tu détestais Noël. C'est une fête que je n'aime pas trop non plus. J'ai trop de mauvais souvenirs.

Alex lui caressa la joue.

— Désolé, Beth. Je sais que c'est ma faute.

Elle haussa les épaules, tentant de se convaincre que c'était sans importance.

— Il n'y a pas de souci, je t'assure. C'est différent chaque année. À nous d'en faire quelque chose d'agréable.

— Exactement, répondit Alex en l'embrassant. Je ferai en sorte que ça soit mieux que les autres fois.

— C'est déjà mieux.

— Parfait.

Se levant d'un bond, Alex mit le chiot par terre. Enveloppant ensuite Beth de ses bras, il l'embrassa jusqu'à ce qu'elle demande davantage.

— Très bien, dit-il en se redressant. Va prendre ta douche pendant que je prépare le petit déjeuner.

— Tu fais la cuisine ? C'est inattendu ! J'apprécie le nouveau toi, Alex Norton.

— Ce sera du müesli, alors ne t'emballe pas !

Beth gravit les marches en dansant presque. Pourtant, elle trouvait son enthousiasme légèrement stupide… Alex lui avait déjà brisé le cœur et il pouvait recommencer.

Mais une femme avertie en vaut deux et elle savait qu'elle ne devait pas nourrir d'espoirs. Elle resta sous le jet d'eau chaude jusqu'à ce que sa peau rougisse et, lorsqu'elle retourna dans la chambre, Alex l'attendait.

— Oh ! tu voulais me rejoindre ? Désolée ! Je veux bien retourner…

— Non, Beth.

Très pâle, il tenait son téléphone à la main. Sans nul doute, il venait d'apprendre un événement grave. Le cœur serré, Beth resserra la serviette autour de son corps, toute idée de sexe effacée de son esprit.

— C'était l'hôpital ? Il s'agit de Dennis ?

— Non, dit-il d'un air triste.

— Quoi, alors ? Tu es malade ?

La prenant par la main, il la fit asseoir sur le lit.

— Non. Il y a quelqu'un qui veut adopter Boy.

Le cœur de Beth bondit dans sa poitrine.

— C'est impossible !

— C'est possible. Nous avons mis une annonce, fait marcher le bouche-à-oreille. C'est une famille. Les deux enfants souhaitent désespérément avoir un chiot pour Noël.

— C'est un engagement pour la vie, Alex, pas juste pour les fêtes.

— Ils ont l'air sérieux, Beth. Ils vivent dans une ferme, si bien que Boy aura plein d'espace pour jouer et courir.

Beth serra les poings. Si elle s'était laissée aller, elle se serait précipitée dans les bras d'Alex, mais elle voulait être forte. Hélas, c'était trop tard ! Elle s'était attachée à Boy et…

— Quand ? Quand vont-ils le prendre ?

— Ce soir, après leur travail.

— Si vite ?

— C'est mieux comme ça, tu ne trouves pas ? fit Alex d'une voix rauque qui trahissait son émotion. Mieux vaut nous en séparer avant qu'il ne soit trop tard.

— Je travaille, ce soir, et je ne serai pas là pour faire leur connaissance… Ou m'assurer qu'ils sont aussi bien que tu le dis.

Beth déglutit avec peine, incapable d'en dire davantage. C'était ce qu'ils avaient décidé depuis le début, puisqu'ils ne pouvaient ni l'un ni l'autre prendre Boy chez eux. Quand elle serait à Glasgow, elle serait absente toute la journée, et Alex n'aurait plus personne pour le garder pendant ses consultations. Et de quel droit aurait-elle refusé à deux jeunes enfants un chiot aussi adorable que Boy ?

Mais il lui semblait que son cœur était en train de se briser.

12.

Alex ne savait pas quoi faire pour rendre son sourire à Beth. Lorsqu'il était passé chercher Boy à la clinique vétérinaire, elle pinçait si fort les lèvres qu'elles en étaient blanches. Ses adieux courageux à leur chiot avaient poignardé Alex en plein cœur. Et même lorsqu'elle était revenue chez lui, le lendemain matin, ils avaient fait l'amour avec une sorte de désespoir.

Il en avait été de même la veille. Beth s'efforçait de faire comme si tout allait bien, mais ce n'était pas le cas.

C'était le 24 décembre, en fin d'après-midi. Angus l'avait libérée pour la journée, afin qu'elle prépare son départ, ce qui ne semblait pas la réjouir non plus.

S'étant donné pour mission de la dérider, il la trouva dans la chambre de sa mère, à Bay View. Elles regardaient ensemble un album photo et quelqu'un avait suspendu quelques guirlandes aux murs… Quelqu'un qui aimait Noël, et il était certain que ce n'était pas Beth.

— Alex ?

Elle leva vers lui un regard si affectueux qu'il sentit ses yeux se mouiller de larmes.

— Ho. Ho. Ho !

Incapable de s'en empêcher, il s'approcha pour lui donner un baiser qui n'avait rien d'amical. Il embrassa aussi sa mère sur la joue.

— Vous ne voyez pas d'inconvénient à ce que je vous enlève votre fille pendant quelques heures, madame Masters ?

— Hazel. Tu m'appelais toujours Hazel, autrefois. Partez,

tous les deux. Je pourrais rester assise là un siècle, à regarder ma petite Beth. Tu veux jeter un coup d'œil ? demanda Mme Masters en tendant l'album à Alex.

— Non, maman ! protesta Beth. Il n'a pas envie de savoir à quoi je ressemblais quand j'étais bébé, voyons !

Hazel posa sur sa fille un regard mi-affectueux, mi-agacé.

— Certes, tu es devenue une adulte qui a besoin de vivre sa vie. Vas-y !

— J'ai déjà vu ces photos, précisa Alex en riant. Tu étais un bébé très mignon, mais tu l'es encore plus maintenant.

Beth leva les yeux au ciel, mais ses joues avaient rosi.

— Où sommes-nous censés aller ?

Sans répondre, Alex fit ses adieux à Mme Masters, puis il conduisit Beth jusqu'à sa voiture.

— Cesse de poser des questions et grimpe !

Un instant plus tard, ils roulaient sur une route venteuse.

— C'est vraiment beau, ici, en hiver, remarqua Beth en regardant par la vitre.

La neige avait cessé de tomber, mais il faisait assez froid pour qu'elle tienne. Les arbres dénudés ressemblaient à d'étranges sculptures au milieu d'un paysage austère et blanc.

— Tu restes avec moi, ce soir ? demanda Alex.

Elle battit des paupières et lui jeta un regard curieux.

— Oui. Finalement, nous ne réveillonnons pas avec ma tante Jackie, maman et moi.

— Et tu as… fait tes valises ?

— J'ai presque fini.

Ne pars pas.

Il repoussa cette pensée égoïste. Il y avait tant de choses qu'il aurait voulu lui dire et qui se pressaient sur le bout de sa langue.

« C'est mieux comme ça. »

« Je t'aime. »

Quoi ?

Beth lui parlait, et il devait se concentrer.

— Oh ! avant que j'oublie… June et Meg sont au refuge. Et on a les résultats des analyses.

— Ils ont trouvé quelque chose ?

Alex avait bien entendu, mais il restait distrait. Il aimait Beth, il lui avait demandé de passer la nuit avec lui, mais il aurait voulu qu'elle reste toujours.

Égoïste.

— Oui, répondait Beth. Des traces d'ibuprofène que Dennis mettait dans la nourriture des chiens. Heureusement que Boy n'en a pas mangé beaucoup et que le lavage d'estomac a été efficace. J'en veux à Dennis, mais cela m'attriste. Pourquoi faire une chose pareille ?

— Il se sentait seul, c'était sans doute un appel à l'aide. Il avait besoin de se sentir important. Tu te rappelles comme il était fier quand on lui a dit qu'il avait sauvé Meg ? Tu vas faire un rapport ?

— J'y suis obligée.

— S'il survit, il ne retournera sans doute plus à la ferme et il y a peu de chances pour qu'il ait le droit d'avoir des animaux. Il est malade, Beth. Pauvre homme ! Il faut vraiment être désespéré, pour faire un truc pareil.

Lorsqu'ils arrivèrent à Carlisle, Alex se gara dès que ce fut possible.

— On dirait que la route est barrée. On va devoir continuer à pied.

Beth sortit de la voiture. Une minute plus tard, au coin d'une rue, elle ouvrait des yeux émerveillés.

— Waouh ! C'est magnifique.

Alex dut admettre que les petites cabanes de bois ornées de minuscules lumières blanches formaient un spectacle féerique, avec ce tapis de neige blanche et scintillante.

— On m'a dit que le vin chaud épicé était exceptionnel, ici, dit Alex. Trouvons le stand !

— Excellente idée.

Beth glissa la main dans celle d'Alex, tandis qu'ils faisaient le tour des échoppes. Ils n'allèrent pas loin avant de croiser un Père Noël, dont le bonnet rouge clignotait, et ils firent un selfie avec lui.

Alex embrassa Beth sous un bouquet de gui en plastique, puis sous un vrai, et encore une autre fois pour le plaisir.

Ils mangèrent des pâtés à la viande, des cakes aux fruits, et burent du limoncello. Un petit quatuor de cuivres jouait des airs de Noël, et Alex se mit à fredonner si faux que Beth ne put s'empêcher de rire. Ensuite, il l'embrassa de nouveau sous un lampadaire. Décidément, parfois Noël avait du bon !

Pourtant, il ne demanderait pas Beth en mariage, comme il l'avait fait tant d'années auparavant. Il l'aimait, mais il la laisserait partir. C'était le cadeau qu'il lui faisait.

— C'est le meilleur vin chaud que j'aie jamais bu ! déclara Beth en se léchant les lèvres.

Comme elle s'éloignait du stand, elle faillit heurter une femme enceinte, qui tenait dans ses bras un bambin d'environ un an.

— Oh ! je suis désolée !

Beth sourit à la mère et au bébé avant de s'exclamer :

— Laura ! Je ne t'avais pas vue depuis des siècles ! Comment vas-tu ?

— Beth Masters ! Bonjour. Tu sais ce que c'est… Je suis un peu débordée.

Elle montra deux petits enfants qui couraient autour d'elle.

— Tu as des jumeaux ! Chanceuse !

Beth se pencha pour les admirer, puis elle sortit deux sucettes de son sac et les leur donna avec la permission de la mère.

— Ils sont magnifiques !

— Mais toujours en train de se chamailler, malheureusement. Celui-ci commence à marcher et il est aussi très actif. J'espère que le prochain sera plus calme, dit Laura en se tapotant le ventre. J'aimerais bien avoir une fille. Et toi ? Tu as des enfants ?

— Non.

— Tu as de la chance !

Beth caressa la tête du bébé.

— Non, c'est toi qui en as. Il est trop mignon, quand il sourit !

Quand Laura s'éloigna, Alex entraîna Beth vers une échoppe qui proposait des savons et des bougies.

— Une amie à toi ? demanda-t-il.

— Du lycée, oui. C'est incroyable ! Elle a trois enfants et elle en attend un quatrième. Elle doit être très occupée.

— Elle ne sait pas vraiment ce que c'est tant qu'elle n'a pas eu un chiot réfractaire à l'autorité.

— Oh ! Alex, il me manque ! dit Beth en serrant très fort Alex dans ses bras. J'espère qu'il est heureux, dans sa nouvelle famille.

— J'en suis sûr.

Pour ne pas inquiéter Beth, Alex ne lui dit pas qu'il avait déjà reçu trois appels des nouveaux maîtres, lui demandant comment empêcher Boy de mordiller tout ce qui passait à sa portée.

Elle méritait d'être heureuse, entourée de bébés et de chiots, et il n'était pas l'homme de la situation. En réalité, ils jouaient les couples épanouis, alors que cela n'arriverait jamais.

Elle lui prit le bras.

— Qu'est-ce qu'il y a, Alex ?

— Rien. Tout va bien.

— C'est faux ! Parle-moi.

Il s'arrêta pour lui faire face.

— C'est… Je ne peux pas… Je ne peux pas rester.

S'agrippant à son bras, elle retourna avec lui jusqu'à la voiture.

— Je t'en prie, Alex, ne fais pas ça ! Tu m'as promis cette soirée. Tu as promis.

— Ce soir, et puis demain matin, et ensuite ? On arrête quand ? Glasgow n'est pas si loin, on se retrouverait le week-end et pendant les vacances ? Ensuite, tu t'installerais avec moi dans une relation dont tu ne pourrais plus te dépêtrer ?

Il ouvrit la portière, et elle grimpa dans la voiture.

— Je ne comprends pas. Tu me demandes de rester ?

— Non. Je te demande de partir.

Les lèvres tremblantes, elle secoua vigoureusement la tête.

— Pourquoi ? demanda-t-elle enfin d'une voix sans timbre.

Alex démarra et s'engagea sur la route, en direction d'Oakdale.

— Si je te demandais de rester, j'ai le sentiment que tu pourrais accepter. Et Dieu sait qu'il n'y a rien que je souhaite davantage. Nous savons tous les deux à quel point nous sommes bien, ensemble. Tu me fais ressentir ce que je croyais perdu à jamais pour moi.

Il aurait voulu lui dire combien il l'aimait, mais elle refuserait de le quitter par loyauté envers un rêve qu'ils avaient autrefois partagé.

— Mais…

— On s'installerait dans une relation harmonieuse, reprit-il, et un jour tu regarderais en arrière, tu constaterais que tu n'as pas eu ce que les autres ont. Tu te demanderais pourquoi tu as abandonné tes rêves pour moi. J'ai vu comment tu regardais ces enfants, Beth. Tu mérites d'avoir une famille, n'essaie pas de me dire le contraire.

— Nous pourrions recourir à l'adoption. Voir quelqu'un, un spécialiste. Attention ! Il y a du verglas.

La voiture dérapa. Alex ralentit et parvint à reprendre le contrôle. Il n'arrivait pas à croire qu'il brisait le cœur de Beth pour la seconde fois.

— Tu veux fonder une famille, dit-il, ne me dis pas le contraire. L'adoption n'est jamais garantie.

— Toi aussi, tu voulais des enfants, Alex. C'est aussi la fin de ton rêve, pas seulement du mien. Ne fais pas semblant de t'en moquer, parce que je sais que c'est faux.

Elle avait raison, bien sûr !

— Tu peux réaliser ce rêve avec quelqu'un d'autre, insista-t-il.

Jetant un coup d'œil de côté, Alex vit que Beth avait les larmes aux yeux. Elle les essuya du dos de la main.

— Alors, c'est comme ça ?

— Ça a toujours été comme ça, tu le savais depuis le début. Il faut que tu reportes tes espoirs sur un autre homme.

— Une fois de plus, tu prends des décisions à ma place, Alex. J'ai le droit de choisir.

Alex se gara devant chez elle. Il faisait nuit, il n'y avait pas de guirlandes sur la porte, pas de lumières accueillantes.

— Ne me choisis pas.

— Et ensuite ? Tu vas finir tout seul, comme Dennis, c'est ce que tu veux ?

Elle criait presque. Elle était furieuse.

— Pour l'amour du ciel, continua-t-elle en martelant la poitrine d'Alex de ses poings fermés, je ne comprends pas que tu agisses de cette façon après tout ce que nous avons partagé. Je n'aurais jamais dû te laisser encore entrer dans mon cœur.

Sur ces mots, elle bondit hors de la voiture et fit claquer la portière.

Alex venait de renoncer à sa dernière chance de bonheur.

Comment osait-il s'immiscer dans sa vie et lui briser le cœur encore une fois ?

Beth entra dans la maison obscure et déserte, puis elle referma la porte derrière elle et s'y appuya un instant. Elle devait absolument se calmer.

Elle était anéantie.

Non ! Elle était furieuse.

Après avoir allumé la lumière, elle gagna le salon où trônait le sapin pathétique qu'elle avait décoré avec sa mère. Elle arracha les boules et les guirlandes, qu'elle remit dans leur boîte, puis elle s'attaqua à l'arbre dont elle cassa les branches avant de le mettre dans un sac-poubelle.

Au diable Noël, et au diable les hommes !

Une première larme tomba sur le plastique, puis une autre. Pourquoi fallait-il qu'elle souffre autant ? Pourquoi choisissait-elle toujours les hommes qu'il ne fallait pas ?

Sauf que cela avait toujours été Alex, le seul qu'elle ait jamais aimé. Et elle était assez stupide pour l'aimer encore !

Elle monta dans sa chambre et buta sur sa valise, par

terre. Dieu merci, elle allait quitter cet endroit. Elle avait une maison et un travail à Glasgow.

Ce rêve-là, Alex n'avait pas réussi à le détruire.

Mais à quoi bon réaliser un rêve, si l'homme que vous aimiez ne le partageait pas avec vous ?

13.

Le matin de Noël, quand Alex ouvrit ses volets, la neige était tombée de nouveau et il était de très mauvaise humeur.

Mais il avait fait ce qu'il fallait. Plus jamais il ne s'engagerait dans une relation sentimentale. Il se contenterait de travailler, de faire de l'escalade ou des randonnées, et de dormir.

Il regarda par la fenêtre les habitants d'Oakdale se réunir sur la place du village, vêtus de gros manteaux et coiffés de bonnets rouge et blanc.

Alex fourra ses mains dans ses poches en frissonnant. L'an prochain, il passerait les fêtes au soleil, en Australie. N'importe où, plutôt qu'ici !

On frappa à la porte.

Beth ? Elle était revenue ? Le cœur d'Alex fit des bonds dans sa poitrine. Mais lorsqu'il ouvrit, il trouva sur le seuil Joe, Rose et Katy, la fille de Joe. Celle-ci portait un gros pull imprimé de rennes.

Joe tendit la main à Alex.

— On ne fait que passer pour te souhaiter un bon Noël.

C'était gentil de leur part, mais il n'avait pas vraiment envie de jouer la comédie du bonheur alors que son cœur était en miettes.

— Euh… Merci. Joyeux Noël à vous aussi.

Rose passa les mains sous les aisselles de Katy, dont les pieds glissaient sur le verglas. Elles riaient toutes les deux, et Rose serra sa belle-fille dans ses bras avant de déposer un baiser dans ses cheveux.

— Katy voulait essayer ses nouveaux patins à roulettes, mais par ce temps ce n'est pas formidable.

— Ça ne l'est pas non plus sur le béton, précisa Joe avec un sourire. Je crois qu'il faut incriminer l'utilisatrice. Tu vas bien, Alex ? continua-t-il plus sérieusement.

— Oui, très bien.

C'était faux, mais pas question de gâcher le premier Noël de la petite famille…

Dix heures s'étaient écoulées depuis que Beth avait claqué la portière de sa voiture. Il pensait avoir fait ce qu'il fallait, mais il réalisait qu'il venait de repousser sa seule chance de bonheur.

Il voulait aimer Beth.

Il voulait vivre avec elle.

Mais il s'était persuadé qu'elle ne pouvait éprouver pour lui que de la pitié. Pourtant, quand ils avaient fait l'amour, il était clair qu'elle ne cherchait pas seulement à le réconforter. Entre eux, le sexe avait été intense, chaud, électrique.

Et pourquoi refuser l'adoption ?

Joe et Katy avaient bien laissé Rose entrer dans leur cœur. Et Rose aimait Katy comme sa propre fille…

Alex en était à ce point de ses réflexions, quand son téléphone vibra dans sa poche. L'espace de quelques secondes, son cœur se gonfla d'espoir.

Ce n'était pas le numéro de Beth qui s'afficha sur l'écran. Un peu déçu, Alex adressa un signe de la main à ses visiteurs.

— Désolé, je dois prendre cet appel. Passez un bon Noël, les amis, et profitez du ski !

Pendant que le trio s'éloignait, Alex décrocha. Il discuta longuement avec son interlocuteur avant de remettre le téléphone dans sa poche en souriant.

Après avoir déjeuné à Bay View en compagnie de sa mère et de ses nouvelles amies, Beth prit la direction de

Glasgow. Elle fit le trajet sans encombre et, lorsqu'elle se fut garée dans son garage, elle laissa échapper un gros soupir.

Elle avait espéré que la vue de sa maison adoucirait sa peine, mais ce n'était pas le cas. Une fois rentrée chez elle, elle brancha le chauffage et se fit une tasse de thé. Elle le but assise dans *son* salon, dans *sa* maison. Un jour, elle s'y sentirait sûrement chez elle et ses plaies cicatriseraient avec le temps. Elle n'était pas à plaindre, par rapport à d'autres… Comme ce pauvre Dennis, par exemple. Sa gorge se serrait lorsqu'elle pensait à lui, aux chiens ou à son adorable Boy.

Et bien sûr, à Alex…

L'an prochain, elle achèterait un sapin immense et elle oublierait cet affreux Noël, mais elle ne pourrait jamais oublier Alex. Simplement, elle devait tourner la page, comme elle l'avait déjà fait auparavant.

— Il est temps de commencer le reste de ma vie, murmura-t-elle en se levant.

Environ une heure plus tard, on frappa à la porte d'entrée. Qui pouvait venir la voir le jour de Noël ? Elle ne connaissait pas ses voisins. Était-ce la police ? Était-il arrivé quelque chose à sa mère ?

Elle dévala l'escalier, ouvrit la porte et cessa de respirer.

— Alex.

Il était sur le seuil de chez elle, vêtu d'un pull ridicule orné de petites cloches rouges. Beth pensa qu'il n'y avait pas de justice, sur terre, parce qu'il était incroyablement sexy.

Il lui adressa un sourire incertain.

— Euh… Joyeux Noël.

— C'est Noël, oui. Mais heureux… À ton avis ?

Beth posa les yeux sur la voiture extravagante d'Alex, garée dans l'allée. Quelque chose bougeait… ou plutôt sautait à l'intérieur.

Son cœur battit plus vite.

— Oh ! c'est… C'est Boy ? Qu'est-ce qui s'est passé ?

— Ça n'a pas marché avec ses nouveaux maîtres, répondit Alex en haussant les épaules.

— Pourquoi ?

Alex était-il venu pour lui donner le chiot ? Ou plutôt pour s'en débarrasser, comme il avait tenté de le faire quelques semaines auparavant ? En tout cas, il ne venait pas pour elle.

— Il n'était pas heureux, Beth. Il hurlait et grattait à la porte, sans compter qu'il a mordillé tous les cadeaux de Noël.

— Et ils n'ont pas tenu plus de trois jours ?

— Ils ont tout essayé, mais nous lui manquions trop et ils ont pensé qu'il était injuste de le garder, alors qu'il était si triste. Finalement, ils ont trouvé un autre chiot qui les aime et leur obéit… Du moins, la plupart du temps.

— Et tu m'as amené Boy pour que je le garde, c'est ça ? Mais c'est petit, chez moi, dit Beth en montrant son entrée minuscule. Je ne vais pas pouvoir…

— En fait, j'ai décidé de le garder. On s'entend plutôt bien et je ne perds pas l'espoir d'avoir une paire de chaussures qu'il ne grignotera pas. Ou un tapis qui n'aura pas été troué par ses petits crocs. Je me suis arrangé avec la fille de Fraser, qui le gardera pendant mes consultations. Quand elle reprendra l'école, il faudra que je trouve une solution, mais la femme de Frank serait d'accord pour le prendre à la ferme dans la journée. À ce propos, Frank est rentré chez lui. Il a appelé hier pour nous remercier et nous souhaiter de bonnes fêtes.

— C'est génial ! Je suis contente pour vous.

Ce n'était pas totalement vrai. Jusque-là, Beth avait pensé qu'Alex était triste et seul, comme elle. Mais maintenant, l'homme et le chiot étaient ensemble, et… tout allait pour le mieux.

Ou presque.

— Tu veux voir Boy ? suggéra Alex. Avant qu'il fasse des trous dans mes banquettes ?

— Bien sûr !

Est-ce qu'Alex était venu la narguer ? Beth le suivit des yeux pendant qu'il allait ouvrir la portière. Aussitôt, une boule de poils jaillit de la voiture et s'élança vers elle.

Elle s'agenouilla et enfouit son nez dans le pelage brun, la gorge serrée à lui faire mal.

— Oh ! Boy ! Comment mon bébé a-t-il supporté le trajet ? Est-ce qu'il a pleuré ?

— Oui, un peu…, précisa Alex.

Beth l'imagina, tentant de calmer le chiot. Ça n'avait pas dû être drôle ! Boy était capable d'émettre un hurlement très convaincant.

— Au moins, il n'est pas malade en voiture.

— C'est ce que tu crois ?

Beth couvrit le chiot de caresses pour évacuer toute la charge émotionnelle que lui causait cette visite.

— Bon chien, Boy. Il a vomi sur tes jolies banquettes, le pauvre chéri !

Alex les observait, les sourcils froncés.

— Tu n'étais pas censée ne t'intéresser qu'à lui.

Beth leva les yeux.

— Ça t'étonne ? Je te ferai remarquer que Boy ne veut pas me briser le cœur, *lui*.

Alex s'agenouilla près d'elle.

— Moi non plus, Beth.

— Il est un peu tard pour t'en préoccuper, tu ne crois pas ?

— Est-ce qu'on peut entrer ?

— Je suppose que oui, grommela Beth. Cinq minutes.

Elle souleva le chiot et franchit le seuil de sa maison, Alex sur les talons.

— C'est tout ce dont j'ai besoin. Oh ! ou alors, d'une vie entière.

Beth se retourna brusquement.

— Quoi ?

— Pardonne-moi, Beth. Je me suis convaincu que je ne pourrais jamais vivre notre rêve.

— On peut au moins essayer.

— Je sais. Je ferais n'importe quoi pour t'offrir la famille que tu veux. Il existe une foule de solutions, tu sais. Je t'aime tant, Beth ! J'ai passé huit ans à tenter en vain de t'oublier. Aucune femme ne t'arrive à la cheville. Tu es ma meilleure amie, mon amante et mon amour. Je te veux dans ma vie, et pas simplement pour Noël.

— Tu m'aimes ?

Jamais aucun homme n'avait contemplé Beth avec une telle adoration.

— Oui, Elizabeth Grace, et je ne supporte pas que tu sois partie.

Prenant le chiot des mains de Beth, il agita sa patte, avant d'ajouter :

— Pas vrai, Boy ?

Beth posa les mains sur ses hanches.

— Tu utilises un animal innocent pour me récupérer ?

— Les situations désespérées exigent de mettre en œuvre les moyens adéquats. Je compte passer chaque seconde des deux cents prochaines années à me faire pardonner. Je t'en prie, Beth, reviens à Oakdale ! Reviens chez nous pour toujours.

Passant son bras libre autour de la taille de Beth, il l'attira contre lui.

— Oh ! Alex ! Oui ! Je veux rentrer chez nous.

Une larme coula sur la joue de Beth, mais cette fois c'était une larme de bonheur. Et quand Alex l'embrassa, elle s'abandonna totalement à son étreinte. Les choses commençaient à devenir intéressantes, quand elle sentit quelque chose d'humide sur sa joue. S'écartant de l'homme, elle déposa un baiser sur le crâne du chiot.

— Je t'aime aussi, dit-elle, je t'ai toujours aimé. En fait, je vous aime tous les deux.

La bouche d'Alex frôla la sienne.

— Joyeux Noël.

Le cœur de Beth se gonfla d'amour.

— Oui ! C'est le plus heureux de toute ma vie.

Un an plus tard...

— Il est venu ? Il est venu ?

Le petit Leo tira sur la couverture de ses parents, si excité que ses petits pieds dansaient sur la moquette.

Ouvrant un œil, Beth retint son souffle à la vue de son fils, si vif et drôle. Le chemin avait été semé d'embûches, mais Alex et elle avaient signé les papiers d'adoption la semaine précédente. Elle mordit sa lèvre inférieure pour l'empêcher de trembler, et sourit.

— On y va ? demanda-t-elle.

— Attends !

Jaillissant hors du lit, Alex traversa la chambre en quelques enjambées et souleva dans ses bras le petit garçon de trois ans. Tout en chatouillant son ventre dodu, il sortit de la pièce et descendit l'escalier.

Beth se pinça le dessus de la main pour s'assurer qu'elle ne rêvait pas. Parce que, si c'était le cas, elle ne voulait pas se réveiller.

Au rez-de-chaussée, elle fut accueillie par des gloussements ravis et des aboiements joyeux. Alex passa un bras autour de sa taille.

— Je t'avais dit que ce sapin était trop grand, dit-il. Le sommet bute contre le plafond.

Beth se retourna contre lui pour l'embrasser.

— Tais-toi donc, Alex Norton ! Un sapin de Noël n'est jamais trop haut, tout comme il n'y a jamais trop de pudding et jamais trop de bonheur.

— Et tu es heureuse ?

D'un doigt léger, Alex souleva le menton de Beth, qui plongea dans ses prunelles bleues.

— Plus que tu ne peux l'imaginer. Et toi ?

— Eh bien… C'est Noël, non ? Je suis obligé de me réjouir, c'est la loi.

Une petite grimace espiègle aux lèvres, Alex sortit un écrin de sa poche et le lui tendit.

— Mais je serai très heureux si tu dis oui, continua-t-il.

— Qu'est-ce que c'est ?

Elle prit l'écrin dans ses mains tremblantes et l'ouvrit. À l'intérieur, il y avait…

— Oh ! Alex ! C'est…

— C'est la bague que j'avais achetée pour toi.

Beth contempla un instant le diamant le plus pur et le plus étincelant qu'elle ait jamais vu.

— Mais je pensais… ne plus l'avoir.

— Oui, mais ta mère m'a fait savoir qu'elle l'avait récupéré, *juste au cas où.*

Un sourire presque timide aux lèvres, il lui prit la main.

— C'est mon rêve, dit-il. Beth, veux-tu m'épouser ?

— Oui ! Oui ! Je t'aime tant, mon chéri !

Alex la serra très fort contre lui, et elle sentit battre son cœur à l'unisson du sien.

— Je suis l'homme le plus heureux de la terre, dit-il, avant de l'embrasser passionnément.

DEANNE ANDERS

Mystère à l'hôpital

Traduction française de
FRANÇOISE PINTO-MAÏA

BLANCHE

HARLEQUIN

Titre original :
SARAH AND THE SINGLE DAD

1.

Sarah Henderson parcourut avec anxiété le tableau affiché sur l'écran d'ordinateur.

Les résultats d'analyses de la petite Lindsey évoluaient de façon angoissante. L'enfant de dix ans souffrait d'une défaillance cardiaque, et ce qui avait commencé comme un simple rhume était devenu une infection pulmonaire. Malgré le traitement antibiotique, son état semblait se détériorer de jour en jour.

— Ah, vous voilà !

La voix profonde du Dr Benton la fit sursauter. Se détournant, elle vit que son patron était accompagné d'un autre homme en blouse blanche.

— Sarah, j'aimerais vous présenter le Dr David Wright. Il va commencer sa spécialisation ici avec notre équipe de chirurgie cardiaque.

Elle se leva et tendit la main au jeune médecin. Comme il répondait à sa poignée de main, elle rencontra son regard.

Il avait des yeux d'une teinte inhabituelle, mélange de vert pâle et de gris. Elle nota aussi ses cheveux châtain foncé, la ligne volontaire de son menton…

Une sensation étrange l'assaillit alors.

Elle était certaine d'avoir déjà vu ce visage. Mais où ?

— Hum… Ça va ? demanda-t-il d'une voix chaude, légèrement inquiète.

Oui, cette voix aussi, elle la reconnaissait. Était-ce son imagination qui lui jouait des tours, ou avait-elle vraiment croisé cet homme ? L'origine de ce souvenir semblait désespérément inaccessible.

Se rendant soudain compte qu'elle avait gardé sa main dans la sienne, elle s'empressa de la relâcher sous son regard interrogateur.

Oh ! là… elle n'aurait pas pu faire plus mauvaise impression ! Il devait penser qu'elle était folle. Peut-être l'était-elle d'ailleurs. Pourquoi diable ce David Wright l'affectait-il à ce point ? D'accord, il était séduisant, mais des hommes au physique avantageux, elle en rencontrait tout le temps, et aucun ne lui faisait un effet pareil. Elle avait l'impression que son cœur allait imploser… Non, ce n'était pas son apparence qui la troublait. Il dégageait quelque chose qui réveillait en elle un signal d'alarme.

— Je suis désolée, dit-elle en s'adjurant de se ressaisir. Je n'ai pas eu ma dose habituelle de café, sans doute… Enchantée, docteur Wright.

Le cœur battant, elle jeta un coup d'œil vers la porte du bureau, pressée de s'excuser et de s'éclipser.

— Sarah est l'une de nos infirmières cliniciennes, intervint le vieux médecin. Je vous confie que nous ne pourrions pas fonctionner sans elle. Si vous avez des questions, elle vous aidera. Malheureusement, je vais devoir vous laisser, car on m'attend. Une réunion sur le budget de notre hôpital… Sarah, j'ai une idée : vous pourriez faire visiter notre service au Dr Wright pour le reste de la matinée. Qu'en pensez-vous ?

Elle se raidit.

Le Dr Benton avait une fâcheuse tendance à disposer de son temps ! Elle aurait dû se douter du stratagème dès que son chef de service s'était excusé. Mais, cette fois encore, elle n'avait rien vu venir. Non seulement elle n'avait aucun moyen de se défiler sans paraître impolie, mais, connaissant les façons de faire de son patron vis-à-vis des nouveaux, ce serait à elle seule d'aider le Dr Wright à s'adapter au jour le jour.

Donc, autant partir sur des bases saines. Elle mettait un point d'honneur à instaurer de bonnes relations de travail avec tout le personnel, et elle ne dérogerait pas à cette règle en dépit de ce que ce nouveau médecin lui inspirait.

— Bien sûr, dit-elle en se plaquant un sourire aimable sur les lèvres. J'allais justement faire ma tournée. Si vous voulez bien me suivre.

Le visage de David Wright s'éclaira d'un sourire éclatant.

— Excellente idée !

Jugeant cet enthousiasme difficile à supporter à cette heure de la matinée, elle le précéda pour sortir du bureau et traversa le hall en direction de l'unité de cardiologie pédiatrique.

— Êtes-vous de Houston, docteur Wright ?

Ce disant, elle lui coula un regard furtif, guettant sur ses traits quelque signe qui l'aiderait à se souvenir où elle l'avait déjà rencontré.

Elle se trompait peut-être ? Pourtant, quelque chose lui soufflait qu'elle connaissait cet homme.

— Appelez-moi David. Non, je suis originaire de l'Alabama. Mais j'ai été médecin résident dans l'est du Texas, à Beaumont.

L'avait-elle croisé à l'une des nombreuses conférences auxquelles elle avait assisté à travers le Texas ? Possible.

— Quel type de résidence avez-vous choisi ?

— La chirurgic cardiaquc pédiatrique, répondit-il. Mais ils n'avaient pas de programme de transplantation là-bas. Donc, me voici.

— Oui, notre centre de transplantation est l'un des meilleurs du pays, comme vous le savez sûrement. C'est toujours agréable de voir de nouveaux médecins s'intéresser à cette spécialité.

— Je suis conscient de l'excellence du programme dont vous disposez ici, croyez-moi. Et je m'estime chanceux d'avoir obtenu ce stage sous la supervision du Dr Benton. La transplantation me passionne, et j'aimerais vraiment contribuer à faire avancer les choses.

Une ombre passa sur ses traits, ce qui rappela brusquement à Sarah un homme vu des années plus tôt et qu'elle n'avait jamais pu oublier.

Mais David cilla, et son expression chagrine disparut.

Non, ce serait ridicule de suivre cette piste. Elle ne menait à rien. Son nouveau collègue *ne pouvait pas* être l'homme entrevu dans cette salle d'attente. David était beaucoup plus jeune… Tout de même, l'espace d'une seconde, la couleur de ses yeux, celle des prés verts nappés de brouillard, avait ravivé en elle le souvenir d'une époque qui la hantait mais qu'elle refusait d'évoquer.

Pas maintenant. Pas ici.

— Dans ce cas, nous sommes ravis de vous compter parmi nous, dit-elle aimablement.

Elle ne pouvait pas jouer les détectives plus longtemps. Si elle avait rencontré David Wright par le passé, elle finirait bien par le situer. En attendant, elle allait s'appliquer à le guider dans l'hôpital pour qu'il se familiarise avec son nouvel environnement.

Elle s'arrêta devant la porte du service, fit glisser son badge et attendit l'ouverture. Ensemble, ils se dirigèrent vers le poste infirmier où se tenait l'infirmière coordinatrice.

— Betsy, voici le Dr Wright, annonça Sarah. Il commence un stage auprès du Dr Benton, et je suis chargée de le guider dans le service.

— Bonjour, docteur.

Tandis que Betsy expliquait à David où se trouvaient les dossiers des patients et les différents équipements, Sarah consulta la fiche d'un bébé qu'on leur avait transféré pendant la nuit. Sa collègue ayant terminé, elle se tourna vers David.

— Je vais commencer par une nouvelle patiente, arrivée cette nuit par avion. Elle n'a que trois jours, et on lui a diagnostiqué une hypoplasie ventriculaire gauche. Nous avons les résultats de son électrocardiogramme. Le traitement par perfusion semble faire de l'effet, mais j'aimerais la voir et parler avec ses parents.

David lui emboîta le pas.

— Heureusement que le problème a été détecté aussi vite. J'ai vu certains cas où l'enfant était déjà dans un état critique quand on diagnostiquait la maladie.

Ils s'arrêtèrent sur le seuil d'une chambre. Une jeune femme était penchée au-dessus d'un berceau. Dans un coin de la pièce, un homme dormait sur un lit de camp.

— Mme Lawrence ? demanda-t-elle doucement en tendant la main.

La jeune mère leva vers elle des yeux rouges et humides, et Sarah en eut le cœur serré.

Jamais elle n'oublierait le désespoir que l'on ressent en tant que mère face à la souffrance de son enfant.

— Je m'appelle Sarah. Je suis infirmière clinicienne au sein de l'équipe de cardiologie. Et voici le Dr Wright.

David serra la main de la jeune femme et l'invita à s'asseoir, car elle semblait sur le point de s'évanouir.

— Je vais d'abord réveiller mon mari, dit-elle. Et, je vous en prie, appelez-moi Maggie.

Se penchant vers son mari, elle lui murmura quelques mots à l'oreille. Quand le couple fut prêt à les écouter, Sarah parla des analyses de leur fille. Même si les médecins avaient dû prendre le temps de leur donner ces renseignements, elle tenait à les répéter. C'était important que les parents soient informés.

— Alors, le traitement que notre petite Breanna a commencé à recevoir donne des résultats ? s'enquit John, le jeune père, d'une voix pleine d'espoir.

— Pour l'instant, oui. Mais ce n'est que temporaire, répondit David. Breanna doit être opérée, et il y aura d'autres interventions plus tard.

Comme il continuait d'expliquer la procédure et le suivi nécessaires à leur enfant, Sarah fut impressionnée par la compréhension et la patience dont il faisait preuve en répondant aux questions des jeunes parents angoissés.

Avant de quitter la chambre en sa compagnie, elle ausculta le bébé, notant que, malgré les médicaments, le teint de l'enfant restait anormalement gris. Prenant son téléphone, elle envoya un message au cardiologue pour lui faire part de son inquiétude, puis sur l'ordinateur présent dans la chambre elle commanda les examens nécessaires avant que le bébé ne soit conduit au bloc.

— Désolé, je ne suis pas officiellement chargé de soigner cette petite, dit David quand ils se retrouvèrent dans le couloir. Je n'aurais pas dû prendre les devants comme ça. Je me laisse emporter parfois. C'est juste que…

Il soupira.

— Il vaut mieux qu'ils sachent dès maintenant ce qu'ils vont devoir affronter pour s'y préparer.

Elle hocha la tête.

— Ici, nous prenons soin d'expliquer aux parents ce qui se passe, et nous nous assurons qu'ils comprennent la situation. Mais souvent ils sont dans le déni, et il leur faut du temps pour accepter l'état de leur enfant.

Elle ne comprenait que trop bien la frustration que son collègue venait d'exprimer. Elle aussi avait été à la place de ces parents autrefois, incapable d'accepter ce que le personnel médical lui disait…

Elle chassa ces pensées pénibles et referma mentalement la porte sur le passé.

Il y avait un seul endroit où elle se sentait assez forte pour laisser remonter à la surface les souvenirs de sa vie d'avant, et ce n'était pas à l'hôpital. Elle faisait toujours très attention à séparer sa vie professionnelle de l'expérience personnelle qu'elle avait vécue.

— Rien ne peut les préparer au bouleversement qui les attend, répondit David comme ils se dirigeaient vers la chambre suivante. Aujourd'hui, leur mariage semble solide. Espérons qu'il sera à la hauteur de l'épreuve que représente un enfant gravement malade.

Était-ce une trace d'amertume qu'elle percevait dans sa voix ? Il devait y avoir une histoire là-dessous, elle en était presque sûre.

Elle contempla son profil, essayant de capter quelque chose de l'homme qui avait croisé sa route autrefois et dont elle n'avait pu oublier le regard hanté.

Elle n'était pas la seule à garder une part d'ombre.

Ils traversèrent l'unité de soins intensifs, puis se rendirent dans l'aile réservée aux pathologies sévères qui accueillait les jeunes malades en soins postopératoires, ceux qui avaient été admis en vue d'une intervention ou pour être inscrits sur la liste d'attente d'une transplantation.

Ils s'arrêtèrent devant la chambre d'un adolescent conduit à l'hôpital après s'être effondré sur le terrain de base-ball de son lycée, deux jours plus tôt.

Sarah expliqua à David qu'elle avait essayé d'amener le jeune Jason à lui parler mais qu'il avait à peine prononcé deux mots avant de se concentrer sur son téléphone portable.

— On doit lui implanter un défibrillateur demain, mais il refuse de donner son accord pour l'intervention, conclut-elle avant d'entrer dans la chambre.

David hocha la tête.

— Ce serait mieux d'avoir son consentement, mais il est mineur, donc nous avons seulement besoin de celui de ses parents.

— Oui, bien sûr, mais le problème n'est pas là. C'est lui qui va vivre avec le défibrillateur pour le reste de sa vie.

— Hum… Cela ne vous dérange pas si je le vois seul ? demanda-t-il. Je laisserai la porte entrouverte pour que vous entendiez la conversation.

Elle lui sourit avec reconnaissance.

— Alors, mettez-y tout votre pouvoir de persuasion ! Il ne veut répondre ni à moi ni au Dr Benton.

Après avoir frappé à la porte, David entra dans la chambre, laissant le battant entrouvert ainsi qu'il l'avait annoncé.

— Bonjour, Jason. Je suis le Dr Wright.

Elle ne fut pas surprise d'entendre l'adolescent répondre par un son vague, tandis que le cliquetis des touches de son ordinateur continuait.

— C'est mon premier jour dans le service, et je voulais faire ta connaissance, dit David.

Un autre son de gorge lui répondit, mais David ne renonça pas pour autant.

— Je suis chirurgien, et je suis venu ici pour étudier la transplantation.

— Je n'en ai pas besoin, répondit Jason avec un soupir exaspéré.

Sarah fut impressionnée. En nombre de mots, c'était beaucoup plus que ce qu'elle avait pu lui soutirer ces deux derniers jours.

— C'est vrai, dit David patiemment. Bel ordinateur… Le graphisme est top.

— Ouais… C'est le meilleur que j'aie jamais eu. Vous jouez à des jeux ?

Ils se mirent à discuter d'ordinateurs et de consoles de jeux, évaluant les avantages des différents matériels. De derrière la porte, elle n'y comprenait pas grand-chose, mais au bout de quelques minutes David demanda à l'adolescent s'il pouvait lui montrer quelque chose.

— J'aimerais te montrer deux vidéos qui expliquent très bien ce que les médecins veulent faire pour réparer ton cœur.

Il commença à décrire la procédure, et elle devina qu'il commentait les images à l'écran. Et le plus extraordinaire, c'était que Jason semblait s'ouvrir peu à peu.

— Y a-t-il quelque chose là-dedans qui pourrait me dire si je serai capable de rejouer au base-ball ? demanda Jason.

Elle sentit son cœur sombrer.

Les parents de l'adolescent lui avaient appris que leur fils était un passionné de ce sport.

— Des études ont été lancées sur le sujet, répondit David. Pour le moment, les personnes porteuses d'un défibrillateur ne sont pas autorisées à pratiquer des sports de compétition, mais cela ne les empêche pas de s'adonner à des activités sportives.

Sarah perçut le regret dans sa voix. Jason sentirait-il que David comprenait sa déception ?

— Ça ne sera jamais pareil, répondit ce dernier d'une voix à peine audible.

Il semblait maintenant résigné à accepter l'opération.

David sortit de la chambre après avoir promis à l'adolescent qu'il viendrait le voir le lendemain avant qu'on l'emmène au bloc.

— C'était difficile, déclara David en la rejoignant.

— Mais vous avez obtenu son accord, et vous avez été franc avec lui, dit-elle comme ils se dirigeaient vers la chambre suivante. Vous aimez aussi le sport, n'est-ce pas ?

David hocha la tête.

— À l'âge de Jason, je jouais au basket. Je rêvais d'intégrer la NBA et d'être le meilleur.

— Que s'est-il passé ?

— J'ai atteint un mètre quatre-vingts, et je me suis arrêté de grandir, dit-il en souriant.

Ils entrèrent dans la chambre, et David accorda toute son attention à la petite fille blonde dont le lit était couvert d'animaux en peluche.

Le souffle de la fillette était encore plus laborieux que la veille. Néanmoins, Lindsey leva vers eux ses grands yeux bleus et leur sourit.

Depuis deux ans et demi, Sarah la soutenait de son mieux dans son attente d'une greffe. Seulement, ce virus qui affectait sa respiration fatiguait davantage son cœur.

Jetant un rapide coup d'œil à la chambre, elle s'assura que l'enfant n'avait pas de visite.

C'était souvent le cas, hélas. Hannah, la mère de Lindsey, était très jeune et l'élevait seule. Sans aucun soutien financier, elle travaillait beaucoup pour subvenir à leurs besoins. Mais la petite fille était vraiment très malade, maintenant, et il était nécessaire que sa mère passe du temps à son chevet. Sarah se promit de la contacter pour lui parler afin qu'elle comprenne que l'état de sa fille était critique. La jeune mère s'était beaucoup battue jusque-là, elle ne renoncerait pas maintenant.

Comme David s'approchait du lit pour se présenter, Sarah s'avança vers Kim, l'infirmière qui remplissait le dossier de Lindsey sur l'ordinateur.

— Le pneumologue est passé aujourd'hui ?

— Oui. Le Dr Lorten veut faire une bronchoscopie.

Mais je n'ai pas pu joindre Hannah pour avoir son accord, répondit Kim.

— Je l'appellerai, dit Sarah en s'approchant du lit. Comment vas-tu, ma puce ?

Elle repoussa les mèches blondes qui barraient le front de la fillette.

Au moins, l'enfant n'avait pas de fièvre. C'était bon signe.

— Je pourrai aller voir les chevaux cette semaine, tu crois ? demanda Lindsey.

— Des chevaux ? s'enquit David.

Lindsey tourna la tête vers lui, et Sarah vit ses beaux yeux bleus s'animer.

— Oui ! Sarah a plein de chevaux magnifiques. Elle me les a tous montrés en photo. Mon préféré, c'est Érable. Elle m'a demandé de lui trouver un nom quand elle l'a reçu.

— Érable attendra que tu ailles mieux pour te rencontrer, dit Sarah en serrant la main de la fillette dans la sienne. Tiens, j'ai une idée. En rentrant à la maison, je vais prendre une photo d'Érable, et je te l'apporterai demain.

— Il faut que je voie ce cheval qui porte un nom aussi original, ajouta David en souriant à la fillette.

Le rose monta aux joues de Lindsey. La petite fille était-elle en train de connaître son premier béguin ?

C'était si adorable que Sarah ne put s'empêcher d'adresser un sourire reconnaissant à l'homme qui rendait sa petite protégée heureuse au plus fort de la maladie.

Lindsey se mit à expliquer à David les programmes thérapeutiques qu'elle, Sarah, menait au ranch de son beau-père. Les jeunes patients cardiaques pouvaient apprendre à monter à cheval ou, si leur état de santé ne le permettait pas, être au moins au contact des chevaux réservés pour eux.

Sarah était fière d'avoir fondé ce centre équestre, qu'elle avait baptisé Henderson Memorial. Travailler au ranch avec les enfants n'était pas seulement bénéfique pour eux, c'était aussi bon pour son propre équilibre.

— Ça semble génial ! s'exclama David.

— Vous pouvez venir aussi, ajouta Lindsey. Il peut venir, Sarah ?

— Bien sûr. Les docteurs sont souvent là-bas pour donner un coup de main. Et dès que tu iras mieux, je t'emmènerai voir Érable.

David se tourna vers elle.

— Je n'ai aucune expérience des chevaux. Mais je connais quelqu'un qui serait très content de les voir.

— Nous serons heureux de l'accueillir. Le programme se déroule le deuxième samedi de chaque mois, et tout le personnel est le bienvenu.

Comme un large sourire éclairait les traits de son collègue, elle ne put s'empêcher de se demander qui était cette personne à qui il souhaitait faire découvrir son haras.

Discrètement, elle jeta un coup d'œil à sa main gauche.

Il ne portait pas d'alliance. Une fiancée, peut-être ? Ce ne serait pas surprenant qu'un homme aussi séduisant ait quelqu'un dans sa vie.

Dès qu'ils eurent quitté la chambre de Lindsey, elle envoya un texto à Hannah, lui demandant de la contacter dès que possible. Elle ne voulait pas effrayer la mère de la fillette, mais elle devait obtenir son accord pour la bronchoscopie et la prévenir que l'état de santé de Lindsey s'aggravait.

— Depuis combien de temps est-elle en attente d'une greffe ? demanda David comme ils se dirigeaient vers le poste infirmier.

— Cinq ans. Elle fait de fréquents passages ici depuis deux ans et demi.

— Des problèmes familiaux ?

— Sa mère l'élève seule. Elle a moins de trente ans. Je m'inquiète pour elle, car elle a traversé beaucoup d'épreuves avec Lindsey. Quand la petite recevra une greffe, ce sera encore plus de responsabilités.

— J'espère que sa mère est apte à les assumer. Mais cette abondance de jouets et l'absence de visites, ce sont des signes. Les parents qui manquent à l'appel, je sais ce que c'est. C'est beaucoup plus difficile d'être celui qui reste au chevet de l'enfant malade que celui qui envoie les cadeaux.

De nouveau, Sarah perçut l'amertume dans la voix de son collègue. On aurait dit que le sujet le touchait de près. Évoquait-il une expérience personnelle ?

— Hannah n'est pas du tout ce genre de mère, assura-t-elle. Ce sera compliqué à gérer pour elle, mais elle y arrivera.

— À propos de votre ranch…

— David ? David Wright ?

Melody, une infirmière aux cheveux grisonnants, contourna le bureau pour venir à leur rencontre.

— Mais oui, c'est bien vous ! Comment va Davey ? J'ai tellement pensé à lui ces dernières années.

— Mel ! s'exclama David à la fois surpris et heureux. Il va très bien, merci. Il faudra que je l'amène un jour pour que tu le voies.

L'infirmière se tourna vers le personnel qui regardait leur petit groupe avec curiosité et annonça :

— David était ici avec son fils. Cela doit faire… trois ans maintenant, n'est-ce pas ?

En écoutant cet échange, Sarah sentit son cœur manquer un battement, puis son pouls s'accéléra dangereusement, pendant qu'elle attendait la réponse de David.

Ce sentiment de déjà-vu… Elle avait cru s'être trompée, et pourtant… David Wright serait-il l'homme qu'elle avait vu dans cette salle d'attente, un peu plus de trois ans plus tôt ?

— Oui, dit-il. Nous avons fêté l'anniversaire de son nouveau cœur en janvier.

Elle chancela sous le choc, tandis que son esprit la ramenait dans le passé, jusqu'à ce jour terrible où sa vie parfaite avait été anéantie. Elle se revit dans cette salle d'attente en ce jour de janvier, fuyant l'horrible nouvelle que les médecins venaient de lui annoncer et refusant d'affronter le reste de sa famille. Comment aurait-elle trouvé le courage de leur dire que Cody, son petit garçon, se trouvait en état de mort cérébrale ? En proie à un désespoir incommensurable, elle s'était réfugiée dans une salle réservée aux visiteurs. Là, elle avait vu cet homme accablé, qui semblait porter un fardeau aussi lourd que le sien. Immédiatement, elle avait senti qu'un lien invisible les unissait, comme l'expression d'une compassion que seule une personne traversant le même genre d'épreuve était capable de ressentir. Un peu plus tard, la déléguée de la banque des greffons était venue lui dire qu'un cœur était peut-être disponible pour son enfant, et l'inconnu avait laissé libre cours à son émotion. Alors, dans un sursaut de volonté, elle avait signé l'acceptation de faire don des organes de son fils.

Depuis trois ans, elle s'interrogeait au sujet de cet inconnu. Et voilà que... Il ne pouvait pas s'agir d'une simple coïncidence, n'est-ce pas ? L'enfant de cet homme avait reçu un cœur dans cet hôpital, peu après qu'elle avait perdu Cody.

C'étaient d'abord les yeux de David qui avaient ravivé en elle le souvenir de l'inconnu, mais à présent elle constatait que d'autres détails physiques corroboraient cette hypothèse. Même s'il paraissait beaucoup plus jeune que l'homme effondré qu'elle avait vu cette nuit-là, ses cheveux bruns et sa carrure correspondaient à la silhouette de son souvenir.

Elle se força à rester immobile tandis que le reste de l'équipe interrogeait leur nouveau collègue sur son fils et sa nouvelle vie depuis la transplantation.

Heureusement, personne n'avait remarqué son trouble. Ses collègues savaient qu'elle avait perdu son mari et son fils dans un accident de la route, mais l'hôpital de Houston était un grand centre hospitalier, et à l'époque du drame elle travaillait dans le service de chirurgie générale pour adultes. Depuis son arrivée en cardiologie infantile, elle n'avait jamais parlé du don d'organes de son petit garçon. C'était un sujet trop personnel, trop douloureux.

Et maintenant, qu'allait-elle faire ? Qu'était-elle censée dire à celui qui, sans le savoir, avait bénéficié de la décision la plus difficile de toute sa vie ? Comment allait-elle travailler avec lui sans jamais mentionner cette époque, quand un seul regard vers lui faisait remonter en elle des souvenirs pénibles ?

Pendant des jours, elle avait regretté de ne pas être morte dans l'accident en même temps que Kolton et Cody. Puis elle avait pensé à ce jeune père qui avait attendu désespérément un cœur pour son fils. Plus tard, quand elle avait compris qu'elle voulait aider des familles dans le même cas que lui, il lui avait suffi de visiter l'unité de cardiologie pédiatrique pour se convaincre que c'était là qu'était sa place. Après avoir terminé la formation requise, elle avait trouvé un poste dans le service du Dr Benton.

Dire que l'homme qui avait tant marqué sa vie allait travailler avec elle !

Et son fils ? Mel l'avait appelé Davey. Jusque-là, elle avait juste imaginé que Cody avait sauvé l'enfant de l'inconnu de la salle d'attente. Mais savoir que le fils de David avait reçu une transplantation à cette date rendait l'hypothèse encore plus tangible. L'occasion lui était donnée de découvrir si elle avait raison depuis le début.

Prenant conscience du mouvement autour d'elle, elle vit que certaines des jeunes infirmières adressaient un sourire appuyé à David avant de se disperser pour dispenser les soins aux malades.

Elle ne pouvait les blâmer. Le Dr Wright était un homme très séduisant. Il avait un regard fascinant, des cheveux bruns ondulés et une expression rieuse quand il parlait avec Mel. Et au-delà de son physique avantageux, il dégageait un mélange de compétence et de bienveillance qui mettait les patients et leurs familles immédiatement à l'aise. Elle y avait été tout de suite sensible. Elle se rappelait aussi sa réaction, trois ans plus tôt, quand on lui avait annoncé qu'on avait un dernier espoir de sauver son fils. L'angoisse qui crispait ses traits avait cédé la place aux larmes. Il avait pleuré ouvertement, sans fausse pudeur, et pourtant, pas une seconde il n'avait ressemblé à un homme fragile…

Elle se força à rayer ces vieux souvenirs de son esprit.

Ça n'allait pas être facile de les contenir en présence de David, mais elle devait se rappeler que seul le présent est important. Sa vie d'avant appartenait définitivement au passé.

Des patients dépendaient d'elle, maintenant, des enfants dont elle se sentait responsable. Plus tard, quand elle serait seule, elle prendrait le temps de réfléchir à tout ça et à ce qui en résulterait pour elle.

Elle vit le Dr Benton venir vers eux, puis David et lui s'éloignèrent ensemble.

Il y avait tant de questions qu'elle souhaitait désespérément poser à son nouveau collègue qu'elle faillit lui crier d'attendre. Mais elle n'avait pas encore la force de formuler la plus importante de toutes, celle qui tournait en boucle dans sa tête :

« Est-ce le cœur de mon petit garçon qui bat dans la poitrine de votre fils ? »

À un moment ou à un autre, il faudrait qu'elle la lui pose.

2.

David posa sur le bureau devant Sarah l'un des gobelets de café qu'il était allé chercher au petit bistrot situé en face de l'hôpital.

— Oh ! merci ! Mais… C'est en quel honneur ? demanda-t-elle en levant vers lui de grands yeux bruns interrogateurs.

Ces derniers temps, elle avait très souvent cette expression quand il la surprenait à le regarder. Un peu comme si son esprit intelligent s'efforçait de résoudre un puzzle complexe. Pour une raison qui lui échappait, il avait la nette impression d'être cette énigme-là.

— C'est pour vous remercier, répondit-il. Sans vous, j'aurais croulé sous cette paperasserie. Je savais qu'il y avait des documents à remplir pour l'évaluation des patients transplantables, mais je n'imaginais pas que c'était à ce point-là.

— Moi, à l'inverse, je pensais que, compte tenu de votre expérience personnelle, vous aviez l'habitude de toutes ces formalités.

De nouveau, il vit une lueur interrogative traverser son regard.

Était-ce son expérience personnelle qui intéressait la jeune femme ? Il comprenait sa curiosité. Cela faisait maintenant une semaine qu'ils travaillaient ensemble et, même si Sarah s'occupait de jeunes transplantés cardiaques, elle ne voyait la situation que du point de vue de l'hôpital. Elle voulait savoir comment s'organisait la vie en dehors.

— Je suis désolée, ajouta-t-elle. Je ne voulais pas être indiscrète.

Vivement, elle se concentra sur le dossier affiché sur l'écran de l'ordinateur, et il nota que ses joues se teintaient d'une jolie touche de rose.

Il ne put s'empêcher de trouver cela charmant.

L'infirmière avec qui il travaillait ne semblait pourtant pas du genre à se laisser facilement intimider… Mais il ne faut pas juger une personne selon la première impression qu'on a d'elle, il était bien placé pour le savoir. Il avait cru connaître son ex-femme, mais, après la naissance de leur fils, celle-ci avait complètement changé.

— Tout va bien, Sarah. Ça ne me dérange pas d'en parler… Du moins pour la majeure partie.

Il regretta aussitôt ces derniers mots. Quelle raison avait-il de penser qu'elle le questionnerait sur l'échec de son mariage ? Aucune.

— Vous en êtes sûr ?

— Tout à fait, répondit-il en s'asseyant face à elle.

Il devinait le cheminement de ses pensées, tandis qu'elle semblait batailler avec la question qui lui brûlait les lèvres.

— Alors, voilà… De quoi Davey était-il atteint ? demanda-t-elle enfin. Pourquoi une greffe était-elle nécessaire ?

— On lui a découvert une hypoplasie ventriculaire gauche peu après sa naissance. Le problème n'avait pas été décelé à l'échographie, et cela a été un choc. Il a subi pas mal d'opérations, jusqu'à ce qu'une transplantation s'avère nécessaire. On ne pouvait plus rien faire d'autre pour lui.

— Je suis désolée. Cela a dû être difficile pour vous et votre femme.

Ses beaux yeux sombres plongèrent dans les siens. Du moins en eut-il l'impression. Mais peut-être était-il simplement mal à l'aise à l'idée de parler de son ex.

— Il va bien maintenant ? s'enquit-elle.

— Oui, il est en pleine forme. Il a beaucoup grandi. Je fais très attention à lui, et le suivi médical est important. Heureusement, jusque-là il n'a pas montré de signe de rejet.

Sarah se mordilla la lèvre, un geste qui capta toute son attention.

— Je peux vous poser une dernière question ?

— Bien sûr, dit-il, s'efforçant de détourner le regard de ses lèvres tentantes.

— Qu'avez-vous ressenti quand vous avez appris qu'un cœur était disponible pour votre fils ?

La question de Sarah le dérouta. C'était plus compliqué qu'il n'y paraissait. Il avait pensé qu'elle l'interrogerait sur la façon dont la maladie d'un enfant affectait la vie familiale ou comment il avait supporté l'attente terrible de la greffe. Mais ce qu'il avait ressenti à la nouvelle de l'imminence de la transplantation ? C'était sans doute le moment le plus émouvant de sa vie. L'impression qu'on le sortait du désespoir le plus sombre pour lui offrir la chance d'une nouvelle vie…

Il entreprit de lui expliquer l'état de santé de Davey à l'époque.

— Mon fils avait déjà subi de nombreuses opérations avant que son nom soit inscrit sur la liste d'attente en vue d'une transplantation. À chaque intervention, je me disais que c'était la dernière et que tout rentrerait dans l'ordre, mais je me trompais. Il n'avait pas encore deux ans quand il a été établi que la seule chose capable de le sauver était une greffe. Mais les chances qu'il reçoive un cœur à temps étaient infimes. Quand j'ai amené Davey ici, son cœur était défaillant, et j'avais cessé d'espérer. Je savais que, à moins d'un miracle, j'allais perdre mon petit garçon dans les jours suivants. Puis une déléguée de la banque d'organes est venue m'annoncer qu'il avait de bonnes chances de recevoir un cœur sous peu. Ce fut le moment le plus heureux de ma vie. Avoir tout à coup l'espoir d'un avenir pour son enfant quand on a touché le fond du désespoir, c'est… inimaginable. C'est comme de passer de la misère la plus noire au plus grand des bonheurs en l'espace de deux secondes. On ne sait pas si on doit rire ou pleurer.

— Je suis contente de savoir que vous avez eu cette chance…

Cela avait obsédé Sarah toute la semaine. C'était le moment. Tout ce qu'elle avait à faire, c'était de dire à David qu'elle s'était trouvée là cette fameuse nuit et qu'il y avait de fortes présomptions pour que la déléguée ait pensé à son petit garçon comme donneur. Oui, il lui suffisait d'ouvrir la bouche, et les mots viendraient tout seuls, elle en était sûre…

— Hé, Sarah ! Hannah est arrivée. Elle veut savoir si tu avais une minute à lui accorder, dit Melody depuis le seuil.

L'occasion de parler à David lui échappait !

Se levant, elle se tourna vers lui.

— Vous n'aviez pas dit que vous vouliez rencontrer la mère de Lindsey ?

— Si, mais je suis attendu en chirurgie pour assister à une intervention du Dr Benton.

Avant de quitter la pièce, elle s'arrêta et lui sourit.

— J'ai cru comprendre que cela vous plairait de venir au ranch. Samedi prochain, c'est la journée réservée aux enfants inscrits au programme de thérapie. Si vous voulez amener votre fils…

— Avec plaisir ! Davey va sûrement adorer.

Comme elle franchissait le seuil, elle sentit le regard de David peser dans son dos.

Eh bien, bravo ! Elle avait demandé à David de lui parler de son expérience personnelle, mais elle avait été incapable de lui confier ce qu'elle-même avait vécu ce jour-là. Au lieu de faire preuve de franchise, elle lui avait donné l'impression d'être curieuse…

Elle soupira.

Il y avait forcément un meilleur moyen d'aborder le sujet avec lui. Si seulement elle ne ressentait plus cette douleur déchirante quand elle évoquait cette terrible nuit, peut-être y arriverait-elle.

Depuis une semaine qu'elle travaillait d'égal à égal avec lui, elle découvrait son approche de la cardiologie. À ses côtés, elle était impressionnée par sa bienveillance envers les jeunes patients et leurs parents. Avec cela, il se montrait direct quand ceux-ci s'inquiétaient du diagnostic et des risques que comportait une opération. Oui, s'il avait été à sa place, il aurait été honnête et lui aurait tout raconté.

Mais il n'avait pas vécu ce qu'elle avait traversé ce jour-là, se rappela-t-elle. Son fils à lui avait survécu, lui.

D'une façon ou d'une autre, elle devait lui parler. La prochaine fois qu'elle en aurait l'occasion, elle le ferait. Et tant pis si la douleur la crucifiait une fois de plus.

Au volant de sa voiture, David quitta la route pour le chemin de terre qui s'ouvrait devant lui. Il leva la tête vers la pancarte suspendue en travers et qui se balançait au gré du vent.

« Haras Henderson »

Ouf, c'était là ! Il y avait près d'une heure qu'il conduisait, et il commençait à croire qu'ils étaient perdus. Il n'avait pas imaginé un domaine aussi grand quand la petite Lindsey avait parlé du centre équestre de Sarah. Mais à voir la taille des prés qui s'étendaient de chaque côté du chemin, le domaine devait être gigantesque.

— Papa, on est bientôt arrivés ? s'enquit Davey en se redressant sur son siège rehausseur pour essayer d'apercevoir quelque chose.

— Je pense que nous y sommes, fiston.

Il suivit le chemin jusqu'à ce qu'il voie le long bâtiment des écuries entouré d'une haute clôture blanche. Il gara la voiture tout près d'un vieux pick-up et d'un 4x4 neuf. Il descendit et ouvrit la portière arrière pour libérer Davey de son siège auto.

— Dépêche-toi, papa ! Je veux voir les chevaux ! dit le petit garçon avec impatience.

— Je sais. Mais on n'ira pas plus vite si tu ne me laisses pas défaire cette attache.

Une fois libre, Davey s'élança vers la porte ouverte des écuries.

— Hé ! Doucement, bonhomme, dit David en le rattrapant par la main. Rappelle-toi ce que nous avons dit : on ne court pas pour ne pas effrayer les chevaux. D'accord ?

Davey hocha la tête et se calma. Sur le seuil de l'écurie, il s'arrêta pile en voyant les enfants et les adultes qui se trouvaient là.

Sarah les aperçut. Comme elle s'avançait vers eux, le petit garçon se cramponna aux jambes de David comme pour se cacher derrière.

Il était toujours timide quand il rencontrait des inconnus. Mais, heureusement, il était aussi curieux de nature, si bien que ce moment de gêne ne durait pas.

David observa avec surprise la jeune femme.

Elle ne ressemblait pas à l'infirmière à la mise impeccable qu'il voyait à l'hôpital. Elle portait une chemise à carreaux qui semblait trop grande pour elle, un jean délavé et une paire de santiags. Ses cheveux bruns généralement relevés en chignon étaient répandus sur ses épaules en vagues souples. Ses beaux yeux sombres dévisageaient Davey avec une sorte de fascination.

— Davey, voici Sarah Henderson, la dame qui nous a invités à venir voir les chevaux, dit-il en essayant de ramener l'enfant devant lui. Tu sais, je t'ai raconté que l'un d'eux s'appelait Érable.

Sans lâcher son pantalon, Davey risqua un coup d'œil vers Sarah.

— C'est un drôle de nom, marmonna-t-il.

— Justement, c'est parce que Érable est une petite jument très drôle. Veux-tu venir la voir ? proposa Sarah en tendant la main au petit garçon.

David les suivit à l'intérieur.

Un vieil homme brossait un cheval à la robe brune devant un groupe d'enfants rassemblés devant son box.

— Voici Davey, annonça Sarah avant de procéder à toutes les présentations.

— Bonjour, je suis Jack Henderson, dit l'homme en serrant la main de David.

Il devait avoir une soixantaine d'années, estima David. Il n'était donc pas le mari de Sarah.

— Davey, je m'appelle Jack. J'ai cru t'entendre dire que notre Érable était un drôle de cheval, dit le vieil homme.

— Non, non. J'ai juste dit que c'était un drôle de nom. Est-ce qu'un cheval peut être drôle ?

— Ah... Ils ont toutes sortes de personnalité, exactement comme les humains. Veux-tu que je t'en présente quelques-uns ?

David vit Davey lever vers lui un regard implorant.

— D'accord, tu peux y aller. Mais rappelle-toi ce que je t'ai dit : ne cours pas et ne sors pas de l'écurie sans moi.

— Oui, papa.

Il regarda son fils s'éloigner vers le fond de l'écurie en compagnie du vieil homme.

À l'évidence, Jack Henderson avait l'habitude des enfants. Mais Davey était parfois turbulent et, en dépit de toutes ses recommandations, il n'était pas très rassuré de le voir partir avec un inconnu.

Il entendit un hennissement derrière lui et se retourna.

Sarah faisait sortir le grand cheval brun.

— Josh, tu peux monter Maddie, dit-elle en tendant les rênes à un adolescent. Mais reste dans le paddock du côté nord où je peux te voir.

Le jeune acquiesça et guida fièrement la jument vers la sortie. Puis Sarah confia un cheval plus petit à une jeune infirmière que David avait déjà vue à l'hôpital. Celle-ci emmena le groupe d'enfants.

Comme Sarah venait vers lui, il prit conscience qu'elle appartenait vraiment à ce milieu, alors que lui-même se sentait hors de son élément. Comme il jetait de nouveau un regard vers Davey, elle lui sourit.

— Tout ira bien. Jack va s'occuper de lui.

Il acquiesça. Pourtant, il ne put s'empêcher de suivre Davey des yeux tandis que le vieil homme et le petit garçon s'arrêtaient devant un box.

— Je suis ravie que tu aies pu venir. Alors, qu'en penses-tu ? dit Sarah en décrivant un geste circulaire.

Le tutoiement le surprit agréablement. Mais qu'est-ce qui n'était pas surprenant ici ?

— Je ne m'attendais absolument pas à ça. Je pensais que vous… Que tu avais deux chevaux dans un pré derrière ta maison, et je découvre un haras magnifique !

Le regard de la jeune femme s'illumina, en même temps qu'un large sourire incurvait ses lèvres pulpeuses.

— C'est beaucoup de travail, mais Jack a quelques employés qui l'aident à soigner les chevaux et à entretenir les écuries.

— Toutes les bêtes sont à vous ? demanda-t-il en englobant les stalles du regard tandis qu'il gagnait la sortie en compagnie de Sarah.

Une dernière fois, il jeta un coup d'œil derrière lui à Davey, qui suivait Jack de box en box.

— Trois seulement, mais nous en hébergeons pour des amis et des voisins. Tous pour l'élevage. Le haras appartient à Jack, et je l'aide comme je peux. Il a été formidable quand je lui ai fait part de mon projet d'équithérapie. Les enfants adorent venir ici. Après tout le temps qu'ils passent à l'hôpital, c'est bon pour eux de se retrouver au grand air. Je donne des leçons d'équitation à ceux qui sont autorisés par le médecin à pratiquer cette activité.

— Je suis impressionné. Et ton mari ? Il s'intéresse aux chevaux ? Je pensais le rencontrer aujourd'hui.

— Mon mari, Kolton, est décédé. Nous avons fondé ce programme pour honorer sa mémoire.

Vivement, elle se détourna et s'arrêta pour flatter l'encolure d'un magnifique cheval blanc qui frotta sa tête contre elle.

Il se sentit terriblement embarrassé.

Il devait dire quelque chose, mais quoi ? Elle était si jeune pour se retrouver veuve. Il avait déjà noté qu'elle ne parlait jamais de sa famille. Il avait supposé qu'elle gardait jalousement pour elle sa vie privée.

— Je suis sincèrement désolé, Sarah. Je ne savais pas…

Il se tut, conscient de la maladresse de ses paroles.

— Tu n'as pas à t'en vouloir. C'est mon passé, et je préfère ne pas en parler.

Elle se mit à murmurer des paroles douces au cheval. Pour rassurer l'animal ou pour se consoler ?

Les deux, peut-être.

— Celui-là, il s'appelle Sugar, dit Jack à Davey comme tous les deux les rejoignaient.

David accueillit l'intervention avec soulagement.

— Il s'appelle comme ça parce qu'il est doux comme le sucre ? demanda Davey.

David vit l'émerveillement dans les prunelles de son fils quand il leva la tête vers la jument blanche. Il comprenait à présent qu'on puisse être fasciné par les chevaux.

— Elle s'appelle Sugar parce que c'est le cadeau le plus adorable que j'aie jamais reçu, répondit Sarah. Veux-tu la caresser ?

David se raidit instinctivement en voyant qu'elle soulevait son fils dans ses bras pour lui montrer la manière de toucher le cheval.

Il avait eu un peu d'appréhension à l'idée d'amener Davey auprès des chevaux. Leur taille était impressionnante, peut-être aurait-il dû le laisser d'abord approcher des poneys. Mais en parlant avec des infirmières à l'hôpital, il avait appris que Sarah travaillait en toute sécurité avec les jeunes patients qui participaient à son programme. Il penserait quand même à acheter un casque à Davey si jamais il désirait faire d'autres visites ici. À voir l'expression de Davey, il était clair qu'ils reviendraient.

Reportant son attention sur la jument majestueuse, il admit que lui-même aimerait en connaître davantage sur les chevaux. Peut-être que Davey et lui pourraient profiter ensemble de ces visites.

— Puis-je la toucher aussi ? demanda-t-il.

Sarah lui sourit et hocha la tête.

Il tendit la main et caressa l'encolure de Sugar, ainsi qu'elle l'avait montré à Davey. La jument frotta sa tête contre lui, et il commença à comprendre pourquoi son fils avait adoré la caresser.

— Je pense qu'elle mérite bien son nom. Qu'en penses-tu, Davey ?

— Tu devrais voir le grand noir tout au bout, papa. Il s'appelle Tonnerre. M. Jack dit que c'est parce qu'il fait beaucoup de bruit quand il galope. Il a dit aussi que je pourrai monter Tonnerre quand je serai plus grand. Tu viens le voir ?

Sarah leur expliqua où ils pourraient la trouver, et David se laissa entraîner vers la stalle du cheval noir.

Très grand, Tonnerre paraissait doté d'un tempérament ombrageux. David sut immédiatement qu'il ne serait pas tranquille si Davey chevauchait une telle bête. Ils longèrent les autres box, dont le petit garçon déclina le nom de chaque locataire.

Une fois dehors, ils s'approchèrent de l'enclos où Sarah dispensait une leçon d'équitation.

— C'était bien, Ryan. Fais-le tourner encore une fois. Relâche un peu la bride. Bien… Tu vois, il ne te résiste pas si tu lui donnes un peu de mou.

Appuyé contre la clôture, David la regarda travailler.

Elle donnait du temps à chaque enfant pour s'assurer de leur aisance en selle en même temps que du bien-être du cheval.

Il avait beaucoup appris à son sujet aujourd'hui. Il avait d'abord pensé qu'elle était mariée puisqu'elle avait laissé entendre qu'elle gérait ce centre équestre avec son beau-père. Pas une seconde il n'avait imaginé qu'elle avait perdu son mari. Parfois, il oubliait qu'il n'était pas le seul à avoir un passé douloureux et à refuser d'en faire part…

À cet instant, Jack s'approcha d'eux en tenant un petit poney par la bride.

David vit le visage de son fils s'illuminer de joie et sut qu'il n'était pas question de lui refuser une promenade à dos de poney. Sortant son téléphone, il commença à se renseigner sur les casques offrant la meilleure sécurité.

Sarah avait toutes les peines du monde à détourner les yeux de l'enfant dont Jack guidait le poney.

Il ressemblait tant à son père, avec ses cheveux bruns et son beau regard gris-vert ! Il avait été intimidé au début, se cachant dans les jambes de David. Exactement le comportement de Cody quand il rencontrait des grandes personnes pour la première fois… Elle ne put s'empêcher de sourire en entendant le petit garçon rire aux éclats d'une blague que Jack lui racontait. Et en même temps, au fond d'elle-même, elle ressentait un élan de douleur au souvenir de Cody qui avait tant aimé la compagnie de son grand-père.

Elle n'était pas surprise que son beau-père ait été immédiatement attiré par le petit Davey. Jack souffrait terriblement d'avoir perdu son fils unique et son seul petit-enfant, bien qu'il ne le montre pas. S'occuper des enfants de l'hôpital lui procurait une certaine consolation, elle le savait. Elle aussi y trouvait du réconfort. Comme cela faisait beaucoup de bien à ses jeunes patients, tout le monde y trouvait son compte.

Petit pour son âge, Davey était d'une nature enjouée au contact des chevaux. Comment ne pas se rappeler l'enthousiasme de Cody à l'âge de trois ans, quand son grand-père l'emmenait à l'écurie pour lui parler des chevaux qu'il monterait plus tard ?

Seulement, Cody n'avait jamais eu cette chance…

— Merci encore pour nous avoir permis de venir, dit David auprès d'elle. Davey parlera longtemps de cette visite.

— Je suis contente qu'il passe un bon moment. Jack et lui ont l'air de bien s'amuser. Laissons-les jouer encore un peu, répondit-elle avant de grimper sur la clôture du paddock pour mieux voir Davey.

Elle avait beaucoup réfléchi à ce qu'elle dirait à David. Une partie d'elle-même voulait désespérément s'assurer que le cœur de Cody avait été donné à l'enfant de son collègue. Mais une autre part d'elle-même désirait simplement savourer ce moment avec David tout en regardant son fils faire un tour de poney. Elle avait décidé de ne rien précipiter et de procéder par étapes, car cela lui laissait le temps de se renseigner davantage. Bien sûr, elle avait conscience de sa lâcheté en refusant de révéler tout de go à David ce qu'elle suspectait. Mais sachant quel homme secret il était, elle n'allait pas lui lancer cette information à la figure, sans avoir une idée de la façon dont il l'accueillerait. Inutile de créer des tensions entre eux. Après tout, ils devaient continuer à travailler ensemble.

Elle devrait d'abord lui dire qu'elle avait perdu son enfant, mais, en voyant le fils de David si plein de vie, elle n'avait pas le cœur d'affronter la douleur du passé. En revanche, c'était l'occasion d'en apprendre davantage sur lui.

— J'ai vu Massey dans le bureau avec le Dr Benton, dit David. Pour son check-up. Elle m'a dit que tu lui donnais des leçons d'équitation.

À son tour, il monta sur la clôture, et elle admira ses mouvements souples, tandis qu'il balançait ses longues jambes pour s'asseoir auprès d'elle.

— Oui, j'offre des cours à tous les patients quand ils sont déclarés aptes physiquement. Massey a été autorisée à commencer les séances six mois après sa transplantation l'année dernière. Elle se débrouille plutôt bien… Tu penses laisser Davey prendre des leçons ? demanda-t-elle en regardant le petit garçon qui éclatait de nouveau de rire à l'autre bout du paddock.

C'était incroyable de voir à quel point il était heureux, en dépit de tout ce qu'il avait subi. D'après ce que David lui avait laissé entendre, il s'était beaucoup dévoué pour que son fils ait une vie la plus normale possible. Cependant, elle ne pouvait s'empêcher de se demander où se situait la mère de l'enfant dans leur vie.

— Un jour peut-être, répondit David. En fait, je pensais qu'il serait bon que j'en prenne en premier. De cette façon, j'évaluerais mieux les risques.

Elle hocha la tête, taquine.

— Ce serait sans doute bénéfique. Au moins, tu serais rassuré en sachant comment j'enseigne l'équitation.

— Ce n'est pas que je ne te fais pas confiance, Sarah. Seulement…

David se frotta la nuque d'une main.

— Bon, d'accord, je suis peut-être un peu trop protecteur. D'un autre côté, si tu donnes des cours à Davey et que, moi, je ne sais même pas monter à cheval…

— David, je serais enchantée de t'enseigner les rudiments de l'équitation, mais j'ai l'habitude de donner des leçons aux enfants, pas aux adultes.

— Les jeunes que tu reçois ici en savent beaucoup plus que moi. Alors, si nous pouvons commencer par le B.A.BA, comme tu le fais pour eux, ce sera très bien.

Il se tut, et tous deux regardèrent Jack qui expliquait à Davey les différentes parties d'une selle.

Depuis quand David et elle se tutoyaient-ils ? Elle ne s'était même pas rendu compte du changement. C'était bon signe, non ?

— Puis-je te poser une question ? demanda-t-elle à brûle-pourpoint. Tu n'es pas obligé d'y répondre…

Elle prit une profonde inspiration.

Elle espérait qu'elle ne le vexerait pas, mais des tas d'interrogations lui trottaient dans la tête depuis qu'elle savait qu'il était un père célibataire.

— Laisse-moi deviner. C'est au sujet de la mère de Davey, n'est-ce pas ?

Il ne semblait pas contrarié, mais il était clair qu'il n'aimait pas aborder ce sujet.

— Je suis désolée si…

— Non, tout va bien. Ce n'est pas la première fois qu'on m'interroge sur Lisa. Il faut admettre qu'il y a peu de pères qui élèvent seuls un enfant greffé du cœur. En fait, Lisa n'a pas vraiment compris ce que nous allions affronter. J'ai essayé de lui expliquer ce à quoi nous devions nous attendre avec Davey, mais elle persistait à croire que je m'inquiétais beaucoup trop de sa malformation cardiaque. Elle pensait qu'une opération arrangerait ça et que nous reprendrions une vie normale.

— Souvent, c'est comme ça que les parents voient les choses, admit Sarah. Ils ne sont pas prêts à affronter l'avenir qui les attend. Ils ont fait des projets pour leur enfant, puis brusquement tout change, et leur monde s'écroule. C'est normal que ta femme ait eu besoin de temps pour comprendre.

— Mais une fois qu'elle a compris ce que serait notre vie, elle est partie !

La colère imprégnait chacun de ces mots.

Si ce que disait David était vrai, elle ne pouvait pas le blâmer de ressentir une telle rage. Comment une femme pouvait-elle abandonner son enfant quand il était aussi vulnérable ? Voilà pourquoi il ne parlait jamais de sa femme. C'était certainement trop pénible pour lui. Dire qu'elle l'avait poussé à revivre ces souvenirs pénibles, alors qu'elle-même n'avait pas le courage de partager les siens !

— Je suis désolée, David. Ça n'a pas dû être facile pour toi. Tu dois te demander pourquoi je te pose ces questions. En fait, j'ai quelque chose à te dire…

Ce fut l'instant que choisit Jack pour revenir vers eux.

Pendant quelques minutes, elle avait oublié que David et elle n'étaient pas seuls !

Davey et lui parlaient avec animation.

Elle regarda son beau-père et ressentit un mélange de douceur et de chagrin en voyant la petite flamme qui pétillait dans ses yeux.

Sautant à bas de la barrière, David et elle suivirent Jack et Davey qui remontaient vers l'écurie, où le petit garçon insista pour dire au revoir à chacun des chevaux. Puis, le cœur gros, il se dirigea vers la voiture en donnant sagement la main à son père.

En regardant David l'installer dans le siège auto, elle se surprit à avoir pitié de la mère du petit garçon qui ratait tant de moments merveilleux. Et puis, comment cette Lisa avait-elle pu quitter David ? Cet homme avait tout à offrir à une femme, mais, apparemment, ça n'avait pas suffi à son ex-épouse !

Elle prit une profonde inspiration, consciente de trop

s'immiscer dans la vie de David. Son obsession de savoir si Davey vivait grâce au cœur de Cody la poussait à s'impliquer davantage avec lui. Elle ferait mieux de s'occuper de ses affaires…

Facile à dire, mais c'était plus fort qu'elle. Elle sentait que son destin et celui de David Wright s'étaient noués cette nuit-là, plus de trois ans auparavant.

Pour autant, quel besoin avait-elle de s'intéresser de si près à sa vie privée ? Ce n'était pas comme si David l'attirait. Elle n'avait pas pensé à un autre homme depuis la mort de Kolton. Elle n'avait aucune raison de perdre son temps à rêver au séduisant médecin. La seule chose qui lui importait, c'était de découvrir si le cœur de Cody battait dans le corps du petit Davey Wright !

Quelque chose lui soufflait qu'elle se mentait, mais elle l'ignora délibérément. David et elle avaient une bonne relation de travail et avaient fait plus ample connaissance aujourd'hui. Peut-être deviendraient-ils amis, mais ça n'irait jamais plus loin. Cette amitié survivrait-elle quand il saurait qu'elle lui avait caché ses doutes au sujet du cœur de Davey ?

Elle n'en savait rien. Mais le problème se poserait très vite, car elle ne pouvait pas continuer à se défausser.

Tout en agitant la main tandis que la voiture s'éloignait, elle se promit de se confier à David la prochaine fois qu'ils seraient seuls. À partir de là, elle espérait qu'ils trouvent ensemble un moyen de composer avec cette situation.

En entrant dans le service tôt le lundi matin, Sarah vit que les infirmières s'affairaient autour de la chambre de Tyler, un petit patient inscrit sur la liste d'attente des greffes quelques semaines plus tôt. Le bambin âgé de dix-huit mois souffrait d'une cardiomyopathie, et il y avait peu d'espoir de lui trouver un cœur compatible à temps, car son état se dégradait plus vite que les médecins ne l'avaient prévu. Mais l'appel tant attendu était arrivé, et les parents comme le personnel s'agitaient, bouleversés.

Elle prit le temps de les saluer avant d'examiner Tyler.

— Bonjour, Sarah, fit une voix derrière elle.

Se détournant, elle vit David entrer dans la chambre.

Il avait revêtu une surblouse, et avec ses cheveux ébouriffés il avait l'air aussi excité qu'un gamin au matin de Noël.

Soulagée de le voir souriant et décontracté malgré les questions embarrassantes qu'elle lui avait posées sur sa vie privée, elle répondit à son salut et se chargea de le présenter aux parents de Tyler.

L'angoisse de ceux-ci était presque palpable, c'était comme si elle se répercutait entre les murs de la chambre.

David et elle sortirent dans le couloir pour leur laisser un peu d'intimité.

— Tu as une idée de quand l'équipe va arriver ? lui demanda-t-elle.

— Ils ont appelé il y a quelques minutes. Ils descendaient de l'avion. Ils étaient aussi surpris que nous d'avoir trouvé un cœur compatible aussi vite.

Elle cilla pour refouler une larme.

David se rappelait-il ce qu'il avait ressenti le jour où il avait remis son enfant entre les mains des chirurgiens ? Ce même jour, on lui avait enlevé le sien…

Elle avait fini par accepter la mort de Cody. Elle avait vu depuis de nombreux jeunes patients survivre grâce aux dons d'organes que d'autres parents avaient autorisés. Mais la douleur resurgissait parfois. Jamais elle ne regretterait que son fils ait sauvé un autre enfant, mais cela n'apaisait pas le chagrin d'avoir perdu Cody.

À cet instant, ils entendirent arriver l'hélicoptère qui apportait le cœur.

Très vite, le petit Tyler fut emmené en salle d'opération, et David suivit le mouvement.

Sarah se força à entreprendre sa tournée des malades, mais elle savait déjà que, comme tout le reste de ses collègues, elle ne cesserait de lever les yeux vers la pendule.

Elle commença par la chambre de Jason et trouva l'adolescent prêt à quitter l'hôpital. À l'inverse du garçon buté qu'elle avait vu la semaine précédente, il était à présent disposé à lui parler. Elle lui expliqua les soins postopératoires dont il avait besoin et la nécessité pour lui de revenir pour le suivi.

Quittant Jason, elle consulta la pendule du couloir puis continua sa tournée.

Les heures passant, des nouvelles filtraient, non officielles encore, mais on savait que la transplantation se déroulait au mieux. Tout portait à croire que Tyler allait bientôt être libéré du dispositif de circulation extracorporelle.

Elle termina sa tournée par la chambre de Lindsey.

Elle avait pris des nouvelles de la fillette au cours du week-end et avait été soulagée d'apprendre que son état s'améliorait quelque peu.

En ouvrant la porte, elle fut accueillie par une Lindsey souriante. Assise dans son lit, celle-ci jouait avec une licorne en peluche rose dotée d'une magnifique crinière.

— En voilà un beau cheval ! dit Sarah en déplaçant quelques jouets du fauteuil pour pouvoir s'y asseoir.

— C'est une licorne. Maman me l'a apportée ce week-end, dit Lindsey avec fierté. Regarde comme elle est belle !

— Oui, je la trouve superbe, dit Sarah en caressant la longue crinière aux couleurs de l'arc-en-ciel. Ça me fait penser que je pourrais essayer de teindre la crinière d'Érable de cette couleur.

Lindsey se mit à rire, mais très vite une quinte de toux l'interrompit, et elle se couvrit la bouche.

Sarah posa son stéthoscope sur sa poitrine.

— Je vais beaucoup mieux, tu sais, assura la fillette. J'ai dit à maman que j'allais sûrement quitter l'hôpital cette semaine.

Sarah caressa ses boucles blondes en espérant que Hannah avait compris que sa fille était beaucoup trop optimiste. Même si les antibiotiques avaient procuré une amélioration certaine, il faudrait attendre plusieurs jours avant que Lindsey ne quitte le service de soins critiques. Son état fragile nécessitait que l'on prenne toutes les précautions. Une sortie de l'hôpital n'était évidemment pas envisageable.

L'alarme de son biper interrompit ses pensées. Constatant que c'était un message des parents de Tyler, elle embrassa Lindsey, lui remit la photo d'Érable qu'elle lui avait promise et se rendit au service de chirurgie.

Les parents de Tyler se tenaient dans le hall.

— Oh ! Sarah ! s'exclama la mère du petit garçon. On nous a dit qu'on nous donnerait des nouvelles dans une heure, mais ça fait plus d'une heure et demie, et personne n'est encore sorti. Les dernières informations que nous avons eues, c'est qu'ils étaient prêts à débrancher Tyler de la circulation extracorporelle. Depuis, plus rien. Pouvez-vous nous dire ce qui se passe ?

— Venez par ici, dit-elle en accompagnant les parents désemparés dans la salle d'attente où se trouvaient d'autres membres de la famille.

— J'ai essayé de lui dire qu'ils avaient juste un peu de retard, dit le mari d'une voix rassurante.

Mais elle nota que ses mains tremblaient tandis qu'il entourait les épaules de sa femme.

Pauvres gens !

— Je vais voir si je peux obtenir des explications, dit-elle en priant pour que rien de grave ne se soit produit pendant l'intervention.

Cependant, comme elle allait les laisser là, elle entendit la voix du Dr Benton. Celui-ci entra dans la petite pièce, suivi de David. Le sourire qu'ils affichaient disait tout ce qu'elle voulait savoir.

Comme son patron expliquait aux parents le détail de la greffe, elle s'approcha de David.

— Comment ça s'est passé ? demanda-t-elle comme ils s'écartaient du petit groupe par discrétion.

— C'était impressionnant. Le moment où nous avons retiré le cœur restera l'un des plus effrayants de ma carrière de chirurgien. Mais quand le nouveau cœur a été mis en place et que nous attendions qu'il se mette à battre… le premier battement enfin, puis le deuxième… C'était comme être témoin d'un miracle.

— Oui, certainement, répondit-elle, émue.

Ensemble, ils se dirigèrent vers la cafétéria après avoir commandé une série de tests et d'analyses pour leur nouveau greffé. C'était devenu un rituel entre eux : à la fin de leur journée de travail, ils se retrouvaient pour parler de leur vie respective et de leurs projets.

Elle était impressionnée par la pertinence des questions que David lui posait sur les soins prodigués aux patients. Elle avait rencontré assez de médecins dans sa carrière pour savoir distinguer un bon praticien, et elle était sûre que David ferait partie des meilleurs. Son enthousiasme et l'empathie qu'il montrait à l'égard des patients le garantissaient. Bien sûr, la plupart des médecins font preuve d'empathie envers les malades et leurs familles, mais David avait lui-même traversé les épreuves que subissaient ces familles, ce qui lui permettait de répondre à leurs attentes mieux que ses collègues.

— Au fait, j'ai réfléchi, dit-il en posant une tasse de café devant elle. Je peux commencer les leçons d'équitation dès la semaine prochaine – si tu as le temps, bien sûr.

— Bien sûr ! Que dirais-tu de samedi prochain ? J'en parlerai à Jack. S'il n'a rien de prévu, je suis sûre qu'il sera heureux de surveiller Davey pendant la leçon. Si tu es d'accord, bien sûr.

Son beau-père avait parlé à plusieurs reprises du petit garçon ces derniers jours, il était clair qu'il avait apprécié sa compagnie.

— Jack a l'air d'être un brave homme, dit David. Si je puis me permettre cette question… A-t-il d'autres enfants ?

Elle se raidit.

Même si David désirait seulement en apprendre davantage sur celui qui semblait avoir fait une forte impression sur son fils, elle ne put contrôler la douleur familière qui s'emparait d'elle chaque fois qu'il fallait évoquer son mari.

— Non. Kolton était enfant unique, dit-elle d'une voix sourde.

— Je suis désolé, Sarah. Jack s'entend si bien avec les enfants. Il aurait fait un grand-père formidable.

C'était l'occasion ou jamais de parler de Cody.

— C'était un grand-père formidable pour Cody, notre fils, déclara-t-elle, le souffle court. Perdre Cody et Kolton a été très dur pour lui.

— Oh…, fit David, l'air horrifié. Je suis sincèrement désolé. Je… Je ne savais pas.

Il posa une main sur la sienne en signe de réconfort. Un geste qui apaisa quelque peu la douleur qui lui broyait le cœur.

Elle prit une profonde inspiration et se força à expirer lentement.

— Je n'en parle jamais, parce que… c'est difficile, tu sais.

— Toutes mes excuses. Je ne peux même pas imaginer ce que tu as enduré, répondit David en lui pressant doucement les doigts. C'est arrivé il y a combien de temps ?

— Parfois, j'ai l'impression que c'était il y a longtemps. À d'autres moments, je me dis que c'était hier. En fait, cela a fait trois ans en janvier.

La date lui dirait-elle quelque chose ? Y avait-il une possibilité pour que les informations s'imbriquent d'elles-mêmes dans l'esprit de David sans qu'elle ait besoin de tout lui expliquer ?

— Ils ont trouvé la mort dans un accident de voiture, poursuivit-elle.

Cette déclaration la vida de ses forces. Sa douleur était suraiguë. Elle se demandait si un jour elle serait en mesure de parler de son mari et de son fils sans être anéantie.

David retira sa main.

— Sarah, je suis sincèrement désolé, répéta-t-il. Et moi qui te racontais combien c'est difficile de vivre l'attente d'un donneur…

Elle voyait qu'il était affreusement mal à l'aise à présent, ce qui était une autre raison pour laquelle elle ne discutait jamais de son drame avec les autres.

— Si jamais tu as besoin de parler, fais-moi signe, reprit-il. Je peux être un bon auditeur.

Il esquissa un sourire compatissant, puis reporta son attention sur son café.

Elle sut alors que l'occasion de lui dire tout était passée.

3.

Le samedi suivant, David fut réveillé très tôt par Davey qui le secouait avec insistance.

La veille au soir, le petit garçon avait été si excité à la perspective de retourner au haras Henderson qu'il avait mis très longtemps à s'endormir. Il n'avait parlé que de son ami Jack et des chevaux qu'il allait revoir. Il avait même tenu à les citer tous par leur nom.

David s'étira en bâillant.

Il aurait dû attendre ce matin pour lui apprendre la nouvelle. Au moins, il aurait pu faire la grasse matinée.

Se promettant de retenir cette leçon que tout père célibataire devait connaître, il se leva avec résignation.

En préparant le petit déjeuner, il ressentit une certaine nervosité au fond de lui.

L'exaltation de commencer une nouvelle activité ? La crainte d'être ridicule devant Sarah ? Oui, c'était certainement cette dernière perspective qui lui nouait l'estomac. Quand elle se tenait à cheval, cela paraissait simple. Mais il était si gauche qu'il n'était pas sûr de ne pas tomber au bout d'une minute. Et encore, s'il parvenait à se mettre en selle ! Il se voyait déjà atterrir dans l'herbe dans une posture peu flatteuse. Sa fierté en prendrait un coup.

Il y avait aussi cette attirance étrange qu'il ressentait en observant cette nouvelle Sarah au milieu des chevaux. Ils avaient transposé leur relation amicale hors du milieu professionnel, et Sarah était tellement différente en dehors de l'hôpital que cela en devenait un peu dangereux. Il ne devait pas penser à elle autrement que comme à une collègue de travail ; cette attirance n'avait pas lieu d'être. Entre son stage et l'attention à donner à Davey, sa vie était bien remplie. Une relation sentimentale serait une complication dont il se passerait volontiers. Sa priorité était de prendre soin de son fils. Le temps et l'organisation que cela impliquait étaient inimaginables pour un parent qui n'avait jamais eu à élever un enfant malade du cœur. Lisa n'avait jamais compris ça.

Mais Sarah ?

Avant même d'étudier cette question, il saisit son téléphone dans l'intention de se décommander, mais au même instant son regard tomba sur Davey qui avait toutes les peines du monde à enfiler ses bottes de cow-boy neuves.

Il sourit et annula l'appel.

Pas question de décevoir son fils.

Il se rappelait la promesse qu'il lui avait faite quand le petit garçon avait été hospitalisé, entouré de tubulures et de moniteurs. Il lui avait dit que, ensemble, ils profiteraient d'une vie pleine d'aventures. Bien sûr, il ignorait ce que l'avenir réservait à son fils. À exercer auprès des jeunes greffés, il savait pertinemment qu'il y avait toujours un risque de rejet et que le nouveau cœur de Davey pouvait cesser de fonctionner. Il connaissait aussi les statistiques et le nombre d'années que Davey pouvait espérer vivre, et il n'avait pas l'intention de perdre une minute du temps précieux qui lui était accordé.

Pour ne prendre aucun risque, il lui avait acheté un casque à porter chaque fois qu'il monterait à cheval. Cette obligation n'avait pas été du goût de Davey, qui avait protesté que les vrais cow-boys portaient des stetsons. Croyant bien faire, David lui avait montré la vidéo d'un spectacle de rodéo, où les hommes qui montaient des taureaux survoltés étaient coiffés d'un casque de protection. Seulement, maintenant, Davey parlait de monter aussi « des vaches » !

Ils prirent la route et, quand ils arrivèrent en vue des écuries, David sut qu'il avait fait le bon choix en maintenant le rendez-vous. Peut-être prenait-il trop à cœur la sécurité de son fils. Le fait d'être parmi les chevaux avait certainement donné plus de plaisir à Davey qu'il n'en avait eu depuis longtemps. Voir son regard s'illuminer valait la peine de tomber de cheval une douzaine de fois.

Du moins le pensait-il jusqu'à ce que Sarah fasse sortir du box un cheval beaucoup plus grand que ceux que les jeunes cavaliers avaient chevauchés lors de sa dernière visite.

C'est alors qu'il sentit la petite main de Davey tapoter la sienne pour le rassurer.

— Ne t'en fais pas, papa. M. Jack dit que Sarah est une très bonne monitrice d'équitation. Tu vas y arriver aussi.

Combien de fois avait-il fait ce même geste quand Davey avait été effrayé avant un examen médical ?

Il lui sourit avec tendresse.

Quelle chance il avait d'avoir un petit bonhomme aussi aimant !

— Viens, Davey. Nous allons trouver un bon endroit d'où nous pourrons regarder ton papa, dit Jack en entraînant l'enfant hors de l'écurie.

— Tu fais ce que M. Jack te demande, lui recommanda David. Et n'essaie pas de lui échapper.

— Tout se passera bien, lui dit Sarah.

Puis se tournant vers le cheval, elle ajouta :

— Je te présente Fancy, la reine de l'écurie. Du moins, c'est ce qu'elle pense, dit-elle en caressant la jument à deux mains.

— Je ne sais pas ce qui fait d'elle une reine, mais elle est magnifique, admit David.

Il s'approcha pour flatter le cheval dont la robe unie était d'un beau brun foncé, à part les antérieurs qui étaient d'un blanc immaculé. Quelle était sa race ? Il ne connaissait pas grand-chose aux chevaux, mais il se promit de combler ses lacunes.

Comme sa main remplaçait celle de Sarah sur le dos de Fancy, la jument tourna la tête et lui jeta un regard hautain, sans doute destiné à le remettre à sa place.

— Hum… Je ne suis pas sûr qu'elle m'apprécie, dit-il en retirant ses doigts avec précaution.

— Elle essaie juste de t'intimider, répondit Sarah en laissant échapper un petit rire.

Il jeta un regard à la jeune femme, constatant une fois de plus combien elle était à l'aise dans cet environnement. C'était comme si elle quittait son air pragmatique en même temps que l'impeccable blouse blanche qu'elle portait à l'hôpital. Non qu'elle soit une sorte de vieille fille collet monté au travail. Il avait été frappé par la relation qu'elle établissait avec les enfants hospitalisés, mais ici, au haras, il avait le sentiment qu'elle se détendait physiquement. Elle semblait avoir une relation particulière avec chaque bête.

Qu'est-ce qui l'avait conduite ici ? Avait-elle toujours aimé les chevaux, ou était-ce seulement après son mariage qu'elle avait adopté ce genre de vie ?

— Fancy, voici David, dit-elle d'une voix chaleureuse. Il veut seulement devenir ton ami.

Elle émit des sons de gorge pareils à des roucoulements qui parurent apaiser la jument, et il fut soulagé quand celle-ci cessa de le regarder de travers.

Sarah lui prit la main puis, prenant conscience de son geste, la relâcha très vite.

— Je suis désolée. Je suis tellement habituée à travailler avec des enfants…

— Je t'en prie, fais exactement ce que tu ferais avec eux. J'ai tout à apprendre, et ils en savent beaucoup plus que moi.

— Dans ce cas…, dit-elle en reprenant sa main pour la placer sous la sienne. Chaque cheval veut être caressé d'une manière particulière. L'exercice consiste à observer comment il réagit. Fancy est totalement indifférente aux caresses et aux grattements. Elle préfère une bonne friction continue à partir d'ici…

Elle plaça leurs mains jointes derrière la tête de la jument.

— Jusque-là, termina-t-elle en faisant glisser leurs paumes jusqu'à la selle avant de remonter de nouveau vers l'encolure.

Elle recommença le mouvement. Tous deux se tenaient

très près l'un de l'autre et, pendant une minute, ils restèrent silencieux, occupés à rassurer Fancy, le seul bruit audible étant celui de leur respiration.

Quand Sarah écarta sa main de la sienne, il se surprit à reprendre sa respiration. De même, l'accès de chaleur qui le parcourut l'étonna.

Qu'est-ce qui venait de se passer ? Depuis combien de temps son corps n'avait-il pas réagi au contact d'une main de femme ? Était-il le seul à avoir noté cette étincelle entre eux ?

Cette réaction était ridicule. Il avait demandé à Sarah de lui donner les mêmes cours que ceux qu'elle dispensait aux enfants, mais ça ne voulait pas dire qu'il devait se comporter comme un adolescent qui en pince pour sa jolie monitrice. Il avait appris à ses dépens qu'il ne fallait pas laisser l'attirance prendre le pas sur la raison. Toute sa relation avec Lisa avait reposé sur l'attirance physique, et ça s'était terminé par un désastre. Sans compter qu'il était père de famille maintenant.

— Je pense que tu t'entendras bien avec elle, dit Sarah en s'écartant.

Il se secoua mentalement.

Il n'avait pas le temps de s'interroger davantage, car elle lui tendait la bride, lui demandant de mener la jument jusqu'à un petit enclos. Tout en l'accompagnant, elle lui expliqua les différentes parties d'une selle et leur utilité.

Une fois de plus, il regretta de ne pas s'être rendu plus tôt à la librairie pour faire provision de livres sur l'équitation. Il se sentait terriblement ignorant.

— Maintenant que Fancy est un peu plus à l'aise avec toi, je pense que tu peux la monter en toute sécurité, dit-elle en reprenant la bride.

Il déglutit péniblement. La crainte qui l'avait étreint le matin l'assaillait de nouveau. Il se voyait déjà allongé dans la boue, Sarah penchée au-dessus de lui et riant aux éclats.

— En toute sécurité ?

— Oui, parfaitement, dit-elle avec un sourire malicieux. Jusque-là, je n'ai eu aucune mort à déplorer parmi mes élèves.

Il plaça son pied dans l'étrier ainsi qu'elle le lui montrait.

Puis, se répétant qu'elle savait ce qu'elle faisait, il se hissa et passa son autre jambe par-dessus la croupe de la jument.

— Détends-toi, David. Fancy est capable de sentir l'anxiété à des kilomètres. Relâche un peu ta posture et prends les rênes, dit-elle en lui tendant les lanières de cuir.

Elle lui expliqua comment s'en servir et détailla les autres parties du harnais.

À mesure qu'elle parlait, il commença à se détendre. La jument aussi, semblait-il, de sorte qu'à la fin de la séance il avait réussi à lui faire faire un tour de l'enclos sans qu'elle renâcle trop.

— Beau travail ! dit Sarah, tandis qu'ils menaient Fancy dans un pacage pour la laisser galoper à son aise.

— C'est à moi ou au cheval que tu parles ? demanda-t-il en souriant.

Il se sentait plus en confiance à présent, et sa première réaction lui paraissait ridicule. Il avait appris à communiquer avec la jument, et grâce à une jolie monitrice d'équitation, ce qui ne gâchait rien. Ce qu'il avait ressenti au contact de sa main…

Non, ça ne voulait rien dire. C'était juste de l'approbation masculine envers une jeune femme charmante. Rien d'autre.

Se tournant vers l'endroit où il avait vu Davey juché sur un banc à l'extérieur du paddock, il se raidit instantanément.

— Où est Davey ?

— Il est avec Jack. Je les ai vus prendre le chemin de la maison. Je suis sûre qu'ils vont revenir dans une minute.

Il regarda la route au bout de laquelle la maison des Henderson devait se trouver. Comment Sarah avait-elle vu Davey partir et pas lui ?

— La leçon n'est pas terminée, cow-boy. Pas avant de ranger la sellerie, dit Sarah en essayant de ramener l'attention de David vers le cheval.

Son beau-père ne ferait jamais courir de risques au petit Davey, elle le savait. Elle espérait que David en était convaincu aussi. Le temps que Davey passait loin de son père était bon pour l'enfant, et la compagnie de Davey était bénéfique à Jack aussi. Non qu'elle en veuille à David d'être aussi prudent. Jamais elle ne se permettrait de juger son rôle de parent. Il avait traversé beaucoup d'épreuves avec Davey, et, à voir ce petit bonhomme aussi épanoui, il était clair qu'il remplissait merveilleusement sa tâche.

Enlevant la selle de Fancy, elle referma la barrière du pacage et reporta son attention sur l'homme auprès d'elle.

Il avait la même expression d'émerveillement que ses élèves après leur première leçon. La beauté des chevaux et la fascination qu'ils inspirent étaient propres à enchanter toutes les générations. Et David n'était pas le seul à être ravi, admit-elle. Quand ils s'étaient trouvés seuls dans l'écurie, si proches l'un de l'autre, leurs mains unies, elle s'était sentie comme envoûtée elle aussi, au point qu'elle avait dû se raisonner.

Elle était là pour enseigner l'équitation, pas pour flirter ! Qu'est-ce qu'il lui avait pris ? Ce n'était pas une réaction qu'elle s'autorisait en présence d'un homme. Elle était veuve et avait suffisamment de maturité. Ça ne lui ressemblait pas de réagir ainsi vis-à-vis d'un collègue. Pendant la leçon, elle avait veillé à garder ses distances, mais elle était encore troublée en voyant David regarder Fancy qui trottait vers l'autre extrémité de l'enclos.

— Laisse-moi prendre ça, dit-il en désignant la selle qu'elle tenait.

Elle accepta et fit en sorte que leurs mains ne se frôlent pas. Puis elle se mit à rire du ridicule de la situation.

— Qu'y a-t-il ? demanda-t-il en hissant la selle sur son épaule.

— Rien.

Elle n'allait pas lui expliquer qu'elle se comportait comme une gamine. Beaucoup de femmes devaient se jeter à son cou, et elle n'allait pas lui donner l'impression qu'elle était du même lot. Elle n'était plus habituée à sentir la main d'un homme sur la sienne, et voilà tout.

La vue de Jack et de Davey qui venaient vers eux, suivis du chien de Kolton, balaya ses pensées.

Le trouble que David lui causait n'avait aucune importance. C'était sa réaction vis-à-vis de son fils qu'elle devait analyser. Une partie d'elle-même avait envie de soulever le petit garçon dans ses bras et de le tenir contre elle, mais une autre, plus raisonnable, l'avertissait que trop se rapprocher de lui la ferait souffrir quand le père et le fils quitteraient Houston à la fin du stage de David. Et au fond de son esprit, il y avait toujours la même question lancinante, qu'elle n'osait poser.

Était—ce le cœur de son enfant qui battait dans le corps de Davey ?

Ne sachant comment aborder le sujet avec David, elle décida qu'il valait mieux traiter cet enfant comme l'adorable bambin qu'il était au lieu de se torturer avec des questions impossibles.

— On dirait que vous vous êtes bien amusés, vous deux, lança-t-elle.

— Oh oui ! Papa, voici Pepper. Il connaît plein de trucs ! dit Davey. M. Jack m'a dit que c'est le chien de son fils qui n'est plus là, parce qu'il est mort et qu'il est allé au ciel.

— Je suis vraiment navré d'apprendre cette nouvelle, répondit David.

Elle capta le regard embarrassé qu'il jetait vers Jack tout en se frottant la nuque.

Sans doute craignait-il que les paroles de Davey ne soient blessantes.

Elle se pencha et caressa Pepper.

Kolton avait eu ce labrador noir quand il était encore étudiant. Même s'il était plutôt gris à présent, le vieux chien aimait toujours courir et rapporter une balle.

— Je suis sûre que Kolton serait ravi de savoir qu'un petit garçon comme toi est venu jouer avec Pepper, dit-elle à Davey.

— C'est ce que M. Jack a dit, répondit le petit garçon en grattant le chien derrière les oreilles.

— Davey, veux-tu nous aider à ranger l'équipement de Fancy ? dit-elle.

Pendant que Jack montrait à David où poser la selle, elle écouta l'enfant raconter tout ce qu'il avait fait avec « M. Jack ». Il était évident qu'il avait adoré cette nouvelle visite au haras.

Elle se rappela alors les rêves que Kolton et elle avaient faits en regardant leur fils jouer avec son grand-père. Ils voulaient avoir d'autres d'enfants et leur faire partager leur amour des chevaux. Des rêves qui avaient été anéantis en une seconde quand un automobiliste avait brûlé un feu rouge. Il n'y aurait pas d'enfants courant dans la maison ou dans le haras. Elle ne serait plus jamais mère. Même si elle rencontrait un homme avec qui elle acceptait d'avoir une relation sentimentale, ce ne serait pas l'amour qu'elle avait connu avec Kolton. Quant à Jack, que ferait-il du haras quand il serait trop vieux pour s'en occuper ?

— Et M. Jack m'a montré tous les trophées que son fils avait gagnés dans les rodéos, dit Davey. Et aussi Sarah.

Elle écarquilla les yeux.

Il y avait des années qu'elle n'avait plus repensé à ces vieilles récompenses.

— Comment ? demanda David en se tournant vers elle. Tu as gagné des trophées ?

— C'était une championne d'équitation western, dit Jack en adressant à Sarah un sourire plein de fierté. Dans les courses de barils, il fallait la voir manœuvrer le cheval. Elle en faisait ce qu'elle voulait. Jamais vu ça !

— Waouh ! J'ignorais que tu avais tant de talents cachés, dit David.

— Oh ! c'était il y a des années, répondit-elle en s'empourprant. Je n'ai plus fait de compétitions depuis la fin de mes études.

Ce temps-là était bien révolu. Néanmoins, depuis la mort de Kolton et de Cody, ce qui l'apaisait le mieux c'était encore d'être à cheval, loin des gens, pour pouvoir pleurer à son aise.

Après le départ de David et de Davey, elle ressentit le besoin de faire une longue chevauchée. En présence du petit garçon, la tension entre la joie et la souffrance de le voir s'amuser parmi les chevaux l'avait accablée. Elle avait les nerfs à vif, et l'émotion lui étreignait le cœur. Pourtant, le rire de Davey était comme un baume sur son âme meurtrie.

Enfourchant Sugar, elle contourna l'écurie et laissa le cheval aller à sa guise. Ce fut seulement quand elle fut au sommet de la colline qu'elle comprit la destination qu'elle avait prise.

Dans le champ en pente douce devant elle se trouvait une grande maison blanche avec des volets clos. La maison où Kolton et elle avaient prévu d'élever Cody et plus tard ses frères et sœurs… Maintenant, la grande bâtisse était vide, solitaire.

Mettant pied à terre, elle s'assit dans l'herbe.

L'endroit lui évoquait de bons souvenirs aussi : les premiers mots de Cody, ses premiers pas, la première nuit d'amour avec Kolton dans le lit gigantesque qu'il avait tenu à acheter. Avait-elle laissé la douleur estomper tous ces merveilleux moments ?

Le champ était plein de vie avec le retour du printemps. Les fleurs que Kolton et elle avaient plantées devaient commencer à éclore. Bientôt, la sauge écarlate, les magnifiques épis bleus des agastaches s'épanouiraient contre la façade blanche. Ils avaient passé des mois à aménager cette demeure où ils avaient décidé de vivre toute leur vie.

Son existence d'à présent était pleine de regrets, et elle avait conscience que, si elle ne partageait pas ses interrogations avec David, d'autres viendraient la tourmenter.

Elle devait absolument trouver un moyen de lui parler tant que c'était possible !

Sarah s'arrêta à l'extérieur de la chambre de Breanna en entendant quelqu'un pleurer.

On versait beaucoup de larmes dans le service de cardiologie infantile. Larmes de désespoir, mais larmes de joie aussi parfois. Elle hésita, partagée entre le désir de laisser un peu d'intimité à la famille et celui de voir si elle pouvait être utile en quoi que ce soit.

Finalement, elle frappa à la porte et entra.

Maggie, la jeune mère qu'elle avait rencontrée la semaine précédente seulement, était assise dans un fauteuil, tandis que son bébé dormait, le corps relié à une multitude de câbles et de machines.

Maggie leva vers elle un visage ruisselant de larmes.

Sarah en eut le cœur serré. Elle aussi avait été une jeune mère seule et ravagée par le chagrin, attendant désespérément que son enfant ouvre les yeux.

— Bonjour, Maggie. Je viens juste voir comment vous allez. Y a-t-il quelque chose que je puisse faire pour vous ? Je sais que toute cette situation est effrayante, mais j'ai parlé avec le cardiologue et le chirurgien. Ils trouvent que Breanna récupère très bien.

Maggie regarda sa fille.

— Oui, elle va mieux. Elle a le teint rose, comme un bébé normal. Mais elle n'est pas comme les autres, n'est-ce pas ? Elle est reliée à tous ces tubes, et je ne peux même pas la tenir dans mes bras, sauf quand les infirmières sont là pour m'aider. Je ne pense pas qu'elle sache que je suis sa maman…

Sa voix se brisa, et elle se remit à sangloter.

— Je suis désolée… Je devrais être heureuse qu'elle aille mieux, mais je… Je ne peux pas m'en empêcher. Sa naissance… On ne l'avait pas prévue comme ça. John a travaillé dur pour préparer la chambre d'enfant et… Et nous ne sommes pas rentrés à la maison depuis que j'ai eu des contractions. Et maintenant, John n'est pas là parce qu'il a dû retourner au travail.

Sarah n'avait pas la réponse à toutes les inquiétudes de Maggie, mais elle pouvait au moins lui offrir une présence secourable. Elle vint s'asseoir près de la jeune mère et passa les bras autour de ses épaules tremblantes.

— Ce sont des moments difficiles à traverser pour vous, surtout quand John est absent, dit-elle avec douceur. Mais nous sommes là pour vous soutenir.

— Merci, dit Maggie en prenant un nouveau Kleenex. Tout le monde est formidable. C'est juste que… Je n'avais jamais imaginé que ça se passerait comme ça, vous comprenez ? On entend toujours des choses pénibles, bien sûr, mais on ne pense pas que ça puisse nous arriver.

Sarah hocha la tête, compréhensive.

— Si nous approchions le fauteuil du berceau ? proposa-t-elle. Je vais vous aider à tenir Breanna.

Elle quitta la chambre après avoir donné son numéro de téléphone à Maggie, ainsi que celui d'une autre jeune maman dont l'enfant était né avec le même problème congénital que Breanna et qui souhaitait partager son expérience avec d'autres familles.

Maggie avait promis d'appeler si elle avait besoin de parler, mais Sarah décida de repasser la voir avant la fin de son service. C'était difficile pour certaines mères de se tourner vers les autres. Ça aussi, elle le savait d'expérience.

Comme elle prévenait l'infirmière de Breanna de sa visite, elle vit David qui parlait avec un autre membre du personnel. Il lui fit signe et se dirigea vers elle.

— Je t'ai vue sortir de la chambre de la petite Breanna, dit-il. Tout va bien ?

— Oui, son état s'améliore. Mais sa mère est effondrée. Elle est seule depuis que son mari est retourné travailler. Si on ajoute à cela les craintes légitimes de toute jeune mère, cela fait beaucoup pour elle. Elle a peur de perdre ce moment de connexion que la plupart des mamans ont avec leur nouveau-né. Je pense que nous devons faire des efforts pour l'impliquer dans les soins de Breanna.

Le haut-parleur du hall se mit soudain à crachoter.

— Code bleu en chambre 10. Code bleu en chambre 10.

La chambre de Lindsey !

— Oh ! mon Dieu, gémit-elle en se mettant à courir.

Elle se faufila parmi les soignants déjà assemblés devant la chambre. Tandis que l'infirmière chargée de la surveillance de la petite malade donnait des ordres, elle courut vers Mel qui effectuait des compressions sur le corps inerte de Lindsey.

— Que s'est-il passé ? demanda David en se précipitant à la tête du lit en même temps qu'un réanimateur.

— Sa saturation en oxygène est brusquement tombée à 60, répondit Mel en laissant une collègue prendre le relais pour le massage cardiaque. Le temps que j'arrive, elle était en arrêt cardio-respiratoire.

— A-t-elle reçu des médicaments ? demanda-t-il tout en réalisant une intubation trachéale avec une habileté que Sarah aurait davantage attendue d'un médecin plus expérimenté.

— Je lui fais tout de suite une injection d'adrénaline, répondit Mel, tandis que le réanimateur branchait le ballonnet qui forcerait l'air à pénétrer dans les poumons de l'enfant.

Tout en regardant la poitrine de Lindsey se soulever, Sarah jeta un coup d'œil au moniteur.

La saturation en oxygène remontait.

— Voyons si nous avons un pouls, dit David en posant un doigt sur le cou de la fillette.

De son côté, Sarah palpa la cuisse à l'endroit de l'artère fémorale et retint son souffle.

Dans la chambre, tout le monde s'était tu, le regard braqué sur le moniteur.

Mon Dieu, faites qu'on ramène cette petite à la vie…

Soudain, il y eut une faible pulsation sous ses doigts.

— J'ai un pouls ! lança David au même instant.

Ce fut comme si la chambre elle-même poussait un profond soupir. Toute l'équipe se mit à parler en même temps.

— Elle ne s'oxygène pas assez, avertit David en regardant l'écran.

— Son cœur n'est pas assez solide pour supporter l'effort, dit Sarah. Dire qu'elle allait tellement bien avant cette infection respiratoire…

Elle sortit son téléphone et chercha le numéro de la mère de Lindsey dans ses contacts.

— Le Dr Benton est en salle d'op, dit David. Je vais

appeler le bloc et parler avec lui. À mon avis, elle est éligible pour une assistance respiratoire temporaire par ECMO.

Sarah contempla le visage de Lindsey.

Disparue la petite fille rieuse qui lui avait montré sa jolie licorne. Reliée à davantage de perfusions et de machines qui assuraient sa sédation, elle était immobile comme une statue, et son calme était effrayant. Lindsey avait toujours été une battante, mais à présent c'était à tout le personnel de se battre pour elle.

— Va parler au Dr Benton, j'appelle sa mère, dit Sarah à David.

— Elle aurait dû être là, répondit-il froidement. Est-ce qu'elle se rend vraiment compte à quel point son enfant est malade ? Nous avons besoin de son consentement pour emmener Lindsey au bloc.

— Elle est probablement au travail. J'ai son numéro. J'irai la chercher moi-même s'il le faut.

— Si elle ne peut pas faire mieux que ça, comment se débrouillera-t-elle quand sa fille aura reçu une greffe ? répliqua David avec colère.

Sur quoi, il sortit de la chambre.

Sarah n'en revenait pas. Pourquoi David, habituellement si calme avec les parents des malades, se montrait-il si intransigeant envers la mère célibataire ? Il devait pourtant comprendre que Hannah, comme le père de Breanna, était obligée d'aller travailler pour subvenir aux besoins de sa fille ? Mais il fallait admettre que les visites de Hannah s'espaçaient. Quelque chose clochait…

Elle se promit de le découvrir au plus vite. Si la mère avait besoin d'aide, elle tenait à le savoir. Personne ne devrait se retrouver seul dans une telle situation. Seul David avait fait cette expérience une fois.

4.

Sarah resta dans la salle d'attente avec Hannah, pendant que le Dr Benton et David emmenaient Lindsey en salle d'opération.

Les médecins avaient expliqué à Hannah que Lindsey avait cessé de respirer et que, par conséquent, son cœur s'était arrêté de battre. Même s'ils avaient réussi à le faire repartir, ils ne pouvaient pas promettre que ça ne se reproduirait pas, et le recours à l'ECMO, le système d'oxygénation extracorporelle, était le meilleur espoir qu'ils avaient de l'assister.

À présent, elles attendaient ensemble, la jeune mère au bord du désespoir et elle, Sarah, qui s'était encore attachée à un enfant qu'elle risquait de perdre.

Encore une fois…

Elle s'intéressait de près à tous les jeunes patients dont elle avait la charge, mais elle avait une relation spéciale avec Lindsey. La fillette aimait passionnément la vie et s'était toujours battue pour surmonter les épreuves que la maladie lui infligeait. Sarah avait partagé avec elle son amour des chevaux, et elle n'avait pas été surprise quand la petite fille s'était prise d'amitié avec chacun d'eux. Comme cet autre enfant, ce petit garçon aux cheveux bruns qui se plaisait de plus en plus au haras et qui commençait à occuper une place particulière dans son cœur…

Depuis des années, elle se protégeait contre la douleur de perdre un petit patient qu'elle s'était mise à aimer. Et voilà qu'elle était assise là, sachant qu'elle était peut-être sur le point de connaître à nouveau cette souffrance dévastatrice.

Pourtant, aucun de ces petits n'était le sien. Elle devait se répéter ça et prendre du recul. En cet instant, sa mission était d'aider de son mieux la mère de Lindsey. C'était tout ce qu'on attendait d'elle.

— Hannah, y a-t-il quelqu'un que vous aimeriez que je prévienne ? demanda-t-elle, même si elle savait que Lindsey n'avait jamais reçu d'autres visites que celle de sa mère.

— Non, merci, répondit faiblement Hannah en ramenant ses manches sur ses poignets.

— Vous avez froid ? Je peux vous donner une couverture. Ces salles d'attente sont horriblement froides.

La jeune femme ne répondit pas, et Sarah nota que ses yeux angoissés regardaient fixement l'entrée de la salle.

Elle prit la main glacée de Hannah et la serra dans la sienne.

— Sachez que vous n'êtes pas seule.

Longtemps, elles restèrent ainsi, leurs mains jointes, à attendre des nouvelles.

Enfin, David et le Dr Benton apparurent. Le médecin chef avait les traits tirés.

— Tout va bien, Lindsey a tenu bon, dit-il en venant prendre place auprès de Hannah.

Surmontant son émotion, Sarah se leva et s'approcha de David.

— Je sais que dans l'immédiat c'était la meilleure chance de sauver Lindsey, dit-elle à voix basse. Mais penses-tu que son cœur tiendra suffisamment après, quand elle ne sera plus sous ECMO ?

David se frotta la nuque.

Elle savait qu'il ébauchait souvent ce geste quand il était anxieux, ce qui ne contribua pas à la rassurer sur les chances que Lindsey avait de s'en sortir.

— Pour être franc, je n'en sais rien. Nous en avons discuté, et nous étions d'accord sur le fait que c'était la seule option pour l'instant. Si ses poumons fonctionnent correctement, elle aura beaucoup plus de chances. Le Dr Benton souhaite avancer son rang sur la liste d'attente de la greffe dès qu'elle commencera à aller mieux. En attendant, elle reste au repos, et nous lui administrons tous les traitements possibles pour venir à bout de l'infection.

De nouveau, il se frotta la nuque.

— J'aimerais qu'il y ait une autre solution, crois-moi. Mais pour l'instant, tout ce que nous pouvons faire, c'est attendre.

Sarah laissa échapper un soupir.

Lindsey avait attendu toute sa vie une chance d'avoir une existence normale, au lieu de subir des interventions médicales l'une après l'autre, de faire constamment des séjours à l'hôpital, sans jamais avoir l'occasion de vivre comme toute petite fille joyeuse. Elle méritait tellement cette chance, pourtant ! Mais la vie ne réserve pas que de bonnes choses. Elle était bien placée pour le savoir, mais elle s'efforçait de croire que Lindsey aurait un jour une vraie vie d'enfant. La petite fille devait encore s'accrocher jusqu'à ce qu'on lui trouve un nouveau cœur. D'ici là, David avait raison, on ne pouvait qu'attendre.

Une fois de plus, David emmêla les rênes en essayant de mettre la bride en place. Sarah se retint de rire en voyant Fancy lui jeter le regard de mépris dont elle avait le secret.

Pauvre David ! Il était arrivé au haras avec une confiance toute neuve, jusqu'à ce qu'elle lui demande de harnacher lui-même le cheval. Stressé, il en devenait maladroit.

Il avait autorisé Jack à emmener Davey jusqu'à la maison pour voir l'un des poneys, en insistant pour qu'ils ne s'attardent pas trop.

Jack avait acquiescé, comprenant que David n'était pas hostile ou méfiant à son égard, mais qu'il avait besoin de surveiller son fils un peu plus qu'un autre parent.

En lâchant les rênes emmêlées, David laissa échapper un soupir de frustration.

— Ça paraissait si facile en lisant le livre, grommela-t-il. Je ne comprends pas. Où ai-je commis une erreur ?

Elle sauta de la barrière où elle était juchée et, prenant

la bride, lui montra une nouvelle fois comment faire. Puis, ayant placé le mors de Fancy, elle tendit les rênes à David et se mit en selle sur Sugar.

— Allez, allons nous amuser un peu.

Elle émit un claquement de langue et dirigea son cheval vers la grande pâture dont elle avait ouvert le portail. Au bout d'une minute, Fancy décida d'obéir à son cavalier et de suivre Sarah.

— Souviens-toi, les pieds tournés vers l'intérieur comme si tu serrais Fancy entre tes jambes, dit-elle en revenant à sa hauteur.

Se penchant, elle plaça ses mains en bas du dos et sur le ventre de David pour corriger sa posture. Elle sentit ses muscles se raidir. Puis elle remonta ses paumes.

— Les épaules en arrière, le dos droit. Voilà, c'est parfait.

Très vite, elle ôta ses mains et s'éclaircit la voix.

Pourquoi était-elle mal à l'aise ? Elle lui enseignait seulement la bonne manière de se tenir en selle. Elle n'avait aucune raison d'être intimidée. De peur que David ne remarque ses joues empourprées, elle lança Sugar au trot, puis attendit qu'il la rejoigne.

Pendant une minute, ni l'un ni l'autre ne parlèrent. Comme ils atteignaient la limite de la pâture, David se détourna et contempla la longue coulée verte qu'ils venaient de parcourir avec les écuries blanches au fond.

— C'est magnifique ! Tu dois aimer vivre ici.

À une certaine époque, il aurait été simple de répondre à sa question…

Elle avait grandi pas très loin d'ici, au sud de Houston, dans une petite exploitation où son père et son frère élevaient du bétail. Alors, quand Kolton et elle une fois mariés étaient venus s'installer au ranch pour vivre avec Jack, elle s'était sentie comme chez elle. Ils avaient été très occupés au début, car Kolton venait de décrocher son premier poste d'architecte et elle son emploi d'infirmière. Ils rentraient fatigués de leur journée mais heureux de leur nouvelle vie ensemble.

Ils venaient de fêter leur premier anniversaire de mariage

quand Jack leur avait offert le terrain pour construire leur maison, déclarant que la sienne devenait trop petite pour trois. Mais tous deux avaient compris qu'il les encourageait par là à fonder une famille.

Après la disparition de Kolton et de Cody, elle n'avait pas pu continuer à habiter dans la grande maison blanche qui avait abrité leur bonheur. Elle avait prévu de retourner en ville, mais Jack l'avait invitée à emménager chez lui. Elle n'avait pas osé dire non à celui qu'elle aimait comme un deuxième père et qui était aussi dévasté qu'elle.

— Oui, c'est beau, répondit-elle.

— Je suis désolé, Sarah. J'ai parlé sans réfléchir, déclara David en caressant la crinière de Fancy. Tu habitais ici avec ton mari et ton fils, n'est-ce pas ?

Elle hocha la tête et tourna les yeux vers les bois qui cachaient la maison où ils avaient vécu heureux tous les trois.

— Oui. Nous avions ancré notre vie ici. Kolton adorait les chevaux comme moi, et nous ne pouvions rêver d'un meilleur endroit pour élever des enfants. Mais tout ça appartient au passé.

Sarah était descendue de cheval. David l'imita, veillant à ne pas emmêler les rênes pour garder le contrôle de sa monture. Il devinait qu'elle avait besoin de parler de son deuil. Elle retenait en elle tant de souffrance ! Cela la minait, c'était évident.

— Je ne parle jamais du passé moi non plus, dit-il comme ils rebroussaient chemin. C'est comme si, en gardant ça au fond de moi, je n'avais pas à m'en occuper. Mais je sais que ce n'est pas sain. Parfois, j'aimerais vraiment me confier. Sur mon ex-femme, le divorce… Mais je ne veux pas comparer mon expérience avec ce que tu as supporté.

— Tu peux m'en parler. Si tu en as envie, bien sûr.

Si quelqu'un était capable de comprendre le stress que la naissance d'un bébé malade faisait peser sur un mariage, c'était bien Sarah. Elle avait quotidiennement affaire aux jeunes patients du service, mais aussi à leurs parents…

Il découvrait avec surprise qu'il était disposé à lui raconter des choses personnelles.

— Quand Davey est né et qu'on nous a informés de sa malformation cardiaque, nous ne savions pas ce qui nous attendait. Quand il a atteint l'âge de deux ans, il avait déjà subi quatre opérations. Après la dernière, il a été inscrit sur la liste des candidats à une transplantation.

— Beaucoup de couples rencontrent des problèmes quand ils ont un enfant malade à élever, dit Sarah. Ta femme travaillait dans le médical ?

Il prit une profonde inspiration.

La seule chose que Lisa savait faire, c'était manipuler les hommes. Mais il l'avait compris trop tard. Cette femme l'avait trompé bien avant la naissance de Davey. Il aurait pu lui pardonner ses incartades, mais pas d'avoir abandonné leur fils quand celui-ci avait eu le plus besoin d'elle. Dès le début, il avait su qu'elle n'était pas prête à accepter les contraintes que la maladie de Davey leur imposait. Mais il avait tout de même espéré qu'elle changerait, pour le bien de leur fils.

— Non, répondit-il. Pour Lisa, tous ses problèmes venaient du fait que Davey était malade. Elle rejetait même la faute sur l'hôpital, disant que c'était à cause des nombreux séjours qu'il faisait là-bas qu'elle n'arrivait pas à établir un lien avec son enfant.

David se souvenait de la colère qui l'avait submergé à cette remarque.

— Elle a finalement décidé qu'elle n'avait ni le temps ni la place dans sa vie pour un enfant malade, reprit-il. Elle est partie. Davey parle rarement d'elle. Pourquoi le ferait-il ? La dernière fois qu'il l'a vue, c'était à l'occasion de son deuxième anniversaire. Elle est arrivée, s'attendant à une fête, mais Davey était de retour à l'hôpital.

Et au lieu de rester près de lui jusqu'à ce qu'il soit autorisé à rentrer à la maison, elle avait juste posé un cadeau sur le lit avant de s'éclipser.

— Ne crains-tu pas qu'elle réapparaisse un jour et décide de faire partie de la vie de Davey ? demanda Sarah.

Il fut surpris en sentant qu'elle lui prenait la main pour la serrer dans la sienne. Au moment où elle allait se dégager, il la retint.

Il avait entamé cette conversation pour encourager Sarah à lui parler, pour l'aider à affronter le chagrin, mais les rôles s'étaient inversés, et c'était elle à présent qui le réconfortait. Garder sa main tiède dans la sienne apaisait la douleur et la colère qu'il ressentait chaque fois qu'il était amené à parler de son ex.

— J'appréhende qu'elle revienne, et en même temps je crains qu'elle ne réapparaisse jamais. Car, tôt ou tard, Davey voudra savoir où est sa mère.

Comme ils approchaient de l'enclos, il fut surpris de voir Davey à califourchon sur un poney mené par Jack.

Il relâcha aussitôt la main de Sarah.

Il ne manquait plus que Jack ou Davey se fassent des idées sur leur relation !

— Papa, Sarah, regardez-moi ! lança Davey. Moi aussi, je sais monter à cheval !

— Je vois ça, répondit Sarah quand ils les eurent rejoints.

— Le petit gars est doué, et Humphrey avait besoin d'exercice, déclara Jack, comme s'il s'excusait.

David allait assurer qu'il ne voyait pas d'inconvénient à ce que son fils monte le poney, quand il comprit que le vieil homme ne s'adressait pas à lui. C'était à Sarah qu'il parlait.

Bizarre… Jack pensait-il que Sarah n'avait pas confiance en lui pour s'occuper de Davey ? Ça n'avait aucun sens.

— Tout va bien, Jack. Humphrey est parfait pour Davey, répondit-elle avant de s'éloigner vers l'écurie.

Il saisit alors la situation : Humphrey avait dû être le poney de son fils. Il convenait à Davey parce que l'enfant était plus petit que les garçons de son âge.

Le fils de Sarah avait-il été plus jeune ?

Il se posait une foule de questions. En même temps, il se disait que la vie de Sarah ne le regardait pas.

Il rejoignit la jeune femme et, tout de suite, lui posa la question qui lui brûlait les lèvres :

— C'était le poney de ton fils, n'est-ce pas ? Je comprendrais que tu ne veuilles pas que Davey le monte.

Même s'il n'était pas sûr maintenant de réussir à dissuader Davey de se tenir à l'écart de Humphrey…

Un sourire étira les lèvres de Sarah, mais il nota qu'il ne se reflétait pas dans ses yeux sombres.

— Tout va bien, répéta-t-elle. Vraiment. Remettons le matériel en place, et je te montrerai ensuite comment bien brosser un cheval.

Ils travaillèrent en silence jusqu'à ce que Jack et Davey reviennent, leur promenade finie.

— C'était super ! s'exclama le petit garçon qui ramenait le poney tandis que le vieil homme marchait près de lui. Et M. Jack a dit que je pouvais le ramener tout seul et le coiffer !

— Je pense qu'il voulait dire « le brosser ». Exactement ce que ton père et moi faisons en ce moment, dit Sarah tandis qu'ils riaient tous trois du mot de Davey.

David fut soulagé de voir que cette fois elle riait vraiment.

— Après, on va manger des haricots comme les vrais cow-boys, ajouta le petit garçon en souriant à Jack.

— J'ai dit que nous devrions d'abord en parler à ton père, Davey, dit le vieil homme en ébouriffant la petite tête brune d'un geste affectueux.

— Hum…

David regarda Sarah, ne sachant comment elle accueillerait l'idée d'avoir deux invités de dernière minute.

— C'est parfait ! répondit-elle.

Puis, prenant Davey par la main, elle s'engagea sur le chemin qui menait à la maison des Henderson.

Cette nuit-là, Sarah fut incapable de trouver le sommeil. Elle se reprochait encore et encore de ne pas avoir saisi l'occasion de parler à David de son questionnement concernant la greffe de Davey. Elle aurait pu se confier à lui quand ils avaient fait cette sortie à cheval. Mais il avait amené le sujet de son ex et, elle devait l'avouer, elle avait été curieuse de savoir ce qu'il était arrivé dans son couple. Une fois de plus, David lui avait révélé ses problèmes personnels alors qu'elle ne disait rien des siens. Cela renforçait sa culpabilité.

Quand Jack les avait invités à dîner chez eux, elle s'était sentie encore plus attirée par l'adorable petit garçon. Et la question s'était mise à tourner sans fin dans son esprit.

Est-ce qu'un peu de son cher Cody vivait en lui ?

Elle avait eu envie de serrer Davey contre elle et de poser la tête contre sa poitrine, rien que pour entendre son cœur battre.

Oh ! là… Elle aurait dû tout avouer à David dès qu'elle avait deviné qui il était. Mais elle n'avait pas été prête à affronter elle-même cette possibilité. Et plus le temps passait, plus elle craignait qu'il ne soit furieux contre elle.

Elle finit par s'endormir après avoir pris la décision de lui dire ce qu'elle savait dès que possible et de le laisser décider de connaître ou non la vérité. Seulement, quand elle s'éveilla, les doutes l'assaillirent de nouveau.

Et si David ne souhaitait pas connaître la famille du donneur de son fils ? La banque d'organes ne délivrait ces informations que si les deux parties étaient d'accord. Et s'il décidait de ne plus amener Davey au ranch ? Elle n'avait pas vu Jack s'amuser autant depuis la mort de son fils et de son petit-fils. Or il ne connaissait même pas les circonstances de la greffe de Davey.

Elle arriva de bonne heure à l'hôpital dans l'intention de passer un peu de temps avec Lindsey avant de commencer sa tournée des chambres. Elle avait reçu un message l'avertissant qu'on avait baissé la sédation de la petite fille et qu'elle réagissait.

En entrant dans la chambre, elle fut impressionnée par la quantité de machines qui maintenaient en vie une si petite fille. Elles émettaient une cacophonie de signaux sonores et d'alarmes. Parmi tous les appareils, elle vit Hannah, assise sur une chaise, qui dormait, la tête appuyée sur le drap tout contre sa fille.

Prenant soin de ne pas la réveiller, Sarah parla à voix basse à José, l'infirmier chargé de la surveillance des machines.

— Comment va-t-elle ?

— Son état est stationnaire. Mais elle est devenue si nerveuse en voyant sa mère que nous avons dû augmenter la sédation.

Sarah hocha la tête, soucieuse. Avant de commencer sa visite des malades, elle gagna la salle de repos, espérant que quelqu'un aurait pensé à faire du café.

Ce matin, après la nuit blanche qu'elle avait passée, ses yeux accusaient des signes de fatigue. Elle avait besoin d'une bonne dose de caféine. Travaillant en étroite collaboration avec les médecins qui attendaient qu'elle les tienne informés du moindre problème concernant leurs malades, elle devait garder ses sens en éveil et rester vigilante.

Elle avait terminé sa deuxième tasse de café et parcouru les derniers comptes rendus d'analyses de sa patiente quand David et le Dr Benton entrèrent.

— Nous venons de voir Lindsey, annonça David en se versant du café.

— Je viens de regarder les radios qu'on lui a faites ce matin, répondit-elle en les faisant apparaître à l'écran. Il me semble qu'il y a du mieux.

David se pencha au-dessus d'elle, et tous deux examinèrent les clichés. Oui, l'état des poumons s'améliorait légèrement. Comme il tendait un doigt vers une zone blanchâtre sur le poumon droit, elle sentit sa chaleur virile l'envelopper. Brusquement, le désir de se blottir dans ses bras la saisit. Tout son corps aspirait à être cajolé. Cette pulsion était si intense qu'elle eut du mal à respirer.

Surprise par la violence de ses sensations, elle s'écarta vivement.

Que lui arrivait-il ? Ce n'était pas comme si son collègue lui avait fait des avances. Non, c'était la culpabilité qui la mettait mal à l'aise en sa présence, parce qu'elle lui cachait une information importante. Oui, c'était cela. Elle devait impérativement avoir cette conversation avec lui. Après, ces sentiments dérangeants disparaîtraient.

— David ? dit-elle en donnant un rapide regard en direction du Dr Benton qui travaillait sur un autre ordinateur, si tu as une minute… J'aimerais te parler.

— J'ai quelques minutes avant de retourner en chirurgie. Qu'y a-t-il ? Ça concerne Lindsey ?

— Non, rien à voir avec le travail. C'est… autre chose.

De nouveau, elle regarda le Dr Benton, espérant que David comprendrait qu'elle ne voulait pas parler devant celui-ci.

Il suivit son regard et parut comprendre la situation.

— Si c'est à propos de Davey et du poney, tu n'as pas à t'inquiéter. Tu sais comment sont les enfants, dans un jour ou deux il l'aura oublié. La prochaine fois que nous viendrons au ranch, il jettera son dévolu sur un autre animal. En fait, j'ai aussi quelque chose à te dire. Le Dr Benton m'a proposé de le remplacer au congrès de l'Organisation nationale des transplantations qui se tient à Dallas le week-end prochain. Je dois donc annuler notre prochaine leçon d'équitation.

Elle se raidit, incapable de dissimuler sa surprise.

David allait à Dallas à la place du Dr Benton ? Cela voulait dire qu'ils seraient là-bas ensemble ?

— J'avais justement l'intention de reporter le cours, car je vais assister aux conférences, moi aussi.

— Sarah, je suis désolé, déclara le Dr Benton derrière elle. Je voulais vous prévenir que j'allais annuler ma participation au congrès de Dallas. Ma femme a insisté pour que je reste en ville jusqu'à la naissance de notre prochain petit-enfant. Entre nous soit dit, j'aimerais mieux y aller. Je vais passer des heures dans une salle d'attente, et j'ai horreur de ça. Cela me semblait dommage d'avoir payé l'inscription pour rien, et j'ai décidé d'en faire profiter David. Ce sera une excellente occasion pour lui de rencontrer quelques sommités.

— Et Davey ? demanda-t-elle à David.

Elle était partagée entre l'espoir de trouver enfin l'occasion de lui parler et la crainte d'être seule avec lui après la façon dont elle venait de réagir à sa proximité.

— Sa nounou a accepté de rester chez nous tout le week-end. Mme Duggar est une infirmière à la retraite, elle est formidable. Je préparerai tous ses médicaments avec les horaires de prise. En cas d'urgence, je peux être de retour en une heure en prenant l'avion…

Sur ces mots, il leva une main et se frotta la nuque, signe que ce n'était pas si simple pour lui.

Elle avait conscience que ça devait être difficile de laisser son enfant après tout ce que Davey avait enduré.

— Je suis sûre qu'il ira très bien, dit-elle d'une voix rassurante.

— Donc, c'est réglé, déclara le Dr Benton en se dirigeant vers la porte. Ces conférences sont très intéressantes, vous verrez. Vous allez passer un très bon moment.

David lui emboîta le pas, avant de revenir vers elle.

— J'y pense, tu as dit que tu voulais me parler ? De quoi s'agit-il ?

— Oh ! ça peut attendre ! Nous verrons ça un peu plus tard.

— Que dirais-tu de faire le voyage ensemble ? Je sais que le Dr Benton devait t'emmener à Dallas. Nous pourrons parler en chemin.

— Oui, c'est parfait, répondit-elle en regardant les deux hommes s'éloigner.

Pour la première fois de la journée, elle se détendit : elle bénéficiait d'un répit de quelques jours avant de dire la vérité à David.

Elle lèverait le malentendu entre eux. Elle lui avouerait qu'elle l'avait vu cette nuit-là dans la salle d'attente et qu'elle avait autorisé le don des organes de son fils décédé. Quand ils rentreraient de Dallas, ils auraient réglé la question de savoir s'il voulait ou non en savoir davantage sur l'identité du donneur. Après ça, elle serait en mesure de passer à autre chose. Elle n'aurait plus ces remords et ces appréhensions en présence de David. Ils pourraient alors revenir à une relation d'amitié plus saine.

5.

David prit la route avec Sarah à la fin de leur journée de travail.

L'état de la petite Lindsey continuait de s'améliorer, au point qu'on avait commencé à lever sa sédation. Ses poumons fonctionnaient mieux, et le Dr Benton avait convoqué toute l'équipe impliquée – depuis le cardiologue jusqu'à l'assistante sociale – pour débattre de l'urgence d'avancer le rang de Lindsey sur la liste d'attente de la greffe de cœur.

David avait été fasciné de voir tous les membres travailler ensemble. Cela lui avait rappelé qu'un jour on avait dû discuter longuement du cas de son fils pendant qu'il attendait avec angoisse la décision finale.

Et si tous les membres ne s'étaient pas mis d'accord pour que Davey figure en haut de la liste ?

— Ne t'inquiète pas pour Davey, dit Sarah, assise sur le siège passager. Tout ira bien.

— Ça se voit tant que ça ? répondit-il en se frottant la nuque.

Elle laissa échapper un rire déconcertant.

— Un peu.

Qu'y avait-il de si drôle ? Se moquait-elle de lui parce qu'il se tracassait au sujet de son fils ?

Il ouvrit la bouche mais se ravisa en songeant à ce qu'il était arrivé à son mari et à son fils.

Depuis qu'il exerçait la médecine, il avait appris à relativiser, parce qu'il y avait toujours quelqu'un qui traversait une épreuve pire que la sienne. Par conséquent, il n'avait pas le droit d'affirmer que son parcours avec Davey avait été plus difficile que celui de Sarah. Davey était vivant, alors que son petit Cody n'était plus là.

— Tu ne t'en rends pas compte, je parie, déclara-t-elle d'un ton malicieux.

— Alors, dis-moi de quoi il s'agit.

— Je ne suis pas sûre que ce soit une bonne idée. Ça pourrait être pire si tu en prenais conscience.

— Mais de quoi parles-tu ?

Il ne faisait rien d'autre que conduire en ce moment. Il jeta un regard à Sarah, confortablement installée, l'air détendu pour la première fois depuis une semaine.

— Eh bien… Tu as un tic quand tu es inquiet. Personne ne te l'a fait remarquer ?

Un tic ?

— Tu me fais marcher, c'est ça ? répondit-il en reportant son attention sur la route où la circulation devenait moins fluide.

— Non. J'ai du mal à croire que personne ne t'en ait parlé. Je pensais au moins que ta femme – je veux dire ton ex-femme – te l'aurait dit.

— Lisa ? Elle avait tendance à ne penser qu'à elle.

— Je suis un peu curieuse… Comment vous êtes-vous rencontrés ?

— J'ai fait sa connaissance à l'école de médecine de l'université Tulane de La Nouvelle-Orléans. C'était l'année avant d'obtenir mon diplôme.

Il se frotta de nouveau la nuque et coula un regard vers Sarah.

Un sourire amusé jouait sur ses lèvres. Qu'est-ce qu'elle avait aujourd'hui ?

— Tu m'as dit qu'elle n'était pas dans le domaine médical, dit Sarah en reprenant son sérieux.

— Elle était diplômée en histoire de l'art et étudiait deux autres matières, je ne sais plus lesquelles. Mais non, le médical ne l'intéressait pas du tout. Elle était intelligente et jolie, et nous avons emménagé ensemble très vite, sans trop réfléchir.

Il se souvenait de leur installation dans une petite maison dans un quartier modeste de La Nouvelle-Orléans. Les détails architecturaux du vieux bungalow avaient charmé Lisa, mais elle avait rapidement dénigré l'environnement.

— Ce n'est que plus tard que j'ai mesuré que je lui avais donné une fausse idée de ma situation.

Il avait à l'époque une voiture de sport ancienne que son père et lui avaient retapée, et là-dessus Lisa s'était imaginé qu'il venait d'une famille nantie qui finançait ses études !

— C'est idiot, reprit-il. J'aurais dû voir les signes, mais personne ne veut croire que quelqu'un puisse être seulement intéressé par son compte en banque, n'est-ce pas ? Quand Lisa a compris que tout ce que j'allais récolter à la fin de mes études, c'était quelques milliers de dollars de prêt étudiant à rembourser, elle était déjà enceinte de Davey. Elle a clairement souligné qu'elle n'était pas disposée à attendre que je sois établi comme médecin pour mener le train de vie qu'elle désirait. À partir de là, notre couple a commencé à partir à la dérive…

— Je suis désolée. Tu as dû être terriblement blessé.

Le soleil commençait à décliner, et les ombres emplissaient l'intérieur de la voiture. Ils restèrent silencieux quelques minutes, puis il reprit la parole.

— Pour être franc, je ne m'en souviens pas. J'étais accaparé par mes études, la résidence à obtenir, de sorte que je n'avais pas le temps de ressentir quoi que ce soit. Quand Davey est né et que nous avons appris qu'il avait une malformation cardiaque, je terminais ma dernière année. Notre fils a subi sa première opération, et nous suivions un planning très strict pour ses médicaments. Un soir, je suis rentré et j'ai surpris Lisa en train de faire ses valises. Une femme que je n'avais jamais vue était là aussi et s'occupait de notre bébé. Je n'arrivais pas à croire qu'elle allait l'abandonner. Quel genre de mère fait ça ?

Sans laisser le temps à Sarah de répondre à cette question, il poursuivit :

— En fait, pendant que notre enfant récupérait de son opération, madame passait son temps sur Internet à chercher un emploi, et elle avait entamé une relation en ligne avec un Français propriétaire d'une galerie d'art, un type extrêmement riche. Donc, pendant que je travaillais, pensant qu'elle s'occupait de notre fils, elle rêvait d'une nouvelle vie avec cet homme qui possédait le statut social et la fortune dont elle rêvait. Un mois plus tard, elle m'a remis un dossier de divorce. Elle ne demandait même pas de droit de visite pour Davey.

Quand il eut terminé, un silence vibrant emplit l'habitacle.

Bon sang ! Cela faisait des années que Lisa les avait quittés. Combien de temps encore le comportement de son ex l'affecterait-il à ce point ?

— Je ne veux pas que tu penses que je déteste élever seul Davey, ajouta-t-il au bout d'un moment. Ce n'est pas le cas.

— Je ne penserais jamais une chose pareille, répondit Sarah. La façon dont tu as réussi à t'occuper de lui est formidable. Il est clair que tu adores ton fils. Que feras-tu si elle revient et réclame Davey ?

— Jamais je ne la laisserai faire ça. Quand Davey était en attente d'un cœur, je lui ai promis que lui et moi resterions toujours ensemble et que personne ne nous séparerait.

Il avait parlé longtemps ; Sarah connaissait toute son histoire, à présent. Peut-être accepterait-elle de lui faire à son tour quelques confidences ?

— Et toi ? Comment as-tu rencontré ton mari ?

— La communauté des amateurs de rodéo n'est pas si grande que ça. C'était comme si nous nous connaissions depuis toujours. Nous avons commencé à sortir ensemble au lycée, et nous nous sommes mariés juste avant d'obtenir nos diplômes respectifs.

À présent, seules les lumières du tableau de bord éclairaient l'intérieur de la voiture, mais il pouvait voir qu'elle n'avait pas détourné la tête comme elle le faisait les rares fois où elle parlait de sa famille.

— Donc, c'était un mariage réussi ? demanda-t-il, surpris par la petite pointe de jalousie qui le traversa à ce moment.

— Un excellent mariage. Nous avions tous deux des ambitions professionnelles et, bien sûr, nous adorions les chevaux. Nous nous comprenions si bien.

— Tant mieux, dit David. Vous n'avez pas vécu longtemps ensemble, mais au moins c'était beau.

Il sut qu'il était allé trop loin quand Sarah se blottit contre la portière. Puis, brusquement, elle le surprit en déclarant :

— Tu songerais à te remarier un jour ?

— Je ne sais pas. Je n'ai pas vraiment réfléchi à la question. Pour l'instant, ma priorité, c'est Davey. Il passe avant tout. Et toi ?

— Non, répondit-elle comme ils arrivaient à l'hôtel où avait lieu le congrès.

D'une certaine façon, cette réponse ne l'étonna pas : Sarah semblait se dévouer entièrement aux patients et ne rien attendre pour elle-même.

— Ne crois pas que j'aie oublié que tu n'as toujours pas répondu à ma question concernant cette histoire de tic, dit-il pour changer de sujet.

Sarah se pencha vers lui et lui passa une main sur la nuque.

Il ravala son souffle. Tout ce qu'il voyait d'elle, c'était le sourire mutin sur ses lèvres tentantes.

— C'est ce geste-là, dit-elle, alors qu'un voiturier ouvrait sa portière.

Puis elle descendit pour aider le groom qui déchargeait leurs bagages.

Il porta une main sur l'arrière de sa tête, là où elle l'avait touché.

Elle avait raison, il avait bien ce tic quand il avait un accès de nervosité. Et la proximité de Sarah le rendait de plus en plus nerveux.

La soirée de gala était organisée autour d'un dîner somptueux, et tous les participants étaient en tenue élégante. Maintenant que les cérémonies étaient terminées et que les autres convives de leur table étaient partis retrouver des connaissances, David et Sarah se retrouvaient en tête à tête.

Il essayait d'écouter ce que Sarah lui disait, mais il était surtout fasciné par le reflet de la flamme tremblotante des bougies dans ses beaux yeux sombres.

Le contact de sa main fine sur son cou la veille continuait de le perturber. Alors qu'il aurait dû avoir à l'esprit les informations qui avaient été données lors des différents séminaires de la journée, son esprit revenait sans cesse à cette caresse et au sourire qui l'avait accompagnée. Il en était si chamboulé qu'il restait là comme un idiot, à la contempler.

Heureusement, Sarah ne semblait pas remarquer son trouble. Elle ignorait visiblement à quel point elle était séduisante ce soir, vêtue de cette robe violette, ses cheveux ondulant en vagues souples dans son dos.

Elle n'était pas d'une beauté classique comme Lisa. Non, son charme était plus profond, dans ses yeux bruns qui pétillaient quand elle parlait des gosses de l'hôpital ou des chevaux, dans son sourire lumineux. Son empathie envers les parents des malades la rendait aussi belle intérieurement.

L'ambiance feutrée et intime rappela à David le moment partagé la veille dans l'ombre de la voiture.

Mais ce soir, c'était encore différent. Était-ce l'atmosphère ou simplement le changement qui semblait s'opérer dans leur relation ? Il n'en savait rien, mais il avait une conscience aiguë de Sarah en tant que femme et non plus en tant que collègue. Elle était séduisante et suscitait en lui des réactions physiques dont il n'avait plus fait l'expérience depuis des années.

— Et toi ? demanda-t-elle comme elle finissait de l'informer sur le séminaire auquel elle avait assisté concernant un nouveau programme de recherche sur les chimiothérapies.

Il aurait dû trouver le sujet passionnant. Mais Sarah était

bien plus captivante dans cette robe violette qui épousait sa silhouette sculpturale.

— David ? dit-elle en lui touchant la main par-dessus la table. Ça va ?

Il regarda la main fine qui couvrait la sienne.

Ce geste aurait dû l'agacer, car il n'était pas quelqu'un de tactile d'habitude. Mais quelque chose avait changé entre eux ces dernières semaines.

— Pourquoi n'appelles-tu pas pour savoir si tout va bien ? dit Sarah en approchant son visage du sien pour essayer d'avoir son attention.

Il réagit à la proximité de ses lèvres.

— Appeler qui ? demanda-t-il, l'esprit confus.

Puis il se rendit compte de ce qu'il venait de dire et s'en voulut immédiatement.

Davey évidemment… Il ne s'inquiétait que pour lui.

— J'ai téléphoné ce soir, juste avant l'heure de son dîner. Il avait bien pris ses médicaments. Je vais rappeler une fois qu'il sera au lit.

— Bien. Alors, qu'as-tu appris à ce séminaire sur les statistiques de cette année ?

— Plus ou moins ce que nous savons tous. Les besoins sont très importants et, bien que les dons d'organes augmentent, il y a toujours une pénurie, répondit-il. J'ai même rencontré quelqu'un de notre comité local. Elle s'appelle Heather, je crois.

— Oui, Heather Long. Elle est formidable, n'est-ce pas ? dit Sarah en balayant la salle à manger du regard comme si elle voulait repérer cette femme.

— C'est l'impression qu'elle m'a donnée. Nous avons pu discuter de certains patients que nous avions inscrits sur la liste d'attente, et à son avis nous devrions pouvoir avancer le rang de Lindsey une fois qu'elle sera stabilisée. Mais ça ne fera pas beaucoup de différence si nous n'obtenons pas très vite une compatibilité avec un donneur…

Il consulta sa montre avant d'ajouter :

— Qu'as-tu prévu de faire demain ?

— Je vais assister au forum « Relations donneur-receveur et respect de la vie privée ». Je suis impatiente d'y participer. Veux-tu venir avec moi ?

Il remarqua qu'elle ne le regardait pas en face, mais semblait fixer un point par-dessus son épaule. Qu'est-ce qui la préoccupait ainsi ?

Il jeta un rapide coup d'œil derrière lui puis, reportant son attention sur Sarah, il vit que ses beaux yeux bruns le contemplaient enfin.

Avait-elle aussi la sensation que quelque chose changeait entre eux ? Était-ce ce qui la troublait ?

— J'ai promis à Heather que je serais là pour écouter son exposé sur la façon de créer des liens plus étroits entre les hôpitaux et les comités de don d'organes, répondit-il enfin.

— Oh… Je vois.

Il sentit que Sarah était déçue, sans comprendre exactement pourquoi.

— Je pensais que le forum t'intéresserait. Tu sais, par rapport à Davey, ajouta-t-elle, le regard de nouveau lointain. Tu ne t'interroges pas parfois sur son donneur ?

— Oui, parfois. C'est étrange. Au début, j'étais très occupé à prendre soin de Davey, mais cette pensée était quand même là au fond de mon esprit. C'est un peu comme la culpabilité du survivant. Bien sûr, on sait qu'une famille a perdu un des siens pour que celui ou celle que l'on aime ait une chance de vivre.

Rien que d'en parler, il sentait son cœur se déchirer. Recevoir ce cadeau d'un enfant décédé… Comment Sarah avait-elle survécu à la mort de son fils et de son mari ?

— Je me souviens d'une des premières nuits après la transplantation de Davey. Je le regardais dormir. Il respirait tellement mieux, et j'étais bouleversé de voir ses joues reprendre des couleurs. Je me disais qu'il y avait quelque part une famille qui se tenait autour du cercueil de son enfant mort…

Il releva les yeux et vit que Sarah était d'une pâleur extrême. Il se maudit d'être si maladroit.

— Sarah, je suis désolé d'évoquer des choses si morbides.

— Non. J'apprécie que tu m'en parles, dit-elle avec tristesse. As-tu songé à les contacter ?

Il repensa aux premiers jours qui avaient suivi l'opération et à la culpabilité qu'il avait ressentie. Avait-il envisagé de contacter la famille du donneur ?

— Non, répondit-il enfin. Je me suis dit que, si cette famille voulait me joindre, ils pouvaient le faire, mais que je ne voulais pas leur causer davantage de chagrin. J'avoue que je ne me suis pas beaucoup penché sur la question non plus.

— Peut-être pensaient-ils comme toi, dit-elle dans un murmure.

L'alarme de son téléphone se fit entendre et, après avoir adressé un sourire d'excuse à Sarah, il passa l'appel qu'il avait promis à Davey.

Comme toujours, la petite voix joyeuse le rassura et calma les craintes qui l'assaillaient quand ils étaient éloignés.

On pouvait lui reprocher de penser que personne ne savait prendre soin de son petit garçon mieux que lui, il ne le contesterait pas. Il avait passé beaucoup de temps à apprendre la meilleure façon de lui administrer ses médicaments, à déceler les signes indiquant qu'il n'allait pas bien, à reconnaître les prémices d'un rejet. Après lui avoir dit au revoir trois fois au moins et avoir échangé quelques mots avec Mme Duggar qui l'avait pleinement rassuré, il mit fin à la communication.

En revenant de la salle à manger, il remarqua que tous les dîneurs s'en allaient et que Sarah restait seule, perdue dans ses pensées.

Il ne voulait pas que la soirée se termine là, alors qu'elle semblait si triste.

— Nous ferions mieux de partir, dit-il tandis qu'un employé s'approchait pour nettoyer leur table. Que dirais-tu d'aller visiter quelque site demain après le forum ? C'est la première fois que je viens à Dallas.

Elle leva les yeux vers lui.

— Je pensais aller jusqu'à Fort Worth. C'est à une demi-heure de route. On annonce du beau temps, et il y a là-bas un magnifique parc composé de jardins d'eau. J'y suis allée lors d'une sortie scolaire.

Un léger sourire flottait sur ses lèvres. Sans doute évoquait-elle un souvenir heureux.

Eh bien, si une promenade dans un parc lui rendait sa bonne humeur, ils iraient là-bas !

— Je pense que ça te plairait, renchérit-elle. Et si nous avons le temps, nous pourrions visiter les parcs à bestiaux. C'est plus un endroit touristique maintenant, mais l'histoire est haute en couleur.

— Le plan me paraît séduisant… Je veux dire, c'est une excellente idée, se reprit-il en regrettant l'ambiguïté de ses paroles.

Comme ils regagnaient leurs chambres respectives, Sarah s'interrogea une fois de plus.

Depuis des semaines, elle voulait savoir comment David réagirait en apprenant que le cœur qu'on avait greffé à Davey venait peut-être de Cody. Mais même après leur conversation de ce soir, elle ignorait comment il accueillerait la nouvelle. Lui en voudrait-il parce qu'elle avait tardé à lui parler ? L'accuserait-il d'avoir manqué de franchise en gardant cette information pour elle ?

Il lui faudrait expliquer qu'elle avait mis du temps à accepter elle-même cette possibilité. Si quelqu'un pouvait comprendre les sentiments contradictoires qui l'assaillaient, c'était bien David. N'avait-il pas avoué qu'il était mal à l'aise à l'idée de contacter la famille du donneur ?

Ils s'arrêtèrent devant la chambre qu'elle occupait.

— Ça va ? demanda-t-il en fronçant légèrement les sourcils.

— Oui, très bien. La journée a été longue, répondit-elle en insérant la carte qui ouvrait la porte. On se revoit à midi au rez-de-chaussée après les forums ?

— Parfait.

Puis regardant d'un côté et de l'autre du couloir, il ajouta :

— Je vais attendre jusqu'à ce que tu aies verrouillé ta porte.

— Merci, bonne nuit.

Sur quoi, elle se glissa à l'intérieur de la chambre et referma le battant qu'elle verrouilla.

Il y avait longtemps qu'on ne s'était pas soucié de sa sécurité. Oh ! bien sûr, elle se sentait à l'abri quand Jack était près d'elle ! Et ce n'était pas comme si elle-même était incapable de se protéger. Mais c'était un sentiment agréable d'avoir quelqu'un qui se souciait de vous.

David Wright était exactement ce genre d'homme. Il ne serait pas si bon médecin s'il ne portait pas d'attention à ses patients. Et elle n'avait jamais rencontré un père aussi attentionné. Normal qu'il ait tant de prévenance pour ses amis.

Oui, ils étaient juste amis.

En quittant la salle à manger à la suite des autres invités, dans la foule amassée dans le hall de réception, ils avaient failli être séparés, et il lui avait pris la main. Ce geste l'avait emplie d'une douce exaltation qu'elle n'avait plus ressentie depuis des années. Les gestes tendres de Kolton l'avaient toujours troublée, et le contact de la main de David l'affectait de la même façon.

Juste des amis… Ils ne pouvaient être que des amis, se répéta-t-elle en s'endormant.

6.

Ils avaient décidé de se rendre d'abord aux parcs à bestiaux. Après la visite du musée de l'élevage, ils sortirent pour assister au défilé des vaches à longues cornes.

— J'adore ces bêtes, déclara Sarah avec enthousiasme. Elles sont élégantes, tu ne trouves pas ?

— Elles sont gigantesques, et leurs cornes sont impressionnantes, répondit David. Mais élégantes ? Hum… Ces animaux sont capables de vous piétiner à mort en quelques secondes.

Elle s'avança, subjuguée malgré elle par le vacarme du troupeau qui passait devant eux.

— Davey les adorerait, j'en suis sûre.

— Pour ça, oui ! Il faudrait l'empêcher de courir après les bêtes. Il s'intéresse de près au rodéo depuis que j'ai commencé les leçons d'équitation.

— Jack m'a confié un jour que Kolton était passionné de rodéo dès l'âge de trois ans. Donc, pour Davey ce n'est pas si tôt.

Après le passage des animaux, ils longèrent les boutiques de souvenirs.

— Oh ! j'y pense, j'aimerais trouver une boucle de ceinture pour Jack. C'est son anniversaire le mois prochain.

Comme elle réglait une énorme plaque en métal argent et or représentant le drapeau du Texas, elle vit que David choisissait une vache à longues cornes en peluche.

Il paya le jouet et la rejoignit à l'extérieur.

— Davey pense que plus tard il chevauchera un cheval

sauvage comme il voit les cow-boys le faire à la télé. Je n'ai pas le cœur de lui dire qu'il n'en sera jamais question, dit David en mettant le jouet dans le sac.

— Il changera d'avis mille fois en grandissant. La petite fille de mon frère veut aussi monter un bronco, et elle n'a que quatre ans. Ma belle-sœur l'a surprise l'autre jour en train de grimper sur le dos d'une vache, et elle a eu la peur de sa vie !

Comme ils suivaient le chemin jusqu'au corral où les bêtes étaient parquées, elle raconta à David son enfance au ranch, puis les rodéos et les courses autour des barils. Elle évoqua même le souvenir de Kolton au temps du lycée, quand il faisait partie de l'équipe qui attrapait les bouvillons au lasso. Elle ne parlait jamais de son défunt mari, sauf avec Jack quand ils étaient seuls. Mais elle se rendait compte que petit à petit ça lui devenait moins difficile de mentionner Kolton. Sa mère, qui avait voulu qu'elle consulte un psychologue, avait peut-être raison. Sans doute avait-elle besoin de se confier à quelqu'un. Mais pour l'instant, la seule personne à qui elle avait envie de parler, c'était David.

Elle perçut la pression de sa main dans le creux de ses reins tandis qu'ils progressaient à travers la foule, et un frisson la parcourut tout entière.

Leurs deux corps semblaient si bien en phase que le frôlement le plus subtil suffisait à affaiblir les défenses qu'elle avait érigées autour d'elle. Elle avait envie de se couler contre David, de sentir ses bras forts autour d'elle. Ce ne fut que quand il retira sa main que son cœur retrouva un rythme normal.

David savait-il qu'il lui inspirait ces sensations déroutantes ?

— Tes parents n'avaient pas peur que tu te blesses en allant si vite ? demanda-t-il quand elle lui eut expliqué comment les courses étaient chronométrées.

— Pas vraiment. Il faut savoir que le *barrel racing* – la course aux barils – est moins dangereux que la discipline du lasso ou la chevauchée de taureau. Cela faisait simplement partie de notre vie de Texans, répondit-elle comme ils traversaient le nuage de poussière qui restait suspendu dans l'air après le passage des vaches.

— Merci d'avoir partagé ça avec moi, dit-il comme ils remontaient en voiture.

— Contente de savoir que tu t'es amusé, répondit-elle en bouclant sa ceinture.

Elle aussi avait bien profité de ce moment avec David, mais elle ne pouvait pas continuer à être lâche. Il fallait qu'elle lui parle de Cody, de cette nuit-là. Ce secret qui planait entre eux lui était insupportable.

— Non, je voulais te remercier d'avoir partagé les souvenirs de ton mari. Tu ne parles pas souvent de Kolton, et j'apprécie que tu me fasses suffisamment confiance pour me raconter ton passé.

Sur quoi, il fit démarrer la voiture.

Elle s'empourpra, embarrassée.

Si elle lui faisait confiance autant qu'il le croyait, elle ne retiendrait pas plus longtemps ce qu'elle savait. Elle devait absolument clarifier la situation entre eux.

Après l'ambiance bruyante des parcs à bestiaux, elle fut soulagée de déambuler dans les jardins d'eau de Fort Worth, qui étaient aussi calmes que dans son souvenir.

— Allons par là, dit-elle en tournant dans une allée. Quand je suis venue ici avec le lycée, c'est cette partie du parc qui m'a le plus enchantée.

Ce disant, elle prit David par la main et l'entraîna sur le chemin qui menait au bassin de la méditation.

Alors que ses camarades s'étaient précipités vers les immenses cascades en terrasse pour patauger, elle avait découvert ce bassin, havre de paix entouré de cyprès, infiniment reposant après l'atmosphère survoltée qui avait régné dans le bus scolaire. C'était là qu'elle prévoyait de parler à David.

— C'est beau, n'est-ce pas ? dit-elle en l'invitant à s'asseoir sur un banc, alors que le soleil se couchait et que les réverbères s'allumaient dans le parc.

— Oui, vraiment, répondit-il en s'installant auprès d'elle. Et quel silence !

Elle jeta un coup d'œil alentour et constata qu'il ne restait que quelques promeneurs.

Le moment était donc venu, mais elle ne savait pas par où commencer. Par leur première rencontre dans la salle d'attente ? Mais peut-être convenait-il de débuter par la fin d'une jeune vie disparue trop tôt ?

Elle se tourna vers David et s'aperçut que, au lieu de contempler les fontaines, c'était elle qu'il regardait.

— La journée a été formidable, n'est-ce pas ? dit-il en se rapprochant. Il n'y a qu'un seul problème.

— Lequel ?

— Je ne sais pas si c'est la magie de cette soirée ou quelque chose d'autre, mais depuis le début de notre balade je ne pense qu'à une chose : mon envie de t'embrasser.

Sa voix avait beau contenir une note de taquinerie, il n'y avait aucune trace d'humour dans son regard gris. Elle n'y lut que l'expression d'un désir brut.

Elle n'arrivait pas à le croire. David ressentait lui aussi cette connexion entre eux ? Cette tension électrique qui crépitait comme des étincelles chaque fois qu'ils se touchaient ? Jusque-là, elle avait pensé être la seule à avoir cette réaction.

— Sache que, si tu ne le veux pas, ce n'est pas grave, je n'irai pas plus loin, reprit-il en s'écartant légèrement et en se frottant une fois de plus l'arrière de la tête.

Alors, tout au fond d'elle-même, quelque chose fit voler en éclats sa résignation.

On ne l'avait plus embrassée depuis le matin où elle avait échangé pour la dernière fois un baiser avec Kolton avant de partir pour l'hôpital. Mais maintenant, tout son corps la poussait à accepter celui de David.

Ce n'était qu'un baiser… Juste un. Était-ce si mal de vouloir se sentir de nouveau vivante l'espace d'un moment ?

— Oui…

Un oui chuchoté qui, pourtant, parut résonner à travers tout le parc.

Elle s'éclaircit la voix.

— Oui, répéta-t-elle plus posément. J'aimerais que tu m'embrasses.

Elle se sentait stupide tout à coup, avec ses mains nouées sur ses genoux. Pouvait-on avoir l'air plus gauche ? Elle n'avait échangé des baisers qu'avec Kolton, et elle n'était même pas sûre de savoir comment se comporter en cet instant.

Puis David se rapprocha jusqu'à être tout contre elle, et soudain tout redevint simple. C'était David, l'homme en qui elle pouvait avoir confiance…

Après une seconde d'hésitation, il captura ses lèvres. Juste un effleurement à peine prolongé, puis il rouvrit les yeux.

Alors, brusquement, elle sentit tout son corps s'enflammer, comme pour répondre au feu qu'elle voyait brûler dans les prunelles de David.

De nouveau, il pressa ses lèvres sur les siennes, les butinant par jeu pour les forcer à s'entrouvrir. Quand sa langue veloutée rencontra la sienne, elle en eut le souffle coupé. Puis les bras de David l'enlacèrent, et, d'instinct, elle se lova contre lui, oubliant le parc, le bruit de l'eau et le ciel nocturne qui les enveloppait à présent. Rien ne comptait plus que leurs deux corps enlacés dans une étreinte de plus en plus fiévreuse et leur baiser qui gagnait en intensité.

Jusqu'à ce qu'elle se souvienne de la raison pour laquelle elle avait conduit David jusqu'ici.

Brusquement, elle reprit pied dans la réalité.

D'accord, il y avait longtemps qu'on ne l'avait pas embrassée, mais même cette raison-là ne devait pas lui faire oublier ce qu'elle devait expliquer à David. En tardant à le faire, elle ne faisait que compliquer un peu plus la situation.

Comme elle aurait aimé que ce baiser se prolonge, pourtant…

Elle s'écarta et remit de l'ordre dans ses vêtements.

— J'ai quelque chose à te dire, déclara-t-elle en rassemblant ce qu'il lui restait de volonté. Quelque chose dont j'aurais dû te parler il y a longtemps.

Elle s'éclaircit la voix avant de poursuivre :

— C'est au sujet de la première fois où nous nous sommes rencontrés… Parce que c'est par là qu'il faut commencer.

— À l'hôpital ? demanda David, légèrement intrigué.

— Oui… Enfin, non, dit-elle en levant la main pour lui indiquer de ne pas l'interrompre. En fait, il ne s'agissait pas d'une rencontre à proprement parler. Oh ! je m'y prends mal ! Je recommence, si tu veux bien.

— Je t'écoute.

— Le jour où le Dr Benton nous a présentés, ce n'était pas la première fois que je te voyais.

Oh ! là… Elle s'y prenait de plus en plus mal ! Elle détourna les yeux pour ne plus voir l'expression troublée de David.

— Non ? Où m'avais-tu vu ?

— À l'hôpital, mais pas ce jour-là. Bien avant… Il y a plus de trois ans. Plus précisément, la nuit où Davey a été transplanté.

David écarquilla les yeux de surprise.

— Je ne me souviens pas vraiment de toutes les personnes présentes cette nuit-là, dit-il d'un ton grave. Tu faisais partie de l'équipe qui a opéré Davey ? Le Dr Benton m'a dit que tu ne travaillais avec le groupe de cardio que depuis deux ans.

Elle prit une profonde inspiration, consciente qu'elle était sur le point d'ébranler la confiance qu'il plaçait en elle.

— C'est vrai. C'est après avoir perdu ma famille que j'ai décidé de me réorienter en cardiologie.

— Alors, je ne comprends pas.

Il se rapprocha et prit sa main dans la sienne.

La nuit devenait fraîche, et elle se coula contre lui, trouvant du réconfort dans sa chaude proximité. Comme s'il ressentait son besoin, David lui entoura les épaules et la serra contre lui.

Surmontant sa nervosité, elle exhala l'air lentement pour faire le vide en elle et trouver le courage d'aborder le secret qu'elle portait. David avait fait de nouveau irruption dans sa vie, ils s'étaient embrassés, et le changement qui s'opérait entre eux l'effrayait autant qu'il la fascinait, mais elle réfléchirait à ça plus tard.

Brusquement, elle sut par où commencer l'histoire qui avait changé à jamais sa vie et peut-être celle de David.

— Voilà. J'étais au travail dans le service de chirurgie, quand j'ai reçu un appel des urgences disant que mon mari avait eu un accident et que je devais venir le plus vite possible. J'ai d'abord cru à une erreur. Je pense que personne ne veut croire qu'une chose aussi terrible lui arrive. On avait transporté Kolton dans un autre hôpital, plus près du lieu de l'accident. J'ai donc demandé à une collègue de m'y conduire. J'avais fini par comprendre que c'était grave, mais je n'imaginais pas que Kolton était mort. Pas comme ça. Il était si jeune, si plein de vie. Pourtant, il était là, immobile, sur la civière…

Elle essuya une larme qui glissait sur sa joue.

Elle n'avait jamais partagé les détails de cette horrible journée avec qui que ce soit, pas même avec Jack.

— Je n'ai pas pensé à Cody, du moins pas tout de suite, reprit-elle. Kolton devait le déposer à la garderie ce matin-là en se rendant à son travail. Je me disais que l'accident avait eu lieu après. Puis un policier est entré et m'a annoncé que mon fils avait été transporté à l'hôpital que je venais de quitter. Je ne me rappelle pas grand-chose après ça. Est-ce le policier qui m'a accompagnée ? Je ne sais plus. Tout ce dont je me souviens, c'est de voir Cody couché dans l'un des petits lits, si calme, si paisible. Comme Kolton… Les médecins et infirmières étaient extraordinaires, mais ils ne pouvaient rien faire. La voiture avait été percutée par un automobiliste qui avait grillé un feu rouge. Kolton n'avait pas pu l'éviter. C'était un accident stupide…

Elle marqua une pause pour tenter de rassembler ses pensées.

— C'est comme ça que je me suis retrouvée dans la salle d'attente la nuit où tu y étais.

— La jeune femme qui a failli s'évanouir, c'était toi ? déclara David d'une voix qui tremblait légèrement.

Était-il possible qu'il ait compris où elle voulait en venir ? Avait-il déjà deviné ?

Le cœur battant, elle se força à répondre.

— Oui. Je ne suis pas surprise que tu ne m'aies pas reconnue. Il y avait trois jours que j'étais à l'hôpital, et on venait de m'apprendre que Cody était en état de mort cérébrale…

Oh ! mon Dieu ! Comme ça faisait mal de prononcer ces mots. Même après tout ce temps, elle souffrait dans sa chair. La douleur lui tordait le ventre et la nausée la submergeait.

— Sarah, arrête. Tu te tortures. Tu n'as pas à t'imposer ça.

David la serra davantage, de sorte qu'elle était à demi couchée contre lui dans le cercle de ses bras.

— Non, je veux tout te dire. Car il faut que tu saches.

Elle s'efforça de relâcher sa tension.

— Comme je te l'ai dit, je venais d'apprendre que Cody… était mort. Je n'ai dû affronter la réalité que lorsque les médecins ont fini tous les tests. Jusque-là, je me raccrochais à un miracle qui ne s'est pas produit. Je savais qu'on préviendrait les gens de la banque d'organes et qu'ils allaient venir me parler. Même si je refusais, les médecins allaient m'informer de la prochaine étape : débrancher les appareils qui maintenaient Cody dans un coma irréversible. J'ai fait la seule chose dont j'étais capable à ce moment-là : j'ai couru me cacher quelque part.

Un réflexe stupide, peut-être, mais elle ne pouvait pas affronter ses parents et Jack qui se trouvaient dans la salle d'attente en traumatologie. Elle avait besoin d'être seule, et elle avait trouvé cette autre salle d'attente, la plus éloignée du service de traumatologie.

— Et c'est là que tu m'as vu ? dit David d'une voix très douce.

Elle leva les yeux. Les premières étoiles commençaient à scintiller, ajoutant leur éclat aux lumières qui se reflétaient dans la cascade devant eux.

— Oui, tu parlais avec une responsable de la banque d'organes. Je n'aurais pas dû rester là à écouter, mais je n'avais pas le courage de voir ma famille. Jack avait déjà perdu son fils, et à présent je devais lui dire que son petit-fils était mort aussi. C'était au-dessus de mes forces. Je suis donc restée où j'étais et j'ai entendu cette femme dire qu'il y avait peut-être un cœur disponible pour Davey.

— Elle m'a dit que ce n'était qu'une possibilité, qu'il n'y avait aucune certitude, mais qu'ils avaient un donneur potentiel du bon groupe sanguin. C'est la première bonne nouvelle que je recevais depuis longtemps.

— Pour moi aussi, c'est la première que j'entendais depuis plusieurs heures. Je me souviens même de m'être sentie heureuse l'espace de quelques secondes, en pensant que ton fils serait sauvé. Au moins une famille qui n'aurait pas à pleurer la perte de son enfant. J'ai aussi pensé que j'étais peut-être à la bonne place au bon moment et que mon petit Cody qui venait de mourir pouvait sauver un autre enfant.

À ce stade, David se raidit. Mais elle devait encore révéler la fin de l'histoire.

— Apprendre que ton fils avait désespérément besoin d'une greffe m'a aidée à décider de faire don des organes de Cody.

— Qu'est-ce que tu dis ? Davey aurait reçu le cœur de Cody ?

Se passant les mains dans les cheveux, David se redressa. Il devait réfléchir de façon rationnelle. Cette conversation avait pris un tour tellement imprévisible... Comment aurait-il pu savoir où Sarah voulait en venir ? Quelques minutes plus tôt, ils avaient échangé un baiser époustouflant – sans doute le meilleur de sa vie —, et brusquement elle lui annonçait qu'elle s'était trouvée là la nuit où il avait appris qu'il y avait un espoir pour son fils. S'il avait su à quelle date elle avait perdu sa famille, sans doute aurait-il fait le rapprochement, mais il n'avait pas eu cette information. Bien entendu, il ne lui en voulait nullement de ne pas lui avoir parlé plus tôt de la mort de son mari et de leur petit garçon. Elle avait certainement le droit de garder ça pour elle. Il voyait le chagrin immense qui la traversait encore au récit de ces instants douloureux. Mais pourquoi ne lui avait-elle pas dit avant ce dont elle se souvenait et qui le concernait ?

— Je ne suis pas sûre, mais je pense que c'est une forte probabilité en effet, répondit-elle gravement. Nous savons tous les deux qu'au moment où le neurologue prévient la famille de la mort cérébrale d'un proche ceux de la banque d'organes s'activent déjà. On a dû demander aux infirmières qui s'occupaient de Cody de les appeler dès que les médecins ont constaté l'absence de réaction.

— Quel était le groupe sanguin de Cody ?

— O positif, répondit-elle d'une voix tremblante. Et celui de Davey ?

— O positif, répondit David, abasourdi.

Il n'avait plus repensé à la famille du donneur de Davey depuis les premières semaines qui avaient suivi la transplantation. Et encore, seulement de façon abstraite. L'idée qu'il s'agissait peut-être de la famille de Sarah lui paraissait totalement surréaliste.

— Ce n'est qu'un début, mais il y a de bonnes chances que Cody ait pu être le donneur de Davey, déclara-t-il. Je ne comprends pas pourquoi tu ne m'as pas confié ça plus tôt. Pourquoi ne pas me l'avoir dit dès que tu m'as reconnu ?

Sarah s'entoura de ses bras.

— Au début, c'était délicat. Ensuite, quand j'ai commencé à mieux te connaître, je ne voulais pas que tu penses que je passais du temps avec toi et Davey seulement à cause de la possibilité du don d'organe.

— C'est difficile pour toi de voir Davey ? Je veux dire, sachant qu'il pourrait avoir reçu le cœur de Cody ?

Il regretta aussitôt sa question.

Quel manque de tact ! C'est *forcément* dur pour elle…

— Ça l'était au début, du moins jusqu'à ce que j'apprenne à le connaître un peu. Et je mentirais en disant que cette possibilité ne me rendait pas heureuse. Davey est un petit garçon adorable, comme mon Cody. La première fois que je l'ai vu monter Humphrey, je t'avoue que j'ai été un peu choquée. Cody n'avait que deux ans et demi quand Jack et Kolton ont ramené le poney à la maison. Cody l'a aimé immédiatement. Quand j'ai vu Davey si attaché à Humphrey, j'ai ressenti un élan de jalousie. Puis j'ai remarqué le sourire de ton fils, et j'ai su qu'il aimait ce poney autant que Cody l'avait aimé.

Le parc était désert à présent, et il était temps de rentrer.

Il se passa la main sur le visage, comme pour se réveiller.

— Sarah, que Davey soit ou non le receveur du cœur de Cody, je te suis reconnaissant de m'avoir parlé. J'aurais seulement aimé savoir ça plus tôt.

Cette histoire n'avait pas été facile à raconter pour elle, il en était pleinement conscient. Néanmoins, il se sentait trahi.

Le retour jusqu'à la voiture fut silencieux. Les rires insouciants qu'ils avaient partagés plus tôt avaient cédé la place à un trop-plein d'émotions. Il était déchiré entre son désir de la prendre dans ses bras pour lui dire qu'il comprenait son attitude, et son envie de crier : « Pourquoi ne m'as-tu pas fait confiance avant ? »

Mais ni l'une ni l'autre de ces réactions ne les aideraient à faire face.

L'esprit bourdonnant de questions sans réponse, il escorta Sarah jusqu'à sa chambre.

Il s'était passé tant de choses au cours des dernières heures. Qu'est-ce que cela impliquait pour eux deux si Davey avait reçu le cœur du fils de Sarah ? S'il s'avérait qu'un autre enfant ait bénéficié du don de Cody, cela ferait-il une différence ?

Non, il était sûr que non. Il savait que Sarah s'occupait des enfants du service. Elle leur donnait tout l'amour et toute l'attention dont elle était capable.

— Que veux-tu faire ? demanda-t-elle quand ils s'arrêtèrent devant sa porte.

Se souvenant du baiser fabuleux qu'ils avaient échangé, il pensa aux nombreuses possibilités qu'offrait cette question. Mais aucune d'elles ne correspondait sans doute à ce que Sarah attendait.

— As-tu écrit une note au donneur ? ajouta-t-elle. La

loi sur la protection des données personnelles relatives aux prélèvements d'organes stipule que, si un receveur et la famille du donneur acceptent de se rencontrer, ils seront contactés.

— Non, malheureusement. J'aurais dû. J'avais prévu de…

— Tu étais seul à t'occuper d'un enfant malade. C'est tout à fait compréhensible que tu n'aies pas eu le temps de le faire, répondit Sarah en insérant sa carte pour commander l'ouverture de la porte. Veux-tu entrer ?

Il songea à toutes les raisons qu'il avait de refuser son invitation, mais aucune ne semblait assez solide en cet instant.

— Je ne veux pas te mettre la pression, David. Je sais que c'est un grand choc à encaisser, dit-elle en ouvrant le battant.

Oui, ce n'était rien de le dire !

— Tu as eu des semaines pour y réfléchir, répondit-il enfin. Je n'ai eu que quelques minutes.

Il ressentirait toujours une immense gratitude pour la famille qui avait offert un cœur neuf à Davey, mais il lui faudrait plus que quelques minutes pour assimiler la situation si c'était celle de Sarah.

Il la regarda se débarrasser de ses chaussures puis aller jusqu'à la fenêtre où s'encadrait le panorama nocturne de la ville. Là, elle se détourna et lui sourit.

Elle n'avait aucune idée de l'effet qu'elle produisait sur lui, dans sa robe claire qui portait les traces de leur étreinte.

Il n'avait jamais imaginé que ce serait aussi merveilleux de l'embrasser. Et maintenant qu'il connaissait la douceur de ses lèvres et leur goût divin, il ne songeait qu'à les savourer encore. Sauf que, cette fois, il goûterait Sarah tout entière. Il imaginait chaque partie de son corps nu sous ses mains, sous sa bouche…

Il soupira.

Il avait besoin d'intégrer ce qu'elle lui avait appris ce soir et de s'accommoder de son manque de franchise. Cependant, si sa raison lui soufflait de prendre du recul, sa libido se montrait de plus en plus pressante.

Bon sang ! S'il ne partait pas tout de suite, il allait faire quelque chose qu'ils risquaient de regretter tous les deux !

— Je vais me coucher, dit-il d'un ton brusque.

Là-dessus, il gagna sa chambre sans se retourner.

7.

Debout devant la fenêtre, David contemplait la ville.

Il ne savait pas depuis combien de temps il était là, mais la rue devant l'hôtel était à présent déserte. Dans l'immeuble d'en face, les lumières s'étaient éteintes une à une.

Il finit par consulter sa montre.

23 h 15.

Dès qu'il était entré dans sa chambre, il avait appelé chez lui pour parler avec Davey, mais son fils était déjà couché. Mme Duggar avait eu une voix ensommeillée au téléphone et avait même paru un peu agacée quand il l'avait interrogée sur la prise de médicaments.

Il avait conscience de se montrer intransigeant, mais Mme Duggar ne voyait en Davey que le petit garçon plein de vie qu'il était maintenant. En tant que médecin, il savait que tout pouvait changer d'un moment à l'autre et que son fils risquait de nouveau d'avoir à se battre pour rester en vie.

À l'inverse, Sarah comprenait totalement son inquiétude et son besoin de s'assurer fréquemment que Davey allait bien. Elle était différente de Lisa et même des rares femmes qu'il avait cherché à fréquenter depuis la fin de son mariage. Elle les avait accueillis à bras ouverts, lui et Davey. Était-ce à cause du lien possible qui unissait Davey et Cody ? Il savait qu'elle y avait pensé au début, mais elle avait eu peur qu'il l'accuse de les recevoir uniquement pour cela. Non, Sarah n'était pas comme ça. C'était une personne foncièrement bonne, et il était sûr qu'elle avait de vrais sentiments pour eux maintenant.

S'il avait réussi à s'éloigner d'elle ce soir, cela tenait du miracle. Car il l'avait désirée plus qu'il n'avait désiré aucune femme jusque-là. Il y avait entre eux quelque chose d'enivrant qui lui faisait oublier tout le reste. Jamais il n'avait ressenti une telle exaltation, ni cette tempête d'émotions incontrôlables qui ne lui laissait pas de répit.

Et pourtant, il s'était éloigné…

Pourquoi ? Parce qu'elle l'avait blessé en n'étant pas totalement franche envers lui ?

Il ne pouvait pas nier la blessure, mais ça n'avait pas dû être facile pour elle non plus.

Que ce soit Sarah ou une autre mère qui ait donné le nouveau cœur de Davey, il ne trouverait jamais les mots pour expliquer ce que ce don avait représenté pour son fils et pour lui. Et au lieu de la remercier pour ce geste magnifique, il restait seul dans sa chambre à se morfondre, parce qu'il n'avait pas eu le cran de répondre à son invitation et de voir où cette nuit les mènerait. Oui, il avait eu besoin de temps pour repenser à tout ce qu'elle lui avait dit. Mais si c'était la seule nuit qu'ils avaient à passer ensemble ? Il avait promis à Davey qu'ils vivraient chaque jour pleinement, comme si c'était le dernier. Pourtant, il se tenait là à ruminer des choses qui appartenaient au passé. Ce n'était pas ainsi qu'il voulait vivre sa vie.

Il jeta un coup d'œil vers le lit.

Il n'avait aucune envie de s'y coucher seul. Retourner voir Sarah ? Mais il savait qu'ils ne se contenteraient pas de bavarder. Cette attirance qui les poussait l'un vers l'autre, ils en avaient à peine effleuré la surface, et tous deux désiraient plus, il en était sûr. D'un autre côté, elle dormait probablement déjà.

Et si elle ne supportait pas mieux que lui cette nuit solitaire qui n'en finissait pas ?

Sa décision prise, il s'empara du passe sur la table et sortit de la chambre avant de changer d'avis.

Il frappa doucement à la porte de Sarah, et attendit.

Si dans une minute ou deux elle ne répondait pas, il partirait. À quoi bon la réveiller si elle avait réussi à s'endormir ?

Au bout de quelques instants, il entendit le déclic de la porte qu'on déverrouillait, et Sarah ouvrit. Elle était vêtue d'un T-shirt ample qui laissait ses jambes nues, mais son visage ne montrait aucun signe de sommeil.

— Quelque chose ne va pas ? demanda-t-elle en s'écartant pour le laisser entrer.

— Non, rien.

Jetant un coup d'œil par la porte qui menait à la chambre, il vit que son lit n'était pas défait, mais il y avait un oreiller et une couverture sur le sofa face à la baie vitrée. Avait-elle regardé comme lui les lumières du dehors ?

— Dans ce cas…, dit-elle avec une lueur interrogatrice dans le regard.

— Je n'arrivais pas à dormir, dit-il en s'avançant vers le sofa. Toi non plus, à ce que je vois.

— Non. Mais ça ne m'explique pas pourquoi tu es revenu.

Elle l'avait invité à entrer mais elle se tenait toujours près de la porte.

Avait-il commis une erreur en venant ? Peut-être avait-elle été soulagée de le voir partir, finalement. Et maintenant, il avait l'air d'un crétin de frapper chez elle au beau milieu de la nuit !

Incapable de supporter plus longtemps cette distance entre eux, il revint vers elle et la prit dans ses bras.

— Je suis désolé de t'avoir laissée.

— Je suis contente que tu sois de retour. J'aurais dû tout te dire avant, dit Sarah en appuyant la tête sur son épaule. C'est moi qui suis désolée, David. Parce que ça change tout entre nous.

Elle se blottit davantage contre lui, et il resserra son étreinte. Puis d'un doigt, il lui releva le menton pour la forcer à le regarder.

— Le changement, c'est bon parfois, tu sais. Certaines fois, c'est même inévitable. Si tu ne veux pas aller plus loin…

Au lieu de répondre, elle se hissa sur la pointe des pieds et captura ses lèvres en un baiser à la fois tendre et brûlant, au point qu'il sentait son contrôle lui échapper.

— Tu sens cela, toi aussi ? murmura-t-elle fiévreusement.

À la flamme qui brûlait dans ses prunelles, il sut qu'elle désirait autant que lui aller au-delà de ce baiser. Quant à la question qu'elle venait de lui poser, elle n'avait pas besoin de lui en préciser le sens. Depuis leur première rencontre, il y avait toujours eu ce quelque chose de spécial entre eux, comme une connexion invisible qui avait grandi à mesure que leur amitié évoluait vers un sentiment plus fort.

— Oui, je le sens, répondit-il avant de capturer ses lèvres.

Les mains voluptueuses de Sarah se mirent à parcourir son corps, distillant dans ses veines une chaleur délicieuse.

À son tour, il modela un sein dans sa paume, et le soupir rauque qu'elle exhala l'enivra. Enhardi, il abaissa sa main jusqu'à la jonction de ses cuisses. Comme prise de vertige, Sarah s'arqua contre lui.

— Je veux plus, dit-elle, haletante. Je te veux, toi.

Lui aussi ne songeait qu'à la posséder, mais pour rien au monde il ne voulait gâcher ce moment.

— Tu es sûre ? Je ne sais pas où cela nous mènera, et je ne voudrais pas que tu aies des regrets. Là maintenant, nous pouvons redevenir simplement amis. Mais une fois que nous aurons franchi le seuil de cette chambre, notre relation changera irrémédiablement.

— Peu importe ce qui se passera plus tard, je veux être audacieuse pour une fois. J'en ai assez d'avoir peur et de reculer. Pour un petit moment au moins, j'ai besoin de me sentir vivante. Fais-moi l'amour, David, je t'en prie.

La soulevant dans ses bras, il l'emporta dans la chambre et l'étendit sur le lit. Le souffle court, il la regarda se débarrasser du T-shirt qui la couvrait. Le spectacle de Sarah ne portant qu'un slip minuscule faillit lui faire perdre la tête. Maladroitement, il s'acharna à défaire les boutons de sa propre chemise jusqu'à ce qu'elle lui écarte les mains. Ouvrant les pans de sa chemise, elle pressa un petit baiser sur son torse avant de s'attaquer à la ceinture de son pantalon.

N'y tenant plus, il prit ses seins nus à pleines mains et caressa leur galbe ensorcelant.

Elle avait la peau si douce…

Se penchant, il appliqua ses lèvres sur une pointe dressée et la suça.

Sarah avait un goût divin dont il ne pouvait se lasser, un mélange d'espaces ensoleillés, d'aube texane et de féminité. Une plainte monta de sa gorge, ou peut-être de celle de Sarah. Troublé, il taquina son autre sein avant de s'écarter à regret quand elle abaissa son pantalon.

Se débarrassant de son caleçon, il la rejoignit sur le lit où elle se ployait en arrière.

— Hum… Je suis heureuse que tu sois revenu, dit-elle dans un souffle.

Ce disant, elle fit courir un doigt sur son torse, dériva vers son ventre, s'arrêtant juste au-dessus de sa virilité dressée.

— Moi aussi… *Oh !*

Un frisson le parcourut quand les doigts de Sarah se refermèrent autour de son membre brûlant. Penché au-dessus d'elle, il se mit à mordiller la pointe d'un sein frémissant, tout en lui retirant son slip.

À présent, elle était entièrement nue sous lui. Il effleura les frisons qui couvraient son sexe puis inséra un doigt dans son intimité brûlante et moite. Du pouce, il taquina la perle de son désir, la regardant s'arc-bouter avec des déhanchements forcenés.

Il y eut un bruit d'aluminium froissé, puis il se raidit en sentant Sarah placer elle-même le préservatif le long de son sexe.

— J'ai envie de toi, murmura-t-elle, le corps tremblant. Maintenant…

Il n'aspirait lui aussi qu'à la fusion de leurs chairs. Sans plus attendre, il la pénétra et, abaissant sa bouche vers la sienne, il cueillit sur ses lèvres un petit sanglot étranglé.

Sarah l'invitait profondément en elle, accompagnant

chacun de ses assauts avec ferveur. Bientôt, ses gémissements emplirent la chambre, le suppliant de la mener toujours plus haut, toujours plus loin.

Incrusté dans sa chaleur, il contint aussi longtemps qu'il put le flot tumultueux de son excitation. Jusqu'à ce qu'il sente Sarah se raidir et frissonner violemment autour de lui. Alors, n'y tenant plus, il relâcha l'étau surhumain qu'il imposait à son désir et bascula avec elle de l'autre côté de l'horizon du plaisir.

Sarah referma doucement la porte de la chambre de Lindsey pour ne pas réveiller la fillette endormie.

L'infection qui avait attaqué ses poumons semblait enfin perdre du terrain. Son état s'améliorait, et ils avaient pu diminuer sa sédation au point que Lindsey était maintenant capable de répondre aux personnes qui l'entouraient. Cependant, elle dormait encore beaucoup.

— Comment va-t-elle ? demanda David.

Sarah sursauta. Elle ne l'avait pas entendu entrer.

Incapable de bouger, elle s'empourpra en se remémorant leur nuit torride à l'hôtel.

Au matin, ils avaient savouré au lit un petit déjeuner tardif, et cela s'était transformé en une étreinte charnelle et langoureuse qu'elle n'était pas près d'oublier. Ce week-end avait été magique, et le sexe qu'ils avaient partagé avait été fabuleux, mais chacun avait ses raisons de ne pas vouloir aller plus loin.

Alors, pourquoi sentait-elle son cœur battre la chamade quand il posait son regard sur elle comme en cet instant ? Oh ! là… que penserait-il s'il savait quelles idées lui passaient par la tête ?

— Elle va mieux, répondit-elle en se ressaisissant. Sais-tu quand ils envisagent d'arrêter l'ECMO ?

— D'après le pneumologue, ce sera possible dans quelques jours. Hier soir, j'ai fait une tournée avant de quitter l'hôpital et je n'ai pas vu la mère de Lindsey. J'ai vu le Dr Benton et je lui ai fait part de mes doutes sur la capacité de cette jeune femme à prendre soin de Lindsey une fois qu'elle aura été greffée.

Sarah se raidit et le fixa, stupéfaite.

Non, Hannah n'avait pas toujours été là, mais elle avait déjà expliqué la situation à David ; il savait qu'elle travaillait et devait partager son temps. Parler au Dr Benton risquait de causer de sérieux ennuis à la jeune mère si le médecin chef décidait de rapporter l'affaire au comité d'éthique ou à une assistante sociale.

— Écoute, c'est vrai que, apparemment, Hannah ne vient pas souvent à l'hôpital, mais je suis certaine qu'elle sera disponible pour sa fille après la greffe. Elle est seule à prendre soin de son enfant, et depuis longtemps maintenant. Je me rends compte que tu ne connais pas Hannah, mais tu dois lui laisser une chance.

— J'ai déjà vu ce genre de situation, Sarah. Tu vois le meilleur dans chaque personne, mais tous les parents ne veulent pas forcément être là quand leur enfant a besoin d'eux. Le plus important en ce moment pour Lindsey, c'est d'avoir quelqu'un qui prend soin d'elle. Or je ne vois pas sa mère le faire actuellement.

— Tu ne peux pas juger tout le monde selon ton ex-femme, David. Tu dois comprendre ça. Hannah sera là pour s'occuper de Lindsey. Je sais qu'elle le fera.

Malgré son irritation, Sarah s'efforçait de parler très bas pour ne pas être entendue des infirmières présentes dans la chambre. D'accord, c'était difficile pour David de faire confiance à une mère si souvent absente. Peut-être voyait-il aussi chez Hannah quelque signe qu'elle n'avait pas noté. Mais la jeune mère méritait qu'on lui laisse une chance.

— J'espère que tu as raison, dit-il en se détournant.

Elle le savait, ce n'était pas seulement le comportement de Hannah qui l'affectait. C'était plus profond que ça. Mais il devait comprendre que la plupart des parents n'étaient pas comme son ex. Si seulement il voulait renoncer à la colère qui le tenaillait vis-à-vis de Lisa ! David méritait mieux que de continuer à souffrir de sa trahison.

Mais en fait, était-elle la mieux placée pour lui donner des conseils, elle qui refusait de tourner la page et d'avancer dans la vie depuis la disparition de Kolton et de Cody ?

Il y avait deux jours que David n'avait pas parlé à Sarah, sauf pour les besoins du service, et il en avait assez.

Peut-être était-il un peu trop dur envers la mère de Lindsey. La veille au soir, il l'avait vue à l'hôpital alors qu'il partait, et à l'uniforme qu'elle portait il était clair qu'elle arrivait directement de son travail. Mais l'insinuation de Sarah était fausse : il ne jugeait pas Hannah par rapport à son ex-femme, pas du tout !

Du moins, pas intentionnellement.

Il devait absolument la voir et tirer ça au clair, car ce silence entre eux nuisait à leur bonne relation professionnelle. Et s'il voulait vraiment être honnête envers lui-même, il devait admettre que les conversations avec Sarah lui manquaient. Comme la flamme qui brillait dans ses yeux quand elle racontait une anecdote sur les chevaux ou qu'elle l'écoutait décrire une opération chirurgicale ardue sans jamais montrer la moindre lassitude.

Chaque nuit, il rêvait de la tenir dans ses bras…

Oui, Sarah lui manquait terriblement, et il ne le supportait pas.

Sa décision prise, il quitta le bureau et se mit à sa recherche. La repérant au bout du couloir, il la vit revêtir une surblouse avant d'entrer dans une chambre.

Il consulta sa tablette.

La chambre 4 venait d'accueillir un patient en réadmission que le Dr Benton lui avait justement demandé d'examiner.

Un panneau sur la porte signalait l'isolement du malade, car l'enfant était porteur d'une bactérie particulièrement résistante.

Il prit le temps de revêtir l'équipement nécessaire.

Assise près des parents, Sarah parcourait des documents sur un porte-bloc. Elle leva les yeux en l'entendant entrer.

— Bonjour, je suis le Dr Wright, dit-il en s'avançant vers la mère. Vous ne me reconnaissez peut-être pas, mais j'ai assisté le Dr Benton lors de la dernière opération de Bailey.

— Le Dr Benton est là ? demanda la jeune femme en signant les documents que Sarah lui présentait. Sarah dit que Bailey va être réopéré ?

— Le Dr Benton m'a demandé d'examiner votre enfant. Il passera le voir un peu plus tard.

— Je suis contente que tu sois venu, dit Sarah. J'allais envoyer un texto au Dr Benton, mais tu voudras sûrement le faire toi-même. Je ne pense pas que le médecin qui nous a renvoyé Bailey hier soir avait vu ses dernières analyses. Il montre des signes de septicémie. La numération des globules blancs et l'acide lactique sont élevés.

— Ce n'est pas un cas qu'on rencontre souvent chez les enfants, mais ça arrive. Il faut le conduire au bloc. J'appelle le Dr Benton pour voir avec lui si nous pouvons disposer d'une salle d'op. Mais avant, as-tu une minute ? dit-il en se dirigeant vers la porte.

— Oui, bien sûr. Laisse-moi juste le temps de parler avec la famille de Bailey.

Il terminait son appel avec le médecin chef quand il vit Sarah sortir de la chambre.

— Il est en route, annonça-t-il. Il va venir voir les parents, puis nous préparerons l'enfant pour l'opération.

— La mère de Bailey m'a dit qu'il n'a rien mangé depuis hier, donc pas de problème de ce côté-là.

L'échange était quelque peu emprunté, constata David. Puis il se rappela la raison pour laquelle il avait voulu voir Sarah.

— Je me demandais si tu accepterais de dîner avec Davey et moi ce soir.

— Un dîner, ce soir ? dit-elle en s'arrêtant au beau milieu du couloir.

— C'est le jour des spaghettis. Davey aimerait beaucoup

te voir. Comme c'est un jour de la semaine, le dîner se terminera assez tôt.

Il se surprit à se frotter la nuque et suspendit son geste. Il avait attendu un simple oui de la part de Sarah – ou un non, après tout ce n'était qu'un repas de spaghettis —, mais à son expression il était évident qu'elle prenait cette invitation très au sérieux.

— C'est… un rendez-vous galant ?

— Nous ne dînerons pas en tête à tête, Davey mangera avec nous. Mais oui, je pense qu'on peut appeler ça un rendez-vous, si ça te convient.

Il sentit qu'elle hésitait encore.

Il comprenait tout à fait. Accepter qu'ils aient un rendez-vous officiel, avec ou sans Davey pour chaperon, c'était se résoudre à un changement dans leur relation, et ils n'y étaient pas préparés. La nuit qu'ils avaient partagée avait été plus spontanée.

— Quelle heure ?

— 18 h 30 ? Je t'enverrai l'adresse par texto.

— D'accord, parfait.

Puis voyant une infirmière venir vers eux, elle ajouta :

— C'est l'infirmière qui s'occupe de Bailey, et je dois la briefer. Bonne chance pour l'opération.

— Merci.

Il consulta sa liste de patients.

S'il voulait avoir fini à temps pour l'intervention, il allait devoir sauter le déjeuner. Mais la promesse de passer la soirée avec Sarah et Davey valait bien ce sacrifice.

Sarah jeta un coup d'œil circulaire à la cuisine et ne put s'empêcher de rire.

Au milieu des plats et des légumes étalés sur le plan de travail, le père et le fils, habillés tous deux d'un pantalon noir et d'une chemise blanche, travaillaient comme de vrais chefs pour un show télévisé.

— Vous vous mettez toujours sur votre trente et un pour dîner ?

David leva les yeux de la planche à découper où il émincait des oignons et lui sourit.

— Davey a insisté. D'après lui, c'est comme ça qu'il faut se présenter pour recevoir.

Le petit garçon se tourna vers Sarah et lui adressa un regard malicieux.

— Pour recevoir une *dame*, papa, rectifia-t-il. Et maintenant, c'est le moment de lui dire qu'elle est très jolie.

— Ma très chère Sarah, je vous trouve ravissante, ce soir, déclara David d'un ton théâtral.

— Oh ! je vous remercie, docteur Wright, répondit Sarah en s'invitant dans leur jeu.

Heureusement qu'elle avait mis une jolie robe avant de venir, même si celle-ci paraissait décontractée comparée aux tenues de ses hôtes.

— Jolie cuisine, commenta-t-elle en tournant autour de l'îlot central.

— Merci, dit David en versant les oignons dans une casserole. J'ai eu beaucoup de chance de trouver cette maison quand j'ai su que je travaillerais dans le service du Dr Benton. D'autant plus qu'elle était louée entièrement meublée.

— Et j'ai une chambre super ! s'exclama Davey en sautant de son tabouret. Tu veux venir la voir ?

— Je n'ai plus qu'à laisser mijoter, dit David en désignant la casserole d'où s'échappait une bonne odeur d'ail et d'oignon. Sarah, puis-je t'offrir un verre de vin ?

— Oui, avec plaisir. Je reviens tout de suite, répondit-elle avant de suivre Davey vers sa chambre.

La pièce était grande, avec une fenêtre qui donnait sur une petite cour bien entretenue.

À l'exception de ses années à l'université, elle n'avait jamais habité sur un bout de terrain aussi minuscule. Elle était habituée aux grands espaces et n'était pas sûre de pouvoir s'adapter à un tel environnement, où il suffisait presque de se pencher à la fenêtre pour serrer la main des voisins.

— Regarde ce que papa m'a rapporté du voyage que vous avez fait, dit Davey en montrant la vache en peluche qui trônait sur le plancher, entourée d'une clôture en blocs de Lego. Il m'a dit que je pourrais venir avec vous la prochaine fois et voir les vaches à longues cornes.

Elle ressentit un sursaut de panique en comprenant qu'ils l'incluaient dans leurs projets familiaux. Elle avait fait un grand pas en acceptant cette invitation à dîner, mais elle n'était pas prête à planifier des vacances en famille.

— Il faudra d'abord voir si Sarah est disponible, dit David depuis le seuil de la chambre. Elle sera peut-être prise. Maintenant, Davey, il est temps d'aller te laver les mains.

David tendit un verre de vin à Sarah.

— Merci. J'aime beaucoup cette grande fenêtre.

— Sa chambre est en désordre d'habitude, mais il a décidé de la ranger avant que tu viennes. Je suis sûr qu'il a camouflé tous ses Lego sous le lit.

Ils descendirent à la cuisine, et elle nota que la table était dressée avec soin.

— Waouh… Des fleurs ?

— Davey a insisté pour que nous mettions un bouquet au centre de la table. Heureusement qu'il restait encore quelques azalées dans le parterre de la cour.

— Comment s'est passée l'opération de Bailey ? demanda-t-elle en s'asseyant sur un tabouret devant l'îlot central tandis que David mélangeait les pâtes avec l'huile d'olive.

— Très bien. L'infection n'était pas très profonde, mais il a perdu plus de sang qu'on ne s'y attendait.

À cet instant, Davey entra en courant et leva les mains pour que son père les inspecte. Une alarme programmée sur la montre de David retentit, et il regarda son fils d'un air entendu.

— D'accord, dit le petit garçon en se dirigeant vers un tiroir pour y prendre un pilulier.

— Il apprend à prendre ses médicaments à l'heure, expliqua David.

Ce n'était pas le meilleur moment de la journée pour l'enfant, constata Sarah. Mais elle devait reconnaître que David avait raison de vouloir le responsabiliser.

— C'est très bien, Davey, le félicita-t-elle. Sais-tu que nous devons parfois donner des médicaments aux chevaux ?

Ils passèrent à table, et elle raconta certains trucs auxquels elle avait recours pour faire avaler les remèdes aux chevaux. Davey l'écouta, fasciné, et demanda des nouvelles de Pepper et de Humphrey qu'il n'avait pas vus la semaine précédente – ce qu'il dit d'un ton appuyé en regardant son père.

Ils commençaient à débarrasser la table, quand une autre alarme retentit.

— Encore des médicaments ? s'enquit-elle.

— Non, c'est l'hôpital qui me demande de rappeler. C'est urgent, répondit David en se levant pour passer l'appel dans le vestibule.

Quand il revint, elle avait chargé le lave-vaisselle avec l'aide de Davey.

— C'est Bailey, annonça-t-il. Une hémorragie. Il doit retourner en salle d'op. La fille du Dr Benton est en train d'accoucher, et il a demandé au Dr Sherwood de le remplacer en cas d'urgence. C'est lui qui me demande de venir étant donné que j'ai assisté à l'opération aujourd'hui. Le Dr Benton connaît ma situation avec Davey. Jusque-là, ça n'a pas posé de problème, mais…

— Ça n'en pose pas non plus aujourd'hui, l'interrompit-elle. Vas-y, et moi je resterai avec Davey.

Elle perçut son hésitation et comprit qu'il était déchiré entre ses diverses responsabilités.

— David, je prendrai soin de lui, tout ira bien.

— Merci, Sarah. Pour ses médicaments, c'est bon. Il a pris sa douche avant le repas, et il doit se coucher dans une demi-heure, dit-il en consultant sa montre. Mais il essayera de traîner si tu le laisses faire.

— Je pourrais rester un peu plus tard ce soir puisque nous avons une invitée ? plaida Davey avec un regard si touchant qu'elle se sentit fondre.

— Pas question, répondit son père. L'heure du coucher n'est pas négociable ce soir.

Il se pencha pour serrer le petit garçon dans ses bras.

— Sois gentil avec Sarah, et ce week-end, au lieu d'un film, nous en regarderons deux. Ça marche ?

— Ouais ! s'écria Davey avant de faire claquer sa paume contre celle de son père.

Sarah accompagna David dans le vestibule.

— Merci encore, dit-il. Je serai de retour dès que possible.

— Prends soin de Bailey. Et ne t'inquiète pas pour Davey et moi.

Elle referma la porte et se tourna vers le petit garçon.

— Davey, que veux-tu faire pendant la demi-heure qu'il nous reste ?

— Tu peux me lire le livre que papa m'a acheté sur les chevaux ?

— Oui, bien sûr. Va vite mettre ton pyjama et apporte ton livre, dit-elle avant de s'asseoir dans un coin douillet du salon.

Une demi-heure plus tard, elle avait répondu à toutes les questions du petit garçon sur l'équitation, l'avait regardé se brosser les dents et lui avait apporté un verre d'eau.

Ce rituel du coucher d'un enfant lui avait manqué. Comme les histoires qu'elle avait lues à Cody, sa petite voix qui l'avait suppliée d'en raconter « juste une dernière » avant qu'elle n'éteigne la lumière… Elle regrettait tellement de lui avoir dit qu'il fallait dormir maintenant.

Fermant les yeux, elle laissa les souvenirs de son petit garçon la bercer. Cody, vêtu de son pyjama de dinosaure préféré, lui réclamait une autre histoire…

David s'agenouilla près du fauteuil inclinable où Sarah s'était assoupie. Doucement, il ramena en arrière une longue mèche brune qui s'égarait sur sa joue.

Elle émit un petit soupir, appuya le visage contre sa paume et ouvrit les paupières pour les refermer aussitôt.

S'il avait eu le choix, il l'aurait portée jusqu'à son lit au lieu de la laisser dormir là. Mais son fils dormait dans la chambre contiguë.

— Donne-moi deux minutes, murmura Sarah.

Il la regarda s'étirer et eut envie de s'étendre auprès d'elle dans le fauteuil.

— Comment va Bailey ? s'enquit-elle en se redressant.

— Il est stabilisé. Merci d'avoir pris soin de Davey. J'apprécie énormément. Il n'a pas été pénible, au moins ?

— Non, pas du tout ! Il m'a montré son livre sur les chevaux et m'a posé beaucoup de bonnes questions. C'est un petit garçon brillant.

David lui tendit la main pour l'aider à se lever.

— Merci. Je ne pensais pas m'endormir.

— Et moi, je ne savais pas que je rentrerais si tard, répondit-il en l'attirant dans ses bras.

Il serra contre lui son corps tiède et ensommeillé. En sentant ses seins frôler son torse, il regretta de ne pas avoir cédé à son désir de l'emporter dans sa chambre. Ils seraient blottis l'un contre l'autre entre les draps à présent…

— Écoute, je te dois des excuses, dit-il en se ressaisissant. Je suis allé voir Lindsey avant de quitter l'hôpital et, tu avais raison, sa mère était là. J'ai parlé avec les infirmières de nuit, qui m'ont dit qu'elle vient tous les soirs depuis que sa fille a été placée sous assistance respiratoire.

Sarah s'écarta légèrement.

— Je suis désolée, moi aussi. Je n'ai certainement pas le droit de te dire que tu dois passer à autre chose après ce que tu as vécu avec ton ex-femme. Je devrais te comprendre, moi qui ai passé ces trois dernières années à essayer de résoudre mes propres problèmes. Nous traînons tous deux un lourd fardeau, et je n'aurais pas dû te dire ça.

Il repoussa doucement les longues mèches brunes qui encombraient le visage de Sarah. N'avait-elle pas conscience que, en un sens, elle en avait le droit, ou au moins le pouvoir ? Il avait retenu ses paroles et s'était remis en question sans indulgence. Elle avait raison, il était temps de se débarrasser de cette amertume qui lui collait à la peau depuis cinq ans. Quand il avait vu Hannah au chevet de sa fille ce soir, il avait compris qu'il avait laissé sa rancœur envers son ex influencer son avis sur une jeune mère qu'il ne connaissait même pas.

— Je suis content que tu m'aies parlé ainsi. Ça m'a fait prendre conscience de mes erreurs. J'aurais dû laisser à Hannah le bénéfice du doute. Au lieu de quoi, j'ai réagi comme ceux qui pensaient que j'étais incapable de m'en sortir avec Davey.

— Merci, dit Sarah.

Et se hissant sur la pointe des pieds, elle lui posa un baiser sur la joue.

— Merci d'être restée avec Davey, dit-il comme ils gagnaient la porte d'entrée.

— C'était un plaisir.

Elle fit un pas dehors et parut hésiter.

— Tu n'es pas obligé de tout faire seul, David. Il est bon aussi de laisser les autres t'aider. C'est moins un signe de faiblesse qu'une volonté de partage.

Il la regarda s'éloigner vers sa voiture.

Toujours cette fameuse connexion…

Parfois, il avait l'impression que Sarah lisait en lui jusqu'à son âme. Ce lien invisible qui les unissait était beau ; ça le poussait à rêver à un avenir avec Sarah. C'était beaucoup plus que ce qu'il avait attendu des autres femmes. Mais si ce lien fort venait à se rompre, il ne savait pas s'il survivrait.

8.

— Mais *pourquoi* je ne peux pas venir avec vous ? demanda Davey pour la quinzième fois au moins depuis qu'ils avaient quitté la maison.

Il avait été capricieux toute la journée, et David avait eu peur qu'il ne développe de la fièvre. Mais non, il n'avait pas de température.

Devrait-il décommander la soirée qu'il avait prévu de passer avec Sarah ? Jack était tout à fait capable de s'occuper de Davey, mais, si le petit garçon continuait de faire sa tête de mule, ce ne serait pas une partie de plaisir.

— Sarah m'a dit que Jack avait hâte de te revoir. Tu ne vas pas le laisser tomber, n'est-ce pas ? demanda-t-il en garant la voiture devant la maison des Henderson.

— Je fais ce que je veux ! répondit son fils d'un air buté.

— Davey, si tu ne peux pas être poli, on rentre à la maison !

Se tournant vers la banquette arrière, il vit Davey retenir des larmes à grand-peine, ce qui lui brisa le cœur.

— D'accord, papa. Je serai gentil, je te le promets.

Au grand soulagement de David, son fils retrouva sa bonne humeur en voyant Jack.

Sarah amena les chevaux.

— J'ai préparé un pique-nique. Il y a un endroit magnifique un peu à l'écart de la piste. C'est parfait pour admirer le coucher du soleil, dit-elle en jetant une besace sur le dos de Sugar.

Pourquoi n'avait-il pas pensé à emporter quelque plat ? Quand il avait entendu une des infirmières raconter une chevauchée au coucher du soleil qu'elle avait entreprise avec sa famille à partir du ranch, il avait trouvé l'idée excellente. Il avait proposé à Sarah de l'accompagner sur cette fameuse piste, et elle avait émis une condition : que cette randonnée soit un rendez-vous galant en plus d'un exercice d'équitation. Il n'avait pas pu s'empêcher de se demander ce qu'elle avait en tête.

Comme à son habitude, Fancy fit semblant de l'ignorer jusqu'au moment où il monta en selle. Au regard hautain dont elle le toisa, il sut que la jument n'était guère impressionnée par son style.

— Prêt ? lança Sarah en orientant Sugar dans la bonne direction.

Ils empruntèrent la route ocre qui partait de la maison. Au bout de quelques minutes, Sarah bifurqua vers un chemin qui s'enfonçait sous le couvert des arbres.

— Je n'aurais jamais trouvé cette piste tout seul, dit-il comme ils avançaient à travers les bois touffus.

— C'est l'une des plus secrètes, répondit-elle comme ils atteignaient une fourche. En prenant à gauche, nous reviendrons par le chemin de droite.

Ils avançaient au pas sans échanger une parole, et seul le bruit des sabots des chevaux troublait le silence. Sarah montrait de temps à autre un écureuil dans les fourrés. Une solennité régnait sur les bois.

Un peu comme dans une vénérable bibliothèque, songea-t-il, impressionné. En voyant des oiseaux de différentes sortes se poursuivre sur les hautes branches au-dessus d'eux, il se dit qu'il emmènerait son fils sur cette piste.

Avait-il bien fait de le laisser avec Jack ? Il espérait que Davey se tiendrait bien.

Bientôt, le chemin forma une courbe et il nota que les arbres étaient plus espacés. Quelques minutes plus tard, ils débouchèrent au sommet d'une colline surplombant une belle vallée verdoyante. Dans le ciel dégagé, le soleil entamait sa course vers l'horizon dans une féerie de rose et d'orange où se mêlaient des traînées mauves.

— C'est spectaculaire, murmura-t-il en mettant pied à terre.

Sarah lui prit les rênes et alla attacher les chevaux à une branche basse.

— Viens, dit-elle en le conduisant encore plus haut d'où on avait un meilleur point de vue.

— Attends, laisse-moi t'aider.

Elle commença à défaire le sac qu'elle avait emporté, et il se chargea d'étaler le plaid et de disposer les bouteilles d'eau. S'installant sur la couverture, il accepta le sandwich que Sarah lui tendait.

Ils mangèrent en silence en profitant du coucher de soleil.

— Regarde, dit Sarah en pointant un doigt vers le ciel qui s'assombrissait derrière eux.

Les premières étoiles apparaissaient, et une pleine lune se levait.

— C'est beau, dit-il avant de reporter son regard vers elle. Mais pas autant que toi.

Elle se tourna vers lui avec des yeux rieurs, et il sut qu'elle ne prenait pas son compliment au sérieux. Puis elle s'étendit sur le plaid pour admirer le ciel nocturne.

S'allongeant à son tour, il lui prit la main, et tous deux restèrent ainsi à fixer les étoiles.

Il n'avait jamais vu un endroit aussi paisible, et la nuit les enveloppait d'une fraîcheur bienfaisante.

Au bout d'un moment, il relâcha la main de la jeune femme et se pencha vers elle en se soutenant sur un coude. Il entortilla une boucle brune autour de son doigt et approcha ses lèvres des siennes.

— Merci de partager ce moment avec moi, murmura-t-il d'une voix rauque.

Sarah contempla intensément les beaux traits virils de David, le suppliant silencieusement de l'embrasser de nouveau.

Avec lui, elle se sentait à la fois précieuse et fragile, et elle désirait davantage. Sa respiration devenait irrégulière, et elle faillit suffoquer en sentant les lèvres de David lui effleurer la joue puis s'aventurer derrière son oreille et le long de son cou. Quand sa bouche se referma sur la pointe d'un sein à travers le coton de son chemisier, elle s'agrippa à lui.

— Tu m'as manqué, Sarah, dit-il en relevant la tête.

— Tu m'as vue tous les jours à l'hôpital.

— J'ai vu mon amie et ma collègue. C'est ma partenaire d'intimité qui m'a manqué.

Lentement, il entreprit de lui déboutonner son chemisier, puis de dégrafer son soutien-gorge. Elle savoura la fraîcheur de ses mains sur ses seins tièdes, puis la bouche de David prit le relais, et elle faillit s'étrangler de plaisir. Mais elle voulait plus que ça.

Se trémoussant, elle réussit à glisser une main entre eux pour atteindre la fermeture Éclair du jean qu'il portait. Au même instant, son souffle se bloqua dans sa gorge, car les doigts de David passaient outre la barrière de sa ceinture et de son slip. Trouvant le pôle le plus sensible de sa féminité, il se mit à lui prodiguer des caresses circulaires d'une efficacité diabolique. Puis, plongeant un doigt en elle, il entama un va-et-vient à la fois lent et profond qui la propulsa dans un orgasme fulgurant. Mais cette jouissance, aussi dévastatrice soit-elle, ne lui suffisait pas. Elle voulait plus, tellement plus…

Il lui tardait de sentir sous ses doigts son sexe splendide et de le guider en elle. Elle voulait qu'il l'emplisse de sa virilité, qu'il comble le désir insatiable qu'elle avait de lui. Elle voulait goûter tout le plaisir que son corps d'homme était prêt à lui offrir.

— Tu portes trop de vêtements, dit-elle avec un petit rire de frustration.

De nouveau, elle tenta de s'attaquer au jean de David.

Roulant sur le côté, il se débarrassa de ses bottes puis se redressa pour enlever son caleçon. Pendant qu'il se couvrait d'un préservatif, elle retint son souffle en regardant sa silhouette magnifiquement virile se découper sur le ciel sombre.

Puis David s'agenouilla devant elle et lui retira ses bottes, son jean et son slip avec une lenteur insupportable.

Elle sentait l'impatience bouillir dans ses veines. Quand enfin il s'étendit sur elle, elle souleva les hanches à sa rencontre.

— David…

Consumée de désir, elle comprenait enfin ce qu'elle attendait de lui : qu'il comble non seulement son corps, mais aussi son cœur vide depuis trop longtemps.

Comme ils chevauchaient ensemble vers le plaisir, elle libéra toute la douleur enfermée en elle et s'ouvrit sans réserve à David, lui révélant la femme qu'elle était vraiment.

Le cri de jouissance qui lui échappa vola au-dessus des arbres et parut se répercuter à travers la vallée. Des larmes ruisselaient sur ses joues qu'elle ne songeait même pas à essuyer.

Ce qu'ils venaient de partager était plus que du sexe ou de l'amour physique. Pour la première fois depuis trois ans, elle se sentit de nouveau pleinement elle-même.

Longtemps, ils restèrent étendus, le regard tourné vers les étoiles. Ils auraient pu être les seuls êtres de l'univers.

Ce fut David qui, le premier, reprit pied dans la réalité.

— Nous devons rentrer.

Pour autant, il ne fit pas mine de bouger.

— Je sais, répondit-elle d'une voix paresseuse. Merci pour cette soirée, David.

Il la regarda intensément.

— Le plaisir était pour moi.

Un téléphone sonna quelque part, brisant la magie.

— C'est Jack, dit-elle, reconnaissant la sonnerie.

Elle espérait qu'il ne s'inquiétait pas de leur absence. Il est vrai qu'ils étaient très en retard.

Ils se levèrent en hâte et se mirent à fouiller parmi leurs vêtements éparpillés. Ayant repéré son jean, Sarah l'enfila et sortit le téléphone de sa poche arrière. Elle se sentait affreusement mal à l'aise de parler à son beau-père tout en étant à demi nue.

— Bonsoir, Jack. Que se passe-t-il ?

Il fallut une minute pour que son esprit encore ébloui réussisse à assimiler les paroles du vieil homme.

— Tu es sûr ? Nous arrivons tout de suite. Ne t'inquiète pas, nous allons le retrouver.

Elle coupa la communication et leva les yeux vers David. Il avait entendu la conversation. Néanmoins, elle se força à prononcer les mots terribles.

— Davey a disparu.

David s'efforça de juguler la panique qui s'était emparée de lui en écoutant l'échange téléphonique entre Sarah et Jack.

Davey était forcément en sécurité. Ce n'était pas comme s'il s'était perdu dans une galerie marchande où n'importe qui aurait pu le kidnapper. Il avait dû jouer à cache-cache avec Jack. Il adorait ça. Quand ils arriveraient à la maison des Henderson, Jack l'aurait retrouvé.

Heureusement, Fancy parut comprendre d'instinct qu'il était urgent de rentrer au ranch. Elle accéléra l'allure pour ne pas se laisser distancer par Sugar, mais il était impossible d'aller très vite quand seul le clair de lune éclairait le chemin. Enfin, ils rejoignirent la route.

— Attends ! lui cria Sarah avant de lancer Sugar au galop.

Il n'eut que le temps d'agripper le pommeau de la selle avant que Fancy ne s'élance à son tour. Des cuisses, il enserra les flancs du cheval et se pencha en avant, s'efforçant d'imiter la posture de Sarah. Il vit une lumière dans la nuit et sut qu'ils n'étaient plus très loin de la maison.

Ils gravirent une petite colline, et le ranch apparut devant eux. La maison et ses abords immédiats étaient brillamment éclairés.

Fancy stoppa si brutalement que David faillit être désarçonné. Avec Sarah, ils couraient vers la porte d'entrée quand ils virent Jack revenir de derrière la maison, une grosse lanterne à la main.

— Humphrey aussi a disparu. Je suis terriblement désolé, David. Je ne l'ai laissé seul qu'une minute. Je ne sais pas où il a pu aller.

Le pauvre homme tremblait comme une feuille, et le faisceau lumineux de sa lampe dansait à travers la cour. Sarah s'en empara et la tendit à David, avant de prendre les mains de Jack dans les siennes.

— Raconte-nous ce qui s'est passé, dit-elle en guidant Jack vers le porche pour l'installer dans un fauteuil.

Jack était très pâle et visiblement bouleversé, constata David. Mais le plus urgent était de se mettre en route pour retrouver son fils.

Comme si elle lisait dans ses pensées, Sarah se tourna vers lui.

— Nous devons réfléchir aux endroits où il aurait pu aller.

Puis, reportant son attention sur son beau-père, elle demanda :

— Commence par le début. Qu'avez-vous fait tous les deux après notre départ ?

David s'efforça de contrôler son impatience, tandis que Jack racontait le dîner de hot-dogs et de frites qu'ils avaicnt pris avant d'aller visiter les grandes écuries.

— J'ai verrouillé les portes, et nous sommes rentrés. Davey ne se sentait pas très bien, mais il se plaignait seulement d'avoir mal à la gorge. Il était dans le salon, je lui ai mis un DVD, et je l'ai laissé le temps d'aller à la cuisine pour lui chercher une cuillerée de miel.

À ce stade, il leva vers David un regard empli de chagrin.

— Je suis tellement désolé, David…

— Ce n'est pas votre faute, Jack, répondit-il en posant une main sur l'épaule du vieil homme.

Non, Jack n'était pas responsable de la disparition de Davey. Si quelqu'un était à blâmer, c'était lui, David. Son fils avait été de mauvaise humeur tout l'après-midi, mais jamais il n'aurait pensé que Davey puisse fausser compagnie à son ami Jack.

— Davey aurait-il pu retourner aux écuries pour voir un des chevaux ? demanda Sarah. Savait-il que tu les avais fermées ?

— Oui, et j'avais gardé les clés sur moi. Au début, j'ai cru qu'il était allé dans la salle de bains. Comme il ne revenait pas, j'ai vérifié celle du rez-de-chaussée, puis celle de l'étage.

— Il aime beaucoup jouer à cache-cache, déclara David. Avez-vous regardé sous les lits ?

Son esprit explorait désespérément toutes les explications plausibles.

— Mais ça n'explique pas que Humphrey ait disparu lui aussi, dit Sarah avec bon sens. Les deux faits ne sont peut-être pas liés, mais… Jack, retourne à l'intérieur et fouille toute la maison. Nous devons être certains que Davey ne s'y trouve pas. David et moi allons vérifier l'écurie de Humphrey à l'arrière.

David la suivit. Ils contournèrent la maison et descendirent une colline. Tout en bas se dressait un bâtiment de taille modeste qui était éclairé de toutes parts.

— Davey ! appela Sarah comme ils entraient à l'intérieur.

Bien que beaucoup plus petite que les écuries principales, celle-ci était construite sur le même modèle, avec une courte allée centrale et un espace à l'extrémité qui servait de sellerie.

— Davey, tu es là ? lança David en inspectant les stalles les unes après les autres.

Son fils était-il couché dans l'une d'elles, blessé et incapable d'appeler ? Plusieurs étaient vides, leur sol nettoyé.

La peur au ventre, il grimpa sur les barres métalliques d'un box occupé par un vieux cheval qui le regarda avec méfiance. Mais au-delà de l'animal, il ne vit qu'une litière fraîche.

— David !

Sautant de la barrière, il accourut vers Sarah tandis que des visions de son fils baignant dans son sang lui percutaient le cerveau. Mais quand il la rejoignit, elle fixait seulement le mur de l'écurie.

— Il manque la selle de Humphrey, dit-elle en le regardant avec gravité.

— Je ne comprends pas. Davey ne sait pas comment fixer la selle sur le poney.

Le visage de Sarah s'assombrit.

— Rappelle-toi, l'autre soir, nous avons regardé le livre que tu lui as acheté, et il m'a posé plein de questions. Nous avons évoqué en détail comment préparer un cheval, et il connaissait déjà le nom de chaque pièce d'équipement.

Ils retournèrent vers l'entrée de l'écurie. Là, ils remarquèrent le petit marchepied. Sarah se tourna vers lui, les yeux remplis d'angoisse puis, le bousculant presque, elle se mit à courir dans la nuit. Il la trouva à la lisière des bois qui s'étendaient derrière le bâtiment.

— Davey ! appelait-elle en s'enfonçant sous les arbres.

David la suivit et cria à son tour, en espérant que sa voix portait le plus loin possible. Bientôt cependant, il fut incapable de dire dans quelle direction se trouvait l'écurie ou la maison. S'il se perdait si facilement, comment était-il censé retrouver son fils ?

Il vit le faisceau de la lampe que Sarah tenait toujours et se fia à cette lumière pour la rejoindre.

Oh ! mon Dieu ! Pourquoi avait-il laissé Davey ? À quoi avait-il pensé ? Il savait pertinemment que son petit garçon était un enfant précoce qui cherchait à repousser la limite des interdits. Et maintenant, il était perdu dans la nuit, parce que lui, son père, n'avait pas été là pour le protéger.

— Je croyais t'avoir perdu aussi, dit Sarah avec soulagement en se jetant dans ses bras.

— C'est ma faute, dit-il en la serrant contre lui pour la réconforter. Mon fils est perdu quelque part dans ces bois sombres à cause de moi.

— Tu ne peux pas penser ça. C'est un petit garçon fasciné par les chevaux qui a décidé de partir à l'aventure. Nous le trouverons, David.

— Il voulait venir avec nous, et je lui ai dit que ce n'était pas possible. Il était fatigué cet après-midi. J'aurais dû le garder à la maison. Mais j'étais impatient de passer cette soirée seul avec toi. Sarah, je suis son père, j'aurais dû faire passer Davey avant mes propres désirs.

Là-dessus, il se détourna et reprit le chemin par lequel ils étaient venus.

9.

Pendant que David prenait sa voiture pour retourner aux abords de l'écurie et continuer à chercher Davey, Sarah s'assit auprès de Jack et le pria de raconter de nouveau la soirée par le menu.

Les paroles de David la tourmentaient, et elle essayait de les ignorer. Il avait peur pour son fils, et c'était normal qu'il s'en veuille. Mais ce n'était pas tant les mots qu'il avait prononcés qui la blessaient que la façon dont il l'avait rejetée.

Mais David et elle auraient tout le temps plus tard de parler. Pour l'instant, l'urgence était de retrouver Davey. Bien sûr, elle ferait mieux d'appeler la police, mais l'enfant se cachait peut-être tout près.

Pour moi, la seule hypothèse sensée, c'est que Davey a enfourché Humphrey pour aller rejoindre son père, déclara Jack. Mais je ne comprends pas pourquoi le poney ne l'a pas ramené à la maison à l'heure qu'il est. La plupart du temps, Humphrey se promène dans la cour. La seule fois où il en est sorti, c'était…

Elle sauta sur ses pieds et chercha les clés du 4x4.

— Tu as dit « le ramener à la maison ». Tu te rappelles où il est allé il y a deux mois, quand quelqu'un a laissé le portail ouvert ?

— Oui… Il était retourné à cette petite écurie que Kolton et toi aviez construite ! s'exclama Jack en se levant à son tour.

— Exactement. Jack, reste ici. Je t'appelle dès que j'arrive là-bas. Et dis à David que je sais où est son fils.

Pourquoi n'y avait-elle pas pensé plus tôt ? Kolton avait construit une écurie à deux stalles pour abriter le poney de Cody. C'était là qu'ils avaient gardé Humphrey jusqu'à ce qu'elle vienne habiter chez son beau-père. Ça avait été le premier foyer du poney. Il était logique de penser qu'il retournerait là-bas s'il était libéré.

Elle mit le contact. La voiture démarra sur les chapeaux de roues, évita le talus de justesse et s'engagea sur la route.

Une fois arrivée sur place, elle laissa les phares allumés, s'empara d'une torche et descendit précipitamment.

Elle se mit à courir vers la maison, puis s'arrêta. Quelques mois après avoir emménagé chez Jack, elle avait fait couper l'électricité et l'eau. L'idée d'entrer dans la demeure lui avait été trop pénible après le décès de Kolton et de Cody, et sa mère et sa belle-sœur avaient rassemblé ses vêtements ainsi que quelques objets dont elle pouvait avoir besoin. Pour le reste, elle avait choisi de tout laisser. Chaque chose occupait la même place que ce jour-là, quand Kolton et Cody avaient quitté leur foyer pour la dernière fois.

Elle contempla ce qui aurait dû être la maison de sa vie.

Elle avait envie de se détourner et de fuir, mais il y avait quelque part un petit garçon perdu, et elle devait découvrir s'il était là ou non.

— Davey ! appela-t-elle en remontant l'allée.

Elle gravit le perron, actionna la poignée de la porte d'entrée, même si elle savait qu'elle la trouverait verrouillée.

— Davey, tu m'entends ? cria-t-elle en tournant au coin pour gagner la minuscule écurie à l'arrière.

Oh ! mon Dieu, faites qu'il soit là !

La porte était ouverte, et elle dirigea sa lampe à l'intérieur. Une grande ombre bougea, lui arrachant un cri de frayeur, qui se mua en rire. Debout dans l'obscurité, le poney lui jeta un regard surpris.

— Davey, où es-tu ? C'est bon, tu peux sortir.

Poussant Humphrey, elle fouilla la stalle, puis l'autre.

Davey n'était pas là ? Ce n'était pas possible ! Il était forcément resté avec le poney. À moins qu'il soit tombé en chemin ? Et s'il était blessé quelque part dans la nuit ? Humphrey l'aurait-il abandonné ? Elle ne le pensait pas, mais elle n'aurait pas cru une seconde non plus que le petit garçon aurait fugué avec le poney.

Elle quitta l'écurie et revint vers le 4x4.

— Davey ! Da-vey !

Elle tendit l'oreille, attendant une réponse, puis regarda derrière les haies touffues qui longeaient la façade. En passant devant une fenêtre, elle crut percevoir du bruit. De nouveau, elle fouilla les arbustes. Cette fois, elle entendit distinctement une légère quinte de toux.

Cela venait de l'intérieur de la maison !

Elle courut vers la porte d'entrée, mais celle-ci était bel et bien verrouillée. Elle fonça alors vers celle de derrière, tourna la poignée, et le battant s'ouvrit facilement.

Elle promenait sa lampe dans les pièces, fouillant chaque recoin, quand une autre quinte se fit entendre, venant du fond du couloir.

Pour la première fois depuis la mort de Cody, elle pénétra dans sa chambre d'enfant.

Le faisceau de la torche révéla d'abord les rideaux bleus de la fenêtre puis vint se poser sur la silhouette d'un petit garçon recroquevillé sur le lit trop petit pour lui.

Elle se pencha et souleva l'enfant dans ses bras. Dans l'armoire, elle prit un plaid décoré d'animaux et l'en enveloppa.

— Davey, c'est Sarah !

Elle lui toucha le front et vérifia son pouls.

Il avait chaud, ses pulsations étaient un peu rapides. Même si sa respiration était régulière, elle semblait un peu difficile.

Elle porta Davey jusqu'au 4x4 et l'installa sur le siège. Puis elle sortit son téléphone et, les doigts tremblants, chercha dans ses contacts. Elle réussit à contenir son émotion jusqu'à ce que David réponde.

— David, je l'ai trouvé, dit-elle en sanglotant. J'ai retrouvé Davey…

David prit une profonde inspiration, la première depuis que Jack leur avait annoncé la disparition de Davey.

Il était sur le point d'appeler les secours quand Sarah avait appelé. Il ne comprenait toujours pas pourquoi son fils s'était échappé de cette façon. En revanche, ce dont il était certain, c'est qu'il ne prendrait pas le risque que ce genre de mésaventure se reproduise.

Comme il garait sa voiture devant la maison de Jack Henderson, il aperçut les phares du 4x4 au loin sur la route.

Il retint son souffle tandis que Sarah bifurquait dans le chemin de terre. Bientôt, elle s'arrêta devant la maison.

— Hé, papa ! lança Davey comme Sarah le soulevait du siège. Je suis fatigué. On peut rentrer chez nous, maintenant ?

— Salut, mon bonhomme, dit David en le serrant contre lui.

Combien de fois avait-il eu peur de le perdre ? Jamais il n'aurait imaginé que cela puisse être dans de telles circonstances.

— Entrons, dit Sarah en leur ouvrant la porte de la maison. Il est un peu fiévreux. Je vais chercher un thermomètre.

David la suivit et s'arrêta en voyant Jack assis à la table de la cuisine. Il avait l'air épuisé et semblait avoir beaucoup vieilli.

— Jack, tout va bien, dit Sarah affectueusement en s'approchant de lui. Davey est là, sain et sauf.

David savait exactement ce que le vieil homme ressentait et qu'il ne serait pas facile pour lui d'ignorer la culpabilité qui le rongeait.

David remonta la couverture défraîchie sur son fils, qui s'était endormi sur le lit d'hôpital.

Combien de fois s'était-il retrouvé aux urgences dans une chambre comme celle-ci, à attendre des résultats d'analyses et des radios ? Dix fois ? Vingt ? Plus ?

Il aurait dû pressentir quelque chose. Davey n'était pas si capricieux, d'habitude. Il aurait dû deviner qu'il allait tomber malade. N'était-il pas le mieux placé pour savoir que, dans son cas, une petite infection pouvait vite dégénérer en quelque chose de grave ?

Fatigué, il se passa une main sur le visage pour rester éveillé.

Il avait passé beaucoup de nuits au chevet de Davey et avait quand même été capable d'assurer son service le lendemain. Mais les émotions de la nuit l'avaient vidé de ses forces.

Néanmoins, il se mit immédiatement sur pied quand la porte de la chambre s'ouvrit, livrant passage à la femme médecin qui avait examiné son fils à leur arrivée.

— Avez-vous le résultat des radios ? s'enquit-il aussitôt.

— Oui, et ceux du laboratoire aussi. Si vous voulez les voir, allons dans mon bureau.

Il regarda son fils endormi.

Bien sûr, il voulait prendre connaissance des examens médicaux. Mais si Davey se réveillait pendant son absence ? Il était resté seul pendant des heures dans la nuit. Il ne le laisserait pas maintenant.

— Je les verrai plus tard, merci, répondit-il. Que dit le rapport du radiologue ?

Il avait l'impression de parler d'un ton abrupt. Il avait aussi oublié le nom de son interlocutrice. Pourtant, il était sûr qu'elle s'était présentée un peu plus tôt.

— Il y a une petite effusion pleurale dans le lobe inférieur gauche. Je pense que Davey présente une légère pneumonie. J'ai envoyé tous les résultats au Dr Benton. Sa numération en globules blancs est à peine au-dessus de 13, donc nous allons le mettre sous antibiotiques. Vous savez, il y a beaucoup d'infections respiratoires qui circulent dans les écoles en ce moment. Est-ce que Davey y a été exposé, ou est-il plus vulnérable à cause de sa transplantation ? Je ne saurais vous dire. Mais nous allons le garder en observation pour au moins quarante-huit heures par précaution. Avez-vous des questions ?

— Non, pas pour l'instant. Mais je verrai les résultats du labo, et bien sûr je parlerai au Dr Benton quand il arrivera dans la matinée.

— Si vous pensez à un autre examen qui vous paraîtrait nécessaire, faites-le-moi savoir par le biais de l'infirmière, dit-elle avant de quitter la chambre.

Elle avait tout fait pour le rassurer, se dit-il. Ce qui continuait de le tracasser, c'était de ne pas avoir suivi son intuition quand il avait suspecté que son fils n'allait pas bien. Il avait su que quelque chose clochait quand Davey était rentré de l'école, mais il n'avait pas voulu voir les signes pour maintenir son rendez-vous avec Sarah.

Bon sang ! Quel genre de père était-il ? Il avait fait passer ses propres désirs avant les besoins de son fils ! C'était exactement ce que Lisa avait fait. Mais il ne commettrait pas deux fois cette erreur. À partir de maintenant, Davey serait son unique priorité.

— Ça va aller, mon bonhomme, dit-il comme le petit garçon commençait à remuer sous la couverture. Je suis là, et je ne te laisserai plus jamais. Je te le promets.

Sarah était assise auprès de Jack sur les chaises en plastique dur qui semblent meubler les salles d'attente de tous les services d'urgences. Cela faisait près de deux heures que Davey avait été conduit ici. Elle avait pensé que David viendrait leur donner des nouvelles, et sa patience commençait à s'amenuiser.

— Tu devrais peut-être aller voir, dit Jack en triturant le stetson posé sur ses genoux.

— Oui. Veux-tu une tasse de café ? Je peux aller me servir dans la cuisine du personnel. Personne ne me dira rien.

— Volontiers. Et si Davey est réveillé, j'aimerais beaucoup le voir.

— Je reviens dans quelques minutes, dit-elle en lui tapotant le bras.

Elle savait qu'il se sentait coupable de la fugue du petit garçon qui avait été sous sa garde. Mais qui aurait pu prévoir que l'enfant prendrait la fuite sur un poney au beau milieu de la nuit ?

Elle se renseigna auprès d'une infirmière pour savoir dans quelle chambre se trouvait Davey. Ouvrant doucement la porte, elle vit David qui semblait avoir du mal à arranger la vieille couverture qui couvrait son fils.

— C'est à toi ? s'enquit-il comme elle refermait la porte derrière elle.

Elle hocha la tête.

— C'était celle de Cody, répondit-elle avant de regarder le petit garçon.

Davey n'avait plus les joues rouges, donc la fièvre était tombée. Il respirait mieux, aussi.

— Et la maison où tu l'as trouvé, c'était la tienne aussi ? demanda David.

— Oui.

Jusque-là, elle s'était efforcée d'oublier l'existence de cette demeure que Kolton et elle avaient décidé d'habiter toute leur vie. Mais après en avoir inspecté les pièces la nuit dernière, elle savait qu'il était temps pour elle d'affronter la réalité et les souvenirs qui s'y rattachaient.

— Sarah…

Davey venait d'ouvrir les yeux, il la regardait d'un air confus.

— J'ai rêvé, et tu étais dans mon rêve, dit-il d'une voix faible.

— Hé, Davey ! dit son père. Comment te sens-tu ?

— Ça va, répondit l'enfant.

Mais très vite, il reporta son attention sur Sarah.

— J'ai rêvé de toi et de Humphrey. Tu étais là aussi, papa.

— Ce n'était pas un rêve, dit-elle.

Plutôt un cauchemar.

— Humphrey et toi, vous avez connu une drôle d'aventure, reprit David. Tu te souviens que c'est Sarah qui t'a trouvé ?

— Je peux faire venir Jack ? demanda-t-elle doucement.

Elle fut soulagée quand David acquiesça d'un signe de tête. Elle ne pensait pas qu'il en voulait à Jack de ce qui était arrivé. Il s'en voulait d'abord à lui-même.

Quand elle revint dans la chambre, David avait relevé la

tête du lit et essayait de faire boire Davey avec une paille. Le petit garçon baissa les yeux en voyant le vieil homme.

— As-tu quelque chose à dire à M. Jack ? demanda son père.

— Je suis désolé, monsieur Jack. Je n'aurais pas dû partir sans vous prévenir. Je ne le ferai plus jamais.

— C'est bien, dit Jack en s'approchant du lit.

— Qu'est-ce que tu ne feras plus jamais ? demanda David.

— Je ne partirai plus tout seul jusqu'à ce que papa me dise que je suis assez grand pour le faire.

— Pourquoi es-tu parti, Davey ? demanda Jack.

— Je voulais mon papa. Mais je lui ai promis que je ne recommencerais pas.

Davey se mit à bâiller. Cette conversation l'avait épuisé, et ses paupières se fermaient toutes seules.

Les trois adultes restèrent silencieux, attendant qu'il s'endorme. Puis Jack déclara qu'il rentrait au ranch.

Sarah regarda David, espérant qu'il insisterait pour qu'elle reste avec lui. Mais il n'en fit rien. Pour autant, elle n'était pas prête à les quitter, lui et son fils. Aussi inventa-t-elle une excuse pour rester encore un peu à l'hôpital.

— Je vais me changer et monter dans notre service voir Lindsey. J'en profiterai pour rendre visite à deux nouveaux patients. Jack, je peux te laisser rentrer seul à la maison ?

— Mais oui, aucun problème. J'ai passé plus d'une nuit sans dormir à attendre qu'une jument mette bas. Je prendrai juste un café fort avant de partir.

Laissant les deux hommes bavarder, elle s'esquiva pour aller chercher du café. Quand son beau-père fut parti, elle prévint David qu'elle repasserait le voir un peu plus tard, et elle se rendit dans le service de cardiologie.

Après avoir fait la connaissance des deux jeunes patients et avoir rempli une fiche d'admission, elle rendit visite à Lindsey.

En entrant dans la chambre, elle fut surprise de voir que la fillette était non seulement éveillée, mais qu'elle n'était plus reliée à la machine extracorporelle. Elle était encore pâle, mais son visage et ses mains n'étaient plus gonflés, si bien qu'elle était davantage elle-même.

— Salut, Sarah, dit-elle avec un faible sourire.

— Lindsey, je suis si heureuse de te voir. Où est ta mère ? demanda-t-elle en prenant place sur une chaise près du lit.

— Elle a dû retourner travailler. Je pensais qu'elle allait encore être renvoyée. C'est ce qui arrive souvent quand je tombe malade et qu'elle passe beaucoup de temps ici avec moi. Mais elle m'a dit que son nouveau patron était compréhensif.

Sarah ne sut que dire. S'était-on jamais demandé à quel point c'était compliqué pour la mère de Lindsey de conserver un emploi tout en faisant des allers et retours incessants à l'hôpital ?

Elle laissa Lindsey se reposer et retourna dans la chambre de Davey, aux urgences. Mais on l'avait déjà transféré à l'étage des soins intensifs pédiatriques. Décidant d'aller le voir avant de rentrer chez elle, elle chercha le numéro de la chambre.

Elle passa la tête dans l'entrebâillement et fit signe à David qui se tenait debout près du lit.

— Avant, je faisais ça tout le temps, dit-il. Je restais là à le regarder dormir en me demandant combien de temps je le garderais avec moi. Mais il est si bien depuis la greffe que peu à peu j'ai fini par croire que c'était gagné. J'ai baissé la garde, Sarah. Je me suis laissé emporter dans ma propre vie en oubliant que le plus important pour moi c'était de maintenir Davey en bonne santé. C'était ma responsabilité. Et au lieu de veiller sur lui comme j'aurais dû le faire, je l'ai laissé pour la soirée, alors que je savais qu'il couvait quelque chose.

— Je comprends que tu sois bouleversé. La nuit a été dramatique, mais tu n'as pas à vivre ça tout seul. J'aime Davey, Jack aussi. Nous tenons à être là pour t'aider.

— Non, Sarah, tu ne comprends pas. Cela fait des années que nous sommes tous les deux, Davey et moi, et que nous faisons face. Je suis désolé, mais il vaut mieux que, à partir de maintenant, je me consacre entièrement à mon fils.

Elle le regarda, interdite.

Il venait de lui arracher le cœur, et il ne s'en était même pas rendu compte. Il n'avait pas dit explicitement que ce qu'il y avait entre eux était terminé, mais elle comprenait néanmoins le message.

Prenant une profonde inspiration, elle s'efforça d'adopter un ton calme et posé.

— Si tu crois vraiment ce que tu viens de dire, alors c'est moi qui suis désolée. On peut faire tout ce qui est en notre pouvoir pour protéger ceux que l'on aime, mais il n'y a pas de garantie dans cette vie. Certaines choses arrivent. Ce n'est la faute de personne, c'est juste la vie qui fonctionne comme ça.

Là-dessus, la tête haute, elle pivota, pressée de quitter la chambre.

Elle ne voulait surtout pas qu'il la voie pleurer.

Pour la première fois depuis qu'elle avait perdu Kolton et Cody, elle s'était prise à espérer qu'un avenir était possible, mais cela ne lui avait apporté qu'un surcroît de chagrin. La possibilité de former une nouvelle famille avec David et Davey l'avait rendue pleinement vivante. À présent, elle se sentait anéantie.

— Qu'est-ce qui ne va pas ? demanda Jack en abaissant son journal comme elle prenait place en face de lui à l'heure du petit déjeuner. C'est Davey ?

— Davey va bien. Je suis juste fatiguée.

— Et depuis quand la fatigue te fait-elle pleurer ? Parfois, ça aide de partager ses problèmes avec quelqu'un, tu sais.

Oui, il avait raison. Après la disparition de Kolton et de Cody, elle avait passé des heures à parler avec Jack. Il avait été le seul à comprendre ce qu'elle traversait, parce que son chagrin avait aussi été le sien.

Se versant une tasse de café, elle se décida à tout lui dire.

Son beau-père l'écouta expliquer qu'elle avait vu David pour la première fois à l'hôpital en cette nuit tragique et les doutes qu'elle avait sur le don d'organes de Cody. Elle avoua que les sentiments qu'elle avait pour David étaient plus forts que de l'amitié. Enfin, elle termina par la façon dont David s'était éloigné d'elle, parce qu'il ne se sentait pas le droit d'avoir une vie personnelle tout en étant disponible pour Davey.

— Écoute, David est bouleversé en ce moment, répondit Jack en lui tapotant la main. Il est inquiet pour son fils et n'a peut-être pas les idées claires. Mais j'ai remarqué comment il te regarde. Il tient à toi, Sarah. Il ne semble pas avoir eu une bonne relation avec sa femme, pas comme celle que vous aviez, Kolton et toi, et il ne comprend pas les sentiments qu'il a pour toi. Dis-moi une chose : qu'aurais-tu fait si Kolton s'était éloigné de toi ?

— J'aurais tout mis en œuvre pour le ramener vers moi, répondit-elle sans hésitation.

— Il semble que l'épouse de David soit partie au premier problème. C'est peut-être ce dont il a peur. Alors qu'il a besoin qu'une femme le ramène vers elle au lieu de fuir.

Jack se leva.

— Que dis-tu à tes élèves quand ils tombent de cheval ?

— Je leur dis de se remettre en selle tout de suite, qu'une chute ne doit pas les arrêter, répondit-elle en souriant faiblement.

— Alors, il est temps pour toi de remonter à cheval, dit Jack en lui offrant un sourire encourageant.

Sur quoi, il se dirigea vers la porte, la laissant réfléchir à son conseil.

10.

Le téléphone sonnait.

Réveillée en sursaut, Sarah le chercha à tâtons.

Rien sur la table de nuit ni sur le plancher. Comme elle roulait vers l'autre côté du lit, elle sentit le boîtier froid contre sa hanche.

— Allô !

Regardant vers la fenêtre, elle vit qu'il faisait encore nuit.

Était-il arrivé quelque chose à Davey ? Les doigts crispés sur le téléphone, elle vérifia l'identité du correspondant.

L'hôpital !

— Allô, David ?

— Sarah, c'est Betsy du service cardio. Je suis désolée de te réveiller, mais le Dr Benton a dit que tu voudrais sûrement savoir…

— Savoir quoi, Betsy ? Un problème avec Davey ? demanda Sarah en se levant d'un bond.

Bon sang ! Elle était sûre d'avoir préparé une tenue de travail sur la chaise. Où était-elle ?

— Non, on ne m'a rien dit au sujet de Davey, répondit l'infirmière de garde.

Sarah s'assit tout en essayant d'enfiler son pantalon.

— Betsy, écoute, il est… 4 heures du matin, dit-elle en jetant un coup d'œil au réveil. Peux-tu m'expliquer pourquoi le Dr Benton a voulu qu'on m'appelle ?

— C'est pour Lindsey. Il m'a demandé de te prévenir. Ils ont un cœur pour elle.

— Une seconde, s'il te plaît. Ne quitte pas !

Sarah termina de s'habiller en hâte, après avoir trouvé une chemise dans le placard.

— Tu es toujours là ? s'enquit sa collègue au moment où elle reprenait le téléphone. L'infirmière en chef veut te parler.

— Sarah, c'est Tammy. Désolée pour toute cette confusion, mais le Dr Benton a dit que tu pourrais être utile.

— Bien sûr, que puis-je faire ?

— C'est Hannah. Nous n'arrivons pas à la joindre. Nous allons préparer Lindsey pour la greffe, mais nous avons besoin que sa mère soit là.

Elle nota une adresse sur un calepin. Ce n'était pas très loin de l'hôpital, même si elle ne connaissait pas très bien le quartier.

— J'y vais ! Tammy, dis au Dr Benton que je vais ramener la mère de Lindsey.

Elle espérait seulement qu'elle pourrait tenir cette promesse.

Une heure plus tard, Sarah longea un petit groupe d'immeubles qui avaient dû connaître des jours meilleurs, même s'il était peu probable que le quartier ait jamais été très prisé. Vérifiant le numéro, elle descendit et alla frapper à la porte.

Hannah lui ouvrit, l'air stupéfait. Dès que Sarah lui eut expliqué la situation, elle alla se préparer en hâte. Puis toutes deux montèrent en voiture, et Sarah prit la direction de l'hôpital.

— Je suis vraiment désolée, déclara la mère de Lindsey. J'ai travaillé jusqu'à la fermeture hier soir et, une fois à la maison, j'ai préparé mes cours.

— Vous suivez une formation ? s'enquit Sarah qui avait remarqué des livres sur la table.

— Des cours pour devenir aide-soignante, répondit la jeune femme avant de détourner les yeux. Mais vous pensez sans doute que je perds mon temps ?

— Au contraire, je trouve ça formidable. Lindsey le sait ?

— Oui, mais je lui ai demandé de ne rien dire.

Sarah gara la voiture sur le parking et se tourna vers sa passagère.

— Lindsey vous aime, et je sais qu'elle est fière de vous. Je vous admire, moi aussi. Cette transplantation va transformer votre vie à toutes les deux. Si je peux vous aider, Hannah, je le ferai. Je le pense vraiment, d'accord ?

Elle commençait à mesurer que Hannah n'avait pas osé demander de l'aide. Comme elle la regardait courir dans le hall pour rejoindre la chambre de sa fille, elle pensa à une autre personne qui ne voulait pas accepter d'être aidée.

David s'éveilla en sursaut.

Il n'avait pas eu l'intention de s'endormir mais de reposer ses yeux fatigués juste un moment. Consultant sa montre, il s'aperçut avec effarement qu'il avait dormi la majeure partie de la nuit. S'étirant, il se leva pour regarder Davey qui semblait dormir profondément. À cet instant, il reçut un choc en découvrant Sarah endormie sur une chaise de l'autre côté du lit.

Il pensait qu'elle était rentrée chez elle depuis des heures. Après avoir touché le front de Davey et avoir vérifié son pouls, il se déplaça et s'accroupit près de Sarah.

— Sarah… Que fais-tu ici ?

Elle cilla, puis écarquilla les yeux en le voyant.

— Oh ! excuse-moi. Je ne voulais pas m'endormir.

Elle se redressa soudain et ravala son souffle.

— Mon Dieu ! Quelle heure est-il ?

— Tôt. Pourquoi ?

Résolument, il s'éloigna d'elle et de la tentation de la prendre dans ses bras. Il devait garder ses distances jusqu'à ce qu'il soit capable de mieux se contrôler en sa présence.

Quand son ex-femme les avait quittés, il avait promis à son enfant malade couché dans son berceau qu'il serait toujours là pour lui et qu'il ferait n'importe quel sacrifice afin de prendre soin de lui. S'éloigner de Sarah était sans doute le sacrifice le plus difficile qu'il ait à faire.

— Le Dr Benton t'a appelé ? demanda-t-elle en se levant pour le rejoindre de l'autre côté du lit. Au sujet de Lindsey ?

En entendant le nom de la petite patiente, il se ressaisit tout à fait.

— Lindsey ? A-t-elle fait une rechute ?

La petite fille avait semblé aller mieux la dernière fois qu'il l'avait vue. C'était quand ? Deux jours, trois jours ? Il n'avait plus exactement la notion du temps.

— Non, c'est un cœur, David ! Ils ont un cœur pour elle, dit Sarah en lui saisissant le bras.

— C'est merveilleux ! Le Dr Benton doutait qu'elle puisse être transplantée à temps. Mais ça ne m'explique pas ce que tu fais ici.

— Je pensais que tu voudrais assister l'équipe chargée de la greffe et que tu serais plus à l'aise s'il y avait quelqu'un pour veiller sur Davey pendant ce temps.

À cet instant, la porte s'ouvrit, livrant passage au Dr Benton.

— Désolé de vous interrompre, mais le Dr Dreaden vient de prévenir que le cœur allait arriver, et l'anesthésiste est sur le point d'emmener Lindsey en salle d'op.

Le regard de David navigua du médecin à Sarah.

— J'arrive tout de suite, déclara-t-il.

Puis il attendit que le Dr Benton ait refermé la porte.

— David, je vais prendre soin de lui, dit Sarah. Va participer à la procédure. Davey et moi, nous attendrons ton retour.

Sur quoi, elle s'installa sur une chaise près du lit.

Il ne comprenait plus ce qui se passait. Il pensait avoir été clair avec Sarah, et voilà qu'elle se proposait de l'aider une fois de plus !

Se penchant vers le lit, il caressa les boucles brunes de Davey. Il devait aller se changer maintenant, mais il se sentait incapable de laisser son fils. Il avait eu si peur quand il avait disparu. Il avait déjà failli le perdre deux fois avant la greffe, et le désespoir qu'il avait ressenti l'avait tétanisé. La possibilité qu'il ait de nouveau à affronter ce genre de situation était bien réelle malheureusement, et il n'avait aucun pouvoir là-dessus. Mais perdre son enfant parce qu'il n'avait pas été là quand son fils avait eu besoin de lui, c'était absolument impardonnable. Non, il ne courrait pas ce risque une seconde fois.

— S'il se réveille, dis-lui que je reviens dès que possible, dit-il gravement.

Sur quoi, il sortit de la chambre.

Sarah soupira.

Cela lui avait semblé plus facile quand elle avait parlé avec Jack, mais venir ici et s'exposer de nouveau à la douleur en attendant David et faire comme si tout allait bien, c'était la chose la plus effrayante qu'elle ait jamais faite.

— Sarah, appela Davey. Où est papa ?

Elle se pencha aussitôt vers l'enfant, et lui sourit.

David n'était pas le seul à avoir eu peur, la nuit où Davey s'était échappé.

— Il a dû aller soigner une petite fille malade. Mais il m'a dit de te dire qu'il allait revenir dès que possible. D'ici là, je suis ici avec toi.

— Ça me va. Est-ce que papa aide la petite fille à avoir un cœur tout neuf, comme le docteur l'a fait pour moi ? demanda-t-il en se redressant. Il dit que c'est très important qu'on trouve exactement le cœur qu'il faut.

— Oui, et c'est justement ce qu'il fait en ce moment. Bon, qu'as-tu envie de manger, ce matin ? Les pancakes sont les meilleures choses au menu de l'hôpital.

Ce disant, elle appuya sur le bouton d'appel pour faire savoir à l'infirmière de garde que Davey était réveillé.

— C'est mon plat préféré !

— À moi aussi. Ensuite, nous aurons une conversation tous les deux sur le danger de prendre des chevaux sans permission.

— Je vais me faire gronder ?

Elle aurait voulu lui répondre que non. Elle avait été si heureuse de le retrouver qu'elle lui aurait pardonné n'importe quoi. Mais la situation aurait pu très mal tourner, et Davey devait apprendre que ce genre de bêtise n'était pas acceptable.

— Tu t'es mis en danger, et tu as fait très peur à ton père, à moi et à Jack.

Quand on apporta les pancakes, ils avaient revu ensemble toutes les règles à respecter, comme ne pas partir sans prévenir un adulte et ne pas sortir un animal seul sans permission. Davey lui avait aussi raconté toute son aventure avec Humphrey.

— Je voulais rejoindre papa, mais c'était loin, et j'étais fatigué. Puis j'ai vu la grande maison, mais il n'y avait personne dedans. Je ne sais pas où les gens étaient. Et toi ?

— Plus personne n'habite là depuis longtemps.

— Ah bon. Pourquoi ? demanda Davey en bâillant.

Ses yeux commençaient à se fermer.

Elle remonta la couverture sur lui.

— Gardons cette histoire pour une autre fois.

Mais après la façon dont David avait pris ses distances, elle se demandait si cette occasion se présenterait.

La porte s'ouvrit, et Sarah reconnut une des responsables de la banque d'organes.

— Je ne veux pas vous déranger, dit celle-ci en se glissant dans la chambre, mais l'infirmière de garde m'a dit que je vous trouverais ici.

— Vous savez qu'on a reçu un cœur pour la petite Lindsey ?

— Oui, et j'ai rencontré sa mère. Elle est très courageuse. En fait, voici ce qui m'amène : la secrétaire de notre bureau a su que je passais dans votre hôpital et m'a donné ceci pour vous, dit la jeune femme en lui tendant une enveloppe.

Sarah la prit et remercia la visiteuse. Quand celle-ci fut partie, elle fixa le courrier.

Oh ! mon Dieu ! En dehors de sa conversation avec Jack, elle n'avait pas repensé aux mails qu'elle avait envoyés aux familles qui avaient bénéficié du don d'organes de Cody.

Elle ne reconnaissait pas l'écriture, mais ça ne voulait rien dire. Elle avait décidé d'envoyer des messages à tous les bénéficiaires, donc ce courrier ne venait peut-être pas de celui qui avait reçu le cœur de son fils. Il pouvait provenir de n'importe quel receveur.

Il n'y avait qu'un moyen de le savoir.

David entra dans la salle d'attente avec le Dr Benton. Il était épuisé mais heureux. L'opération avait été difficile, mais tout s'était bien terminé.

Jetant un regard circulaire à la salle où les familles étaient regroupées, il repéra la mère de Lindsey assise à l'écart.

— Lindsey ? dit Hannah en se levant.

— Elle va bien, répondit le Dr Benton.

Le médecin commença à lui expliquer ce qui allait se passer pour sa fille dans les prochaines heures. Les laissant à leur conversation, David s'excusa pour aller voir son fils.

Sarah se leva dès qu'il ouvrit la porte. En voyant que Davey dormait paisiblement, il se détendit. Il nota le plateau du petit déjeuner et les assiettes vides.

Davey avait retrouvé l'appétit, c'était bon signe.

— Et Lindsey ? demanda Sarah.

— Elle récupère. Tout s'est bien passé.

David remarqua qu'elle tenait un papier entre ses doigts crispés. Ses yeux étaient trop brillants aussi. Avait-elle pleuré ?

— Qu'est-ce qui ne va pas ? demanda-t-il en s'approchant.

Mais il stoppa net en voyant qu'elle reculait.

— Un problème ?

— J'ai reçu une lettre de la famille qui a reçu le cœur de Cody, répondit-elle en s'essuyant les yeux.

— Ce n'est pas celle que j'ai moi-même envoyée ?

— Non, il s'appelle Joshua. Un petit garçon aux yeux bleus, répondit Sarah en sanglotant.

Il alla prendre une boîte de mouchoirs sur la table de chevet.

— Pourquoi tu pleures ? fit soudain la petite voix de Davey. C'est papa qui t'a contrariée ?

— Non, ton papa n'a rien fait, mon petit bonhomme. Je viens de recevoir des nouvelles, c'est tout, répondit Sarah.

David fut frappé par le tableau touchant qu'ils formaient

tous les deux. Deux têtes brunes penchées l'une vers l'autre, comme une mère et son fils.

— Je suis désolé que tu aies reçu une mauvaise nouvelle, dit Davey.

— Il ne s'agit pas d'une mauvaise nouvelle. Seulement, ce n'était pas celle que j'attendais. En fait, c'est une lettre de la part d'une dame très gentille. Et maintenant que ton papa est revenu, je vais aller voir mes malades. Pendant ce temps-là, tu vas lui réciter toutes les règles à respecter quand on veut prendre un cheval.

Là-dessus, elle s'esquiva avant que David ait pu dire quoi que ce soit pour la retenir.

— Tu es sûr que ce n'est pas cause de toi qu'elle pleure, Sarah ? demanda Davey.

David voulut nier, mais il se tut.

Il avait dit à Sarah, et d'une façon brutale, qu'il n'avait pas de place pour elle dans sa vie, parce que sa priorité était Davey. Il avait pensé qu'elle comprendrait qu'il avait une vie trop compliquée pour qu'elle en fasse partie et qu'elle le quitterait sans se retourner. Au lieu de quoi, elle était revenue aujourd'hui et avait tenu compagnie à son fils afin que lui, David, puisse participer à la transplantation, ce qu'il désirait plus que tout.

Sarah était si différente des femmes qu'il avait rencontrées, et pourtant il l'avait rejetée. Quel idiot !

— Je ne sais pas, Davey, mais, si je l'ai blessée, je te promets que je lui présenterai des excuses.

Puis décidant qu'il valait mieux changer de sujet, il ajouta :

— Raconte-moi ce que vous avez fait pendant mon absence.

— Sarah m'a dit que si je recommençais à partir avec Humphrey sans prévenir M. Jack, je n'aurais pas le droit de monter les chevaux.

— Elle a raison. Tu as fait une grosse bêtise et tu as inquiété tout le monde, dit-il en s'asseyant près du lit.

— Tu sais, je crois qu'elle serait une très bonne maman. Avant, elle avait un petit garçon, c'est M. Jack qui me l'a dit. Mais il a dû partir au ciel.

— Oui, je suis sûr que Sarah serait une bonne mère, répondit David pensivement.

— Bon, parce qu'il serait temps que tu me trouves une maman.

Sur quoi, le petit garçon s'empara de la télécommande et alluma la télévision.

Ébranlé par cette remarque, David ne sut que répondre.

Davey avait donc en tête « une autre maman » !

Pour sa part, il avait promis à son fils qu'il prendrait toujours soin de lui. Mais il lui avait aussi promis qu'ils vivraient au maximum chaque jour qui leur serait donné. Et au lieu de suivre ce précepte et d'agir, il restait là à se cacher derrière son enfant et à vivre dans la solitude !

N'était-ce pas ce qu'il faisait ? Utiliser l'excuse de son fils pour éviter d'être blessé de nouveau comme il l'avait été par Lisa ? Sarah avait raison, il ne voulait pas vivre seul. Mais il avait été si déterminé à s'occuper de Davey du mieux possible qu'il s'était complètement isolé avec lui. Ce n'est qu'en arrivant à Houston et en faisant la connaissance de Sarah qu'il s'était ouvert. À présent, c'était à lui de décider s'il voulait maintenir indéfiniment cet isolement autour d'eux ou prendre le risque de faire confiance aux autres. Une chose était sûre : il voulait Sarah. Son cœur était affreusement vide depuis qu'il l'avait repoussée la veille. Il devait mettre sa fierté de côté et admettre enfin qu'il avait besoin d'elle.

Il n'y avait plus qu'une chose à faire.

Sortant son bloc-notes et son stylo de sa poche, il se carra dans le fauteuil à côté du lit de Davey et se mit à écrire.

David avait cherché Sarah partout. Dans la chambre de Lindsey, il n'avait trouvé que Hannah au chevet de sa fille. Il s'était renseigné auprès des autres infirmières, mais personne ne semblait l'avoir vue. Puis une pensée lui avait soudain traversé l'esprit.

Ne lui avait-elle pas dit que, la nuit où elle avait appris

que Cody ne survivrait pas à ses blessures, elle était allée se cacher dans la salle d'attente de la pédiatrie ?

Le soir tombait, et la plupart des visiteurs avaient quitté l'hôpital. Il la trouva seule dans le coin le plus reculé de la pièce.

Il essaya de se souvenir de ce soir-là, quand la déléguée de la banque d'organes était venue lui dire qu'il y avait un espoir pour son fils. Il avait été assis sur l'un de ces sièges. N'était-ce pas celui à côté de Sarah ?

Elle ne releva pas les yeux quand il vint s'asseoir auprès d'elle. Il essaya de penser aux paroles qu'il avait préparées, mais les mots restaient hors de sa portée. Puis, remarquant le papier qu'elle gardait dans ses mains, il sortit une feuille de sa poche.

— Voici la lettre que tu aurais dû recevoir, dit-il.

— J'en ai déjà reçu une, déclara Sarah. Elle vient d'une gentille famille. Ils m'ont envoyé une photo. Leur petit garçon est beau. Il a les yeux bleus comme Cody.

— Mais voici celle que j'aurais dû t'envoyer, dit-il en lui tendant la feuille avec insistance.

— Tout va bien, David. Je me suis trompée en pensant que Davey était le receveur du cœur de Cody. Mais j'aime toujours Davey autant qu'avant, même si tu as peut-être du mal à le croire.

— Je te crois, Sarah. Écoute, si je te la lisais, cette lettre ?

Oh ! pourquoi n'arrivait-il pas à lui dire de vive voix ce qu'il ressentait pour elle ? Et si elle trouvait que ce qu'il lui avait écrit était ridicule ?

— D'accord.

Le cœur battant, il s'éclaircit la gorge.

— Ma chère Sarah, je voulais te dire merci pour tout l'amour que tu nous as donné, à Davey et à moi…

— Mais David, je…

— Chut. Attends que j'aie terminé, tu veux bien ?

Et il reprit sa lecture :

— Tu m'as montré qu'un avenir était possible, un futur dont j'avais eu peur de rêver jusqu'à maintenant. Sarah, j'espère que tu accepteras mon amour en retour et que tu diras oui à la vie qui nous attend, toi, moi et Davey. Je t'embrasse.

Voilà, il avait terminé. La peur d'être rejeté l'assaillit. Il se prépara à l'affronter et, lentement, releva les yeux.

Il reçut en plein cœur l'éclat des prunelles sombres de Sarah, et à son immense soulagement elles ne contenaient aucune hostilité.

L'instant d'après, Sarah fondit en larmes et lui jeta les bras autour du cou.

— Oh ! ma chérie !

Il la serra amoureusement contre lui.

Il avait conscience que leur parcours était encore semé d'embûches, mais ils étaient prêts à partager les joies et les épreuves à venir. Ils s'aimaient, et cela seul comptait.

Épilogue

— C'est là qu'il faut la mettre, déclara Davey en montrant le chemin vers la chambre du fond qu'il avait choisie pour sa nouvelle petite sœur.

Sarah avait redouté de rentrer à la maison avec Kaitlyn. Presque sept ans plus tôt, elle avait ramené Cody qui venait de naître, et elle avait peur que ce retour ne réveille son chagrin. Mais brusquement, cela lui parut naturel d'installer la petite sœur de celui-ci dans sa chambre d'enfant.

Après que David avait accepté un poste permanent à l'hôpital, il avait fallu décider où ils allaient vivre, car il était impossible qu'ils emménagent tous les trois chez Jack.

Elle avait pensé à la maison qu'elle avait bâtie avec Kolton, et David était convenu que c'était la bonne décision. Des travaux avaient été nécessaires pour la rendre habitable car elle était restée vide pendant longtemps, et David et elle avaient voulu aussi y apporter des changements. Mais quand les rénovations avaient été terminées et que Davey avait réinstallé Humphrey dans la petite écurie, tout s'était révélé parfait.

Depuis, elle avait finalement pris conscience qu'elle avait laissé sa douleur ternir les souvenirs heureux de Kolton et de Cody au lieu de se réjouir de tous les beaux moments qu'ils avaient vécus ensemble. Elle avait appris à partager ces bons souvenirs avec David et Davey, ce qui lui permettait de se sentir plus proche de la famille qu'elle avait perdue.

Après avoir déposé doucement le bébé dans son berceau,

elle vit que Davey faisait la grimace en regardant sa petite sœur.

— Vous êtes sûrs qu'elle va bien ? Je trouve que sa tête n'est pas droite.

Le petit garçon s'était beaucoup inquiété pour le bébé depuis le moment où on lui avait annoncé la grossesse de Sarah. Surtout, il avait voulu savoir si, comme lui, elle aurait besoin d'un nouveau cœur. Pour le rassurer, ils l'avaient emmené à toutes les séances d'échographie pour qu'il puisse voir le bébé grandir dans le ventre de sa nouvelle maman.

— Elle est parfaite, répondit David en contemplant leur fille avec fierté.

Entourée de sa nouvelle famille, Sarah acquiesça avec chaleur.

Oui, leur vie était vraiment parfaite.

BLANCHE

HARLEQUIN

Retrouvez en décembre 2020, dans votre collection

BLANCHE

Un Noël écossais, de Susan Carlisle - N°1516

SÉRIE : LA CLINIQUE DES HIGHLANDS - 1/4

Une thérapie canine ? Cassandra ne s'attendait pas à ce type de rééducation, lorsqu'on l'a envoyée se faire soigner dans cette clinique du château de Heatherglen, en Écosse. Habituée à diriger des opérations de sauvetage, la voilà contrainte au repos, et sous la responsabilité d'un médecin insupportable. Aidé de ses chiens, le Dr Lyle Sinclair semble persuadé qu'il peut la guérir de corps et d'esprit… avant Noël !

Une famille pour Flora, d'Annie Claydon

SÉRIE : LA CLINIQUE DES HIGHLANDS - 2/4

De près, il était encore plus beau. Plus grand, plus blond, plus fort. Flora, kinésithérapeute à la clinique de Heatherglen, est tombée sous le charme du Dr Aksel Olson. Or son nouveau voisin n'est que de passage en Écosse, le temps pour sa fille malvoyante de bénéficier d'une thérapie impliquant un chiot. Aussi Flora s'efforce-t-elle d'étouffer les sentiments qu'elle sent naître pour Aksel et la petite Mette – au risque d'avoir le cœur brisé quand ils repartiront…

Le vœu secret de deux médecins, de Meredith Webber - N°1517

Ellie et Andy. Andy et Ellie. Après la fac de médecine, ils se sont aimés et mariés, nourrissant de grands projets tous les deux. Seulement, perdre l'enfant qu'ils attendaient a fait voler leur vie en éclats, ainsi que leur couple. Jusqu'à cette veille de Noël, où un bébé abandonné les lie malgré eux. Et si ces retrouvailles inattendues étaient la seconde chance de bonheur qu'ils espéraient ?

Un confrère trop charmant, de Tina Beckett

Un changement de décor s'impose pour Lyric. Devenue du jour au lendemain la tutrice d'Alia, elle souhaite le meilleur pour sa petite nièce. Et ce poste de pédiatre à Atlanta représente une opportunité formidable. À un détail près : son nouveau collègue, le Dr Ellis Rohal, exerce sur elle un effet dévastateur. Or, concentrée sur ses nouvelles responsabilités, Lyric n'a pas le droit de se laisser distraire…

Leur mission : sauver des vies.
Leur destin : trouver l'amour.

HARLEQUIN
www.harlequin.fr

BLANCHE

Play-boy ou papa, d'Alison Roberts - N°1518

Emma n'a qu'un rêve : fonder une famille. Hélas, cette année, elle sera de nouveau seule pour Noël et préfère donc se rendre utile aux urgences de l'hôpital. Or, quelle n'est pas sa surprise de découvrir qu'elle remplacera Max Cunningham durant ses congés ! Max, l'ancien play-boy qui lui plaisait tant autrefois, devenu brutalement le père de trois petits orphelins…

Un chirurgien inoubliable, d'Amy Ruttan

Revoir Calum… Pour Pearl, c'est un choc d'autant plus grand qu'elle a pensé à lui chaque jour, ces cinq dernières années. À l'époque, le quitter pour devenir un grand médecin semblait un sacrifice nécessaire, mais elle doute aujourd'hui d'avoir fait le bon choix. Car, face à Calum, son cœur s'emballe comme au premier regard. Saura-t-elle collaborer avec lui pour sauver le patient qui les réunit, sans révéler les émotions qui la submergent ?

Une sage-femme amoureuse, de Fiona McArthur - N°1519

SÉRIE : LE NOËL DES SAGES-FEMMES - 1/2

Tara sait qu'elle a pris la bonne décision en s'installant à Lyrebird Lake. Comment ne pas aimer cette petite ville paisible à la communauté soudée, et dont le centre médical est à la pointe de la modernité ? C'est l'endroit idéal pour commencer sa nouvelle vie de sage-femme. Mais, pour éviter toute complication, encore lui faut-il ignorer les sentiments que lui inspire le Dr Simon Campbell, son nouveau collègue et voisin…

Émouvantes retrouvailles, de Fiona McArthur

SÉRIE : LE NOËL DES SAGES-FEMMES - 2/2

Quand elle a découvert qu'elle était enceinte de Rayne Walters, Maeve a été partagée entre la joie de fonder enfin une famille et la tristesse de devoir élever seule leur enfant : en effet, après leur première et unique nuit de passion neuf mois plus tôt, Rayne a disparu sans un mot d'explication. Venue accoucher à Lyrebird Lake, entourée de sa famille et de ses amis, Maeve s'attend donc à tout sauf à le retrouver dans les rues de la ville…

HARLEQUIN

Leur mission : sauver des vies.
Leur destin : trouver l'amour.

HARLEQUIN
www.harlequin.fr

BLANCHE

Le bébé du Dr MacCallan, de Louisa George - N°1520

Quand sa meilleure amie, Julia, l'informe de son intention d'avoir un bébé toute seule faute d'avoir trouvé l'homme idéal, le Dr Liam MacCallan est sous le choc. Comment Julia peut-elle songer à porter l'enfant d'un parfait inconnu, alors qu'elle a toujours désiré fonder une famille ? Bientôt, prenant conscience de son attirance pour Julia, Liam lui fait une audacieuse proposition : être le père de son bébé…

Un hiver à Deer Creek, d'Annie O'Neil

Diriger le cabinet médical de Deer Creek, une petite station de ski, comble Tara de bonheur. Mais, en cette période des sports d'hiver, elle attend avec soulagement l'arrivée de son nouveau chirurgien saisonnier, le Dr Fraser MacKenzie… En le rencontrant, hélas, elle reconnaît l'insupportable snowboarder qui a bien failli la heurter de plein fouet quelques heures plus tôt, sur la piste noire. Un individu aussi inconscient qu'irrésistible…

HARLEQUIN

Leur mission : sauver des vies.
Leur destin : trouver l'amour.

HARLEQUIN
www.harlequin.fr

Composé et édité par HarperCollins France.

Achevé d'imprimer en octobre 2020.

CPi
BLACK PRINT

Barcelone

Dépôt légal : novembre 2020.

FSC
www.fsc.org
MIXTE
Papier issu de
sources responsables
FSC® C108412

Pour limiter l'empreinte environnementale de ses livres, HarperCollins France s'engage à n'utiliser que du papier fabriqué à partir de bois provenant de forêts gérées durablement et de manière responsable.

Imprimé en Espagne.